Beate Boeker

Mord all' arrabbiata

Das Buch

Der bisher persönlichste Fall für Commissario Garini und Carlina Mantoni – Fesselnde Unterhaltung mit Band 3 der Cosy-Crime Reihe der USA Today Bestseller-Autorin Beate Boeker

Carlinas unbeliebter Cousin Valentino ist nach langem Auslandsaufenthalt wieder zurück in Florenz und macht nur Ärger. Als er eines Abends erstochen aufgefunden wird, ist niemand überrascht, denn der Banker hatte viele Feinde. Commissario Stefano Garini, inzwischen offiziell Carlinas fester Freund, ist wenig erfreut. Er würde am liebsten die Beine in die Hand nehmen und vor dem neuen Fall im Mantoni-Clan flüchten. Doch sein Chef kann keinen anderen Mitarbeiter entbehren. Während Stefano mit grimmiger Entschlossenheit versucht, die widersprüchlichen Hinweise zum Mord zu ordnen, mischen sich die Mantonis in die Ermittlungen ein und machen alles nur noch schlimmer. Schließlich begreift der Commissario, dass nicht einmal Carlina ihm die ganze Wahrheit erzählt. Ihre Beziehung scheint zum Scheitern verurteilt, bevor sie überhaupt richtig begonnen hat. Und noch immer läuft ein Mörder frei herum …

Die Autorin

Beate Boeker, geboren 1969, ist neben ihrem Beruf als Autorin Betriebswirtin mit internationalem Schwerpunkt, arbeitet im Marketing und lebt mit ihrem Mann und ihrer Tochter in Deutschland. Der erste Roman der USA Today Bestseller-Autorin wurde 2008 vom Verlag Avalon Books in New York veröffentlicht. Heute ist eine große Auswahl ihrer romantischen Komödien, Krimis und Kurzgeschichten auf Englisch verfügbar. Ihre Bücher wurden für viele Auszeichnungen nominiert, z.B. den Golden Quill Contest, den National Readers' Choice Award und den Best Indie Books. Obwohl sie Deutsche ist, entschied sie sich, zunächst nur auf Englisch zu schreiben, weil sie in den USA mehr Hilfe bei der Entwicklung ihrer schriftstellerischen Fähigkeiten fand. Jetzt übersetzt sie ihre Bücher auch ins Deutsche.

Beate Boeker

Mord all' arrabbiata

Kriminalroman

Aus dem Englischen
von Beate Boeker

MIDNIGHT

Midnight by Ullstein
midnight.ullstein.de

MIX
Papier
FSC® C083411

Deutsche Erstausgabe bei Midnight
Midnight ist ein Digitalverlag
der Ullstein Buchverlage GmbH, Berlin
November 2018 (1)

Titel der englischen Originalausgabe: Banker's Death
Umschlaggestaltung:
zero-media.net, München
Titelabbildung: © FinePic®
Innengestaltung: deblik Berlin
Gesetzt aus der Quadraat Pro powered by pepyrus.com
Druck- und Bindearbeiten: CPI books GmbH, Leck

ISBN 978-3-95819-221-8

Figurenübersicht

Die Mantonis & ihre Partner

Caroline Ashley
genannt Carlina, Besitzerin des luxuriösen Lingerie-Geschäfts Temptation in Florenz

Stefano Garini
ermittelnder Inspektor der Mordkommission in Florenz

Onkel Teo
Carlinas Großonkel, 80 Jahre alt

Fabbiola
Carlinas Mutter

Benedetta
Carlinas Tante (Fabbiolas jüngere Schwester)

Leopold Morin (Leo)
Benedettas Lebensgefährte (ein Franzose)

Emma
Carlinas Cousine (Benedettas älteste Tochter)

Lucio
Emmas Ehemann

Annalisa
Carlinas attraktive, rothaarige Cousine (Benedettas zweite Tochter)

Ernesto
Carlinas rothaariger Cousin, der jüngste im Hause Mantoni (Benedettas Sohn)

Tante Violetta
die Matriarchin der Mantoni-Familie, 99 Jahre alt, lebt in einer Villa in Fiesole

Omar
der Adoptivsohn von Tante Violetta

Kapitel 1

»Happy birthday to you! Haaaaaappy birthday toooooo youuuuu.«

Carlina betrachtete die Gesichter ihrer Familie mit einem unguten Gefühl, während sie das Lied für ihren Cousin Ernesto sangen. Es war das erste Mal, dass Stefano Garini sie zu einem Familienfest begleitete, und ihr war klar, dass sie damit eine deutliche Aussage zu ihrer Beziehung gemacht hatte. Sie erinnerte sich gut daran, wie die Augen aller Mantoni-Familienmitglieder bei der Neuigkeit wissensdurstig aufgeleuchtet hatten. Wahrscheinlich war es mittlerweile schon in ganz Florenz bekannt.

Aus dem Augenwinkel beobachtete sie Stefano. Er sang ohne ersichtliche Gefühlsregung mit, die Schulter gegen den Rahmen der Küchentür gelehnt. Sogar wenn man ihn gut kannte, war es schwierig, seine Gedanken aus seinem normalerweise unbeweglichen Gesicht abzulesen. Vielleicht lag es daran, dass er als Kommissar bei der Mordkommission arbeitete und es sich zur Gewohnheit gemacht hatte, seine Gefühle hinter einer Maske zu verbergen. *Nein, eigentlich nicht.* Carlina schüttelte den Kopf. Diese Zurückgezogenheit und Unabhängigkeit waren tief in seiner Persönlichkeit verankert, vermutlich durch seinen Job verstärkt, aber nicht von ihm hervorgerufen.

In diesem Augenblick wandte er den Kopf. Ihre Blicke trafen sich.

Carlinas Herz schlug einen Purzelbaum. *Wie konnte ich glauben, dass er ein unbewegliches Gesicht hat?*

Der Ausdruck in seinen Augen wurde weich. Er legte ihr den Arm um die Schultern und zog sie an sich.

Carlina fühlte sich, als ob ein plötzlicher Sonnenstrahl die Küche erleuchten würde, obwohl an diesem kühlen Frühlingstag die Wolken draußen tief hingen.

»Happy birthday, dear Ernestooooooo, haaaappy birthday toooo youuu!« Die Familie schwappte wie eine Welle nach vorne, und einer nach dem anderen umarmte Ernesto, bis man von ihm nichts als seine leuchtend roten Haare sah.

Am anderen Ende des Raumes machte Carlinas Großonkel Teo besänftigende Armbewegungen. »Pscht! Nun seid mal alle leise!« Er sah nicht besonders beeindruckend aus, da er klein und runzelig war und seine weißen Haare in Büscheln vom Kopf abstanden, aber er war exquisit gekleidet und strahlte eine ruhige Autorität aus, die seinen Status als Patriarch der Familie verdeutlichte. In der folgenden Stille hörte man nur Annalisa, Ernestos um ein Jahr ältere Schwester, leise kichern.

Onkel Teos milchige Augen leuchteten. »Heute, zur Ehre von Ernestos achtzehntem Geburtstag, habe ich zwei Überraschungen für euch!«

Aufgeregtes Stimmengewirr brach aus.

»Ruhe, bitte.« Onkel Teo genoss seinen Augenblick im Rampenlicht. »Eine der Überraschungen kommt ein wenig zu spät.« Er schaute auf seine goldene Armbanduhr. »Die andere ist allerdings jetzt schon da!«

Carlina blickte sich um. Sie konnte nichts Außergewöhnliches feststellen, wenn man davon absah, dass Benedettas Wohnung mit Familienmitgliedern überfüllt war.

»Ich präsentiere euch ... das magische Duo!« Onkel Teo warf die Arme in die Luft.

Carlina unterdrückte ein Lachen. Ihr Großonkel sah aus wie ein Zirkusdirektor, der seine Starnummer ankündigte.

Ernesto riss die Augen auf und schaute sich voller Interesse im Raum um. »Was ist es?« Sein gegeltes Haar stand vom Kopf ab wie lauter kleine Flammen.

»Das ... magische ... Duo!«, wiederholte Onkel Teo mit dröhnender Stimme. Er stolzierte zur Balkontür und warf sie weit auf.

Auf dem schmalen Balkon standen zwei Frauen, beide mit einem breiten Lächeln im Gesicht. Sie hatten die Hände hinter ihren Rücken versteckt und waren beide in schwarze Hosen sowie enge rote Oberteile gekleidet, aber davon abgesehen waren sie so verschieden, wie es zwei Frauen nur sein konnten. Die kleinere hatte einen Mund wie eine Rosenknospe und zerzauste Locken, die sie wie eine Puppe aussehen ließen, während die größere mit ihrer beeindruckenden Oberweite und ihren breit aufgestellten Füßen an eine Wikingerin erinnerte.

»Wer ist das?« Garini beugte seinen Kopf zu Carlina.

»Die Kleinere ist Maria. Sie lebt zwei Häuser weiter unten in der Straße und kommt regelmäßig zum Putzen.«

»Und die Große?«

»Das ist Simonetta, die Freundin von einer Cousine zweiten Grades.« Carlina lächelte Simonetta an. »Sie lebt im Moment bei meiner Mutter, weil sie Opernsängerin ist und hier in Florenz gerade eine Zusatzausbildung macht.«

»Das magische Duo!« Onkel Teo hatte offensichtlich Spaß an seiner Rolle als Zirkusdirektor. Er zog den hellgelben Vorhang vor der Balkontür zur Seite und ein Ghettoblaster erschien. Mit einer weit ausholenden Geste schaltete er ihn ein und ein Zirkusmarsch erklang.

Wie auf Befehl zogen die beiden Frauen ihre Hände mit Jonglierbällen hinter den Rücken hervor und fingen an, wie Profis zu jonglieren.

Innerhalb von zwei Minuten öffneten sich die Fenster in den Nachbarschaft und die Leute lehnten sich heraus, um die Show von der Seite mit anzusehen. Der Abstand zwischen den historischen Häusern auf der Via delle Pinzochere war so schmal, dass sie einen wunderbaren Blick hatten.

Maria und Simonetta warfen sich die Bälle gegenseitig zu und fingen sie in so raschem Tempo, dass sie wie ein bunter Schweif aussahen.

Auf dem Kopfsteinpflaster unten hielt eine Gruppe von Japanern an und dokumentierte jede Sekunde mit hochmodernen Kameras. Ein

Mann sprach in schnellem Japanisch in ein Mikro, vermutlich, um den genauen Zeitpunkt und den Ort dieser unvorhergesehenen Show zu dokumentieren.

»Wow.« Ernesto grinste und boxte gegen den Arm seines besten Freundes Rafaele, der direkt neben ihm stand. »Die halbe Stadt ist in Aufruhr, weil ich Geburtstag habe.«

Rafaele nickte. »Ich bin beeindruckt«, sagte er auf seine ruhige Art.

»Rafaele kann man nicht aufregen«, sagte Carlina mit leiser Stimme zu Garini. »Er ist der ruhigste Typ, den ich je gesehen habe, und er ist erst achtzehn. Ich frage mich, wie er sein wird, wenn er mal älter ist. Ein Fels, vermutlich. Ich habe gehört, dass das in der Familie liegt. Die Altoris sind anscheinend alle so.«

Garinis Lippen zuckten.

In diesem Augenblick schlugen die Glocken der Basilica di Santa Croce zur vollen Stunde und schufen ein seltsames Medley mit der fröhlichen Zirkusmusik.

Carlina bekam eine Gänsehaut. Eine seltsame Vorahnung erfüllte sie mit dem Gefühl einer nahenden Gefahr. Sie runzelte die Stirn und versuchte, es abzuschütteln. Seit ihrem dreizehnten Lebensjahr war das Familienhaus in Florenz ihr Zuhause. Die Glocken erinnerten Carlina an ihre Teenagerzeit, geprägt vom Verlust ihres Vaters und dem Umzug aus Amerika. Sie hatte ihren Klängen gelauscht, als sie sich langsam an diese neue Welt gewöhnt hatte. Nach einiger Zeit hatten sie sie beruhigt, weil sie ihr das Gefühl gaben, dass zumindest manche Dinge sich nicht änderten und über die Jahrhunderte gleich blieben. Warum überlief sie dann jetzt ein kalter Schauder? Sie würde noch wie ihre Mutter werden, die an jeder Wegbiegung eine unbestimmte Katastrophe erwartete, selbst in der Mitte einer fröhlichen Geburtstagsfeier.

Die Musik kam zu einem krachenden Finale. Maria und Simonetta fingen die Bälle auf und verbeugten sich vor dem Publikum im und vor dem Haus.

Von allen Seiten kam Applaus.

Carlinas Mutter Fabbiola warf sich auf sie und umarmte beide zur gleichen Zeit, während ihr eine Strähne des hennaroten Haares in die Stirn fiel. »Meine Lieben! Ich hatte ja keine Ahnung, dass ihr so versteckte Fähigkeiten habt! Ihr wart wunderbar!«

Bevor irgendjemand antworten konnte, flog die Küchentür auf.

Onkel Teo fuhr herum und hob beide Hände wie ein Prophet auf dem Berg. Das Lächeln auf seinem runzligen Gesicht wurde noch breiter. »Und hier«, sprach er laut und deutlich, »ist meine zweite Überraschung! Komm herein, Valentino!«

Der Mann, der in der Tür stand, sah wie ein Model aus. Er war nur mittelgroß, aber mit gutentwickelten Muskeln und breiten Schultern. Sein klassischer Anzug, die schwarzen Lackschuhe und das teure weiße Hemd, das er trug, verstärkten noch die Aura von Erfolg und Selbstbewusstsein, die ihn umgab.

»Valentino!« Ernesto lachte. »Also hast du es doch noch geschafft!«

Der verzagte Ausdruck auf Onkel Teos Gesicht war unübersehbar. »Also wusstest du schon, dass er kommen würde?«

»Aber natürlich!« Ernesto bahnte sich einen Weg durch die Familie und umarmte seinen Cousin. »Er hat's auf Facebook geschrieben! Seitdem er nach Dubai geflogen ist, haben wir über Facebook Kontakt gehalten.«

Onkel Teo runzelte die Stirn. »Was?«

Valentino zwinkerte ihm über Ernestos Schulter hinweg zu. »Ich habe nur versprochen, dass ich es ihm nicht am Telefon sagen würde, oder?«

Onkel Teo presste die Lippen zusammen.

Garini hob eine Augenbraue. »Ein schlüpfriger Geselle?«, fragte er so leise, dass nur Carlina es hören konnte.

»Sehr.« Carlinas Stimme war trocken. »Noch ein Cousin. Er ist der Sohn von Tante Alberta. Ich weiß nicht, ob du dich an sie erinnerst – sie ist die älteste Schwester von *mamma* und bekannt für ihre böse Zunge.«

Garini nickte. »Natürlich erinnere ich mich an sie. Aber sie ist heute nicht hier, oder?«

»Nein. Sie macht eine Kreuzfahrt rund um die Welt, zusammen mit Angela, ihrer Tochter. Kein Verlust, wenn du mich fragst.«

Onkel Teo hatte sich von seiner Enttäuschung erholt und zog Valentino nach vorne. »Komm und sprich mit uns. Du warst so lange weg.«

Valentino schaute sich im Raum um und winkte. »Hallo miteinander!« Er zwinkerte den Mädchen auf dem Balkon zu, die mit einigen Jonglierbällen zu ihren Füßen immer noch draußen standen. »Ich sehe einige wunderhübsche Damen, mit denen ich auf jeden Fall noch einige Zeit verbringen muss, aber zuerst die allerwichtigste Sache: Ernestos Geschenk.« Er öffnete einen seriös aussehenden schwarzen Lederkoffer und zog einen Umschlag heraus. »Bitte schön.«

Ernestos Gesicht erhellte sich, als er den Umschlag nahm. »Ein Geschenk? Was ist es?«

»Öffne den Umschlag doch einfach.« Valentino lächelte ihn strahlend an, sodass man seine perfekten Zähne und das Grübchen in seiner Wange sah. »Ich weiß, dass es dir gefallen wird.«

Ernesto riss den Umschlag mit so viel Eifer auf, dass er sehr viel jünger als seine achtzehn Jahre aussah.

Carlinas Hals zog sich zusammen. Sie mochte Ernesto, und sie wusste, wie sehr er an seinem älteren Cousin Valentino hing, der ihn schon mehr als einmal auf die schiefe Bahn geführt hatte. Ein Blick auf ihre Tante Benedetta, Ernestos Mutter, zeigte ihr, dass Benedetta über die Rückkehr von Valentino aus Dubai nicht so begeistert war wie Onkel Teo. Der vorsichtige Ausdruck in ihren Augen sprach Bände, und ihr Mund, der wie immer leuchtend rot geschminkt war, war zu einem festen Strich zusammengepresst. *Oh, oh. Das wird noch Ärger geben.*

Ernesto stieß einen Freudenschrei aus. »Wow! Das ist fantastisch!« Er schwenkte das Stück Papier und umarmte Valentino. Dann drehte er sich um und hielt Rafaele das Papier hin. »Schau es dir an!«

»Was ist es?«, fragte Fabbiola.

»Ja, wir möchten es auch wissen«, stimmte Ernestos älteste Schwester Emma ein. »Sag es uns!«

Valentinos Lächeln hätte selbst das fest eingewickelte Herz einer

Mumie zu einem Freudensprung bringen können. »Immer mit der Ruhe, kleine Cousine. In der Zwischenzeit kannst du mir ja sagen, wie es kommt, dass du jedes Mal, wenn ich dich sehe, noch hübscher als zuvor aussiehst?«

Ihr Ehemann Lucio runzelte die Stirn und legte einen schützenden Arm um Emmas Schultern. »Das liegt daran, dass sie mit mir verheiratet ist.«

Emma strahlte. »Ganz richtig. Wir haben letzten September geheiratet.«

»Das weiß ich doch!« Valentino zwinkerte ihr zu. »Ich erinnere mich genau an die Bilder mit dem erstaunlichen Hochzeitskleid.«

Die Falten auf Lucios Stirn vertieften sich.

Carlina hielt die Luft an. Emmas Hochzeitskleid war vor allem erstaunlich kurz gewesen und hatte ihre perfekten Beine in fast ganzer Länge gezeigt. Es hatte auch einen kleinen Skandal hervorgerufen, aber das hatte Emma nicht gestört.

Rafaele schaute von dem Gutschein hoch, den er gelesen hatte. »Ich muss gestehen, dass es nichts für mich wäre«, sagte er mit seiner ruhigen Stimme und zuckte mit den Schultern. »Bungee-Jumping ist nicht mein Ding.«

Benedetta schrie und stürzte sich auf ihn. »Bungee-Jumping?« Sie riss das Papier aus Rafaeles Hand und überflog es mit weit aufgerissenen Augen. »Bungee-Jumping?« Ihre Stimme wurde hoch und schrill. »Willst du mir etwa sagen, dass du meinen einzigen Sohn, mein Lamm, umbringen willst, nachdem ich ihn mühsam achtzehn Jahre lang großgezogen habe?« Sie zerknüllte den Gutschein in ihrer Hand. »Ich verbiete dir, das einzulösen, Ernesto!«

Valentino schaute sie hochmütig an. »Du kannst ihm gar nichts mehr verbieten, Benedetta. Seit heute ist er erwachsen und kann machen, was er will.«

Ernesto schaute besorgt von seinem angebeteten Cousin zu seiner vor Wut kochenden Mutter.

Tränen traten in Benedettas Augen. »Wie kannst du es wagen?« Sie zischte die Worte, beugte sich wie eine griechische Rachegöttin nach vorne und stieß mit dem Zeigefinger gegen Valentinos Brust. »Wie kannst du es wagen zurückzukommen, von wo auch immer du gewesen bist und -«

»Es heißt Dubai, Benedetta.« Sein Ton war eine Beleidigung. »Wo die Welt sich schneller bewegt als hier im verknöcherten Italien, das kann ich dir sagen.«

Benedetta warf die Hände in die Luft. »Es ist mir völlig egal, wo du herkommst, aber ich verbiete dir, meinen Sohn umzubringen!«

Ernesto legte ihr eine Hand auf den Arm. »*Mamma*, bitte. Ich -«

»Lass mich ausreden!« Benedetta schüttelte ihn ab. »Als dein Vater starb, wusste ich nicht, wie ich dich großziehen sollte! Ich wusste nicht, wie es weitergehen würde, wie ich es schaffen sollte. Aber mit Teos Hilfe haben wir alle Probleme überwunden, und ich konnte dich zu einem verantwortungsvollen Bürger erziehen!« Sie ballte die Fäuste und hob sie, als würde sie jemanden niederboxen wollen. »Ich weigere mich zu akzeptieren, dass mein Sohn jetzt durch eine so unnötige und dumme Sache wie Bungee-Jumping getötet wird!«

Ausnahmsweise einmal stand die Familie wie in Trance da. Sie hatten noch nie einen vergleichbaren Ausbruch von Benedetta erlebt, die sonst zu den ausgeglicheneren Mantonis gehörte.

Carlina schluckte so schwer, dass es wehtat.

»Carlina!« Ihre Tante wandte sich ihr zu. »Du bist immer so vernünftig! Du musst mir helfen. Ich kann mich auf dich verlassen. Du musst ihm sagen, dass er das nicht machen kann. Du musst all deinen Einfluss geltend machen. Wenn du ihn nicht daran hinderst, Bungee springen zu gehen, werde ich ...« Sie brach in Tränen aus und wischte sie mit zitternder Hand weg, dann richtete sie sich zu ihrer vollen Höhe auf. »... werde ich dir verbieten, jemals wieder die Schwelle meiner Wohnung zu überqueren!«

Fabbiola zuckte zusammen und eilte ihrer Tochter zur Seite. »Also wirklich, Benedetta, ist das nicht ein wenig übertrieben?«

»Du!« Benedetta wandte sich mit einem Zischen, das Carlinas Haare zu Berge stehen ließ, an ihre Schwester. »Du hast seit Wochen dieses blöde Gesundheitsfutter gegessen, und ich kann dir jetzt auch gleich mitteilen, dass ich das eklige Zeug nicht mehr auf meinem Tisch sehen will! Du kannst ab jetzt in deiner eigenen Wohnung essen!«

Garini beugte den Kopf. »Was war das mit dem Gesundheitsfutter?«

»Später.« Carlina biss sich auf die Lippen.

Valentino fing an, langsam und übertrieben in die Hände zu klatschen. »Bravo, Benedetta. Ich wusste, es war die richtige Entscheidung zurückzukommen. Welche Emotionen! So viel Drama! Viel besser als in den besten arabischen Familien. Und das Ganze noch kostenlos. Ich muss wirklich nicht mehr ins Theater gehen.«

Leopold Morin schob sich durch die Familie hindurch, bis er direkt neben Benedetta stand. Er berührte sie nicht, aber seine freundlichen braunen Augen schauten sie so intensiv an, dass selbst Carlina es spürte, obwohl er nicht sie ansah.

Benedetta warf ihm einen angsterfüllten Blick zu, dann bedeckte sie ihr Gesicht mit den Händen und rannte aus der Küche. Leopold Morin folgte ihr ohne ein Wort und schloss die Tür mit einem sanften Klicken hinter sich, das lauter schien, als wenn er sie zugeknallt hätte.

»Wer um alles in der Welt ist denn das?«, fragte Valentino. »Den habe ich noch nie zuvor gesehen.«

»Er ist Franzose.« Annalisa lächelte Valentino an. »Nun sag nicht, dass du mich vergessen hast, sonst bin ich beleidigt.« Sie schüttelte ihr langes Haar, das die gleiche rote Farbe wie das ihres Bruders hatte, und schaute ihn unter halb gesenkten Wimpern an.

»Wie könnte ich dich vergessen haben? Du bist die schönste Frau in diesem Raum.« Valentino nahm ihre Hand und hauchte einen Kuss darauf.

Irgendwo hinter Carlina ertönte ein Geräusch, das sie nicht zuordnen konnte, als ob jemand nach Luft schnappte oder schwer schluckte. Oder war es ein unterdrücktes Lachen? Sie schaute über die Schulter, konnte aber nicht sagen, woher es gekommen war.

Valentino schaute Annalisa mit einem verheißungsvollen Lächeln an. »Aber ich verstehe immer noch nicht, warum ein völlig unbekannter Franzose an dieser Familienfeier teilnimmt.«

Annalisa zuckte mit den Schultern. »Er ist Universitätsprofessor in Paris, der sein Sabbatical hier in Florenz verbringt und unten in der Wohnung von Opa lebt. Die Wohnung stand leer, seitdem Opa im September gestorben ist, und Leopold hat sich über Weihnachten mit Onkel Teo angefreundet, also ist er eingezogen. Er ist ganz nett, wenn auch manchmal ein wenig langweilig.«

Carlina fragte sich, wie Annalisa die Hintergründe so ruhig erzählen konnte, als ob die vorhergehende Szene sie gar nicht berührt hätte – obwohl vielleicht genau das der Fall war, wenn sie richtig darüber nachdachte. Annalisa sah zwar aus, als ob sie kein Wässerchen trüben könnte, aber sie dachte oft nur an ihren eigenen Vorteil.

»Wie schade«, sagte Valentino. »Ich hatte fest damit gerechnet, in Opas Wohnung übernachten zu können, während ich hier in Florenz bin.«

»Warum wohnst du nicht bei deiner Mutter in Fiesole?«, fragte Lucio. Zweifellos wollte er den attraktiven Cousin seiner Frau nicht im gleichen Haus haben.

Valentino zuckte mit den Schultern. »Sie ist auf diese dumme Kreuzfahrt gefahren und hat alle Schlüssel mitgenommen. Wenn ich also nicht einbrechen will, komme ich in die Villa nicht rein.«

»Du kannst bei mir wohnen«, sagte Onkel Teo. Sein Gesicht war grau, und er sah aus, als ob er es bedauerte, dass er Valentino zur Party eingeladen hatte, aber Carlina wusste, dass sein Familiensinn ihm niemals erlauben würde, ein Familienmitglied in Not zu lassen.

»Cool.« Ernesto schlug Valentino freundschaftlich auf den Rücken. »Wir haben viel mehr Spaß, wenn du auch hier wohnst.«

Valentino zögerte, dann nickte er. »Lass uns verschwinden«, sagte er. »Zu viel Familie auf einmal ist schlecht für die Verdauung. Ich habe ein tolles Auto, eine echte Schönheit. Hol deine Sonnenbrille, Ernesto, und dann fahren wir ein wenig durch die Stadt.« Er zwinkerte seinem jüngeren Cousin zu. »Vielleicht finden wir ja ein paar nette Mädels.«

Ernesto grinste und zog Rafaele nach vorne. »Klingt gut. Rafaele, kommst du auch?«

»Tut mir leid, Kleiner.« Valentino schüttelte bedauernd den Kopf. »Es ist ein Mercedes-Cabrio, ein Zweisitzer. Leider kein Platz für dich.«

Onkel Teo runzelte die Stirn. »Ich finde es nicht richtig, dass du mitten in deiner eigenen Geburtstagsfeier gehst, Ernesto.«

Ernesto sah aus wie ein trauriger Welpe.

Carlina unterdrückte ein Schmunzeln. Ihr kleiner Cousin konnte auf Knopfdruck so schauen ... und wie immer funktionierte es reibungslos.

Onkel Teo hob seine Hand in einer Geste, die deutlich zeigte, dass er aufgab. »Na, meinetwegen. Dann fahrt halt und habt viel Spaß, aber denk noch mal über das Bungee-Jumping nach. Du willst deine Mutter ja nicht unglücklich machen, oder?«

Ernesto grinste ihn etwas schief an, enthielt sich aber weise einer Antwort.

Sobald sich die Tür hinter den zwei Männern geschlossen hatte, ging ein Seufzer der Erleichterung durch den Raum.

»Mannomann.« Simonetta warf ihre Jonglierbälle in einem bunten Haufen auf den Tisch und ließ sich in einen Stuhl fallen. »Was um alles in der Welt wirst du jetzt tun, Carlina?«

»Ich?« Carlina schluckte.

»Na ja, Benedetta hat dir doch aufgetragen, das Problem zu lösen, oder?«

»Ja, das hat sie.« Emma nickte so sehr, dass ihre langen Haare über ihre Schultern nach vorne rutschten. »Und ich muss sagen, dass ich dich nicht darum beneide, Carlina.«

Kapitel 2

I

Ein scharfer Wind fegte die schmale Via delle Pinzochere herunter und zerzauste Carlinas braune Locken.

»Nun, das war ja ein munteres Familientreffen.« Garini zog den Reißverschluss seiner schweren Lederjacke zu und schloss das Motorrad auf. »Aber ich verstehe immer noch nicht diese düsteren Andeutungen in Bezug auf das Gesundheitsfutter.«

Carlina zog ihre Jacke enger um sich. »Das ist eine lange Geschichte.« Sie wollte sie Garini eigentlich nicht erzählen.

Er schaute sie prüfend an. »Irgendetwas sagt mir, dass deine Mutter sich etwas Neues ausgedacht hat. Sagt sie jetzt nicht mehr die Zukunft voraus?«

Carlina seufzte. »Sie hat das Kartenlesen an Neujahr aufgegeben.«

»Oh?« Es hörte sich fast an, als ob er das bedauerte. »Warum?«

»Weil die Karten ihr nicht im Voraus mitgeteilt hatten, dass ich in der Gefahr schwebte, umgebracht zu werden. Also hat sie ihr Vertrauen in sie verloren.«

»Aber das ist doch eigentlich eine gute Neuigkeit, oder nicht?« Garini runzelte die Stirn.

»Ich weiß nicht, ob ihre neueste Masche nicht schlimmer ist.« Carlina zuckte mit den Schultern. Sie konnte es ihm genauso gut sagen. Er würde es sowieso herausfinden. »Sie hat sich in gesundes Essen hineingesteigert, und damit macht sie uns alle wahnsinnig.«

»Besessen von gutem Essen?«, fragte Garini.

Carlina beäugte ihn. Klang er amüsiert oder beunruhigt? Es war schwer zu beurteilen. Sie räusperte sich. »Äh. Ja.« *Bitte frag nicht.*

»Was ist denn so schlecht an dieser Gesundheitsfutter-Phase?«, fragte Garini.

»Benedetta hat es als persönliche Beleidigung aufgefasst. Du weißt ja, dass sie normalerweise für die ganze Familie kocht, oder?«

Garini nickte.

»Na ja, jetzt besteht *mamma* darauf, besonderes Essen zu bekommen, und sie kocht es selbst.« Carlina rollte die Augen. »Sie ist die schlechteste Köchin der Welt, und Benedetta behauptet, dass sie ihr eigenes Mahl nicht mehr genießen kann, wenn sie sich ansehen muss, was *mamma* auf den Tisch stellt. Sie sind beide mit gezogenen Waffen in den Kampfring gestiegen und du kannst mir glauben, dass das nicht lustig ist. Es ist, als ob sie fünfzehn wären und sich die ganze Zeit wie zwei Teenager-Schwestern anzicken.« Sie holte tief Luft. »Zum Frühstück trinkt *mamma* Essig mit Honig gemischt. Sie behauptet, die alten Römer hätten das schon vor Hunderten von Jahren getan und dass es gut für die Haut oder was weiß ich sei.«

»Das klingt vertraut«, sagte Garini. »Wenn ich mich richtig erinnere, hatte dein Großvater doch genau die gleiche Phase, oder? Glaubst du, dass das erblich ist?«

»Um Himmels willen.« Carlina grinste. »Sie behauptet, es sei etwas ganz anderes, weil sie eine andere Art von Honig verwendet.« Sie holte tief Luft und gab das schlagende Argument ihrer Mutter wieder. »Ihr Honig stammt nur von glücklichen Bienen.«

Garinis Augenbrauen wanderten hoch. »Woher weiß man, ob eine Biene glücklich ist?« Sein Gesicht verriet nichts, aber Carlina konnte tief in seinen Augen ein Lächeln sehen. Ein Glücksschauer lief ihr den Rücken hinunter, wie immer, wenn sie feststellte, dass er den gleichen Sinn für das Lächerliche hatte wie sie. Vielleicht würde er doch nicht davonlaufen, wenn sie ihn den Absonderlichkeiten ihrer Familie aussetzte. »Bitte *mamma* nicht darum, eine glückliche Biene zu definieren«, sagte sie. »Sonst müssen wir uns einen Vortrag anhören, der mindestens eine Dreiviertelstunde dauert. Unglücklicherweise sind die Bienen im Moment glücklicher als wir. Die Atmosphäre im Haus ist genauso toxisch wie die Gerichte, die *mamma* kocht.«

»Ist das Essen wirklich so schlimm?«, fragte Garini.

»Schlimmer, als du dir vorstellen kannst.« Carlina schauderte. »Wenn es nur dieser Honig-Essig-Drink wäre, dann könnte ich damit leben, aber sie besteht auch darauf, ihr eigenes Brot zu backen. Sie hat zwei riesige Körnersäcke gekauft und mahlt das Zeug selbst mit einer gigantischen Mühle in ihrer Küche.« Sie machte eine Kopfbewegung in Richtung des dritten Stockwerks, in dem Fabbiola ihre Wohnung hatte.

Garini neigte den Kopf. »Spannend.«

»Diese Mühle macht so viel Krach, dass das ganze Haus wackelt, und sie bedeckt alles mit Mehl«, fuhr Carlina fort. »Und dann schmeckt das Brot auch noch richtig übel, weil *mamma* sich weigert, Salz oder Gewürze hinzuzufügen. Sie sagt, du kannst die Körner sogar als Kaugummi benutzen, wenn du sie lange genug zwischen den Zähnen zermalmst.« Sie schüttelte sich vor Ekel.

»Verstehe.« Garinis Mundwinkel zitterten.

Carlina breitete ihre Hände aus. »Und jetzt, als ob unsere Nerven nicht schon zum Zerreißen gespannt wären, muss Valentino unbedingt aus Dubai zurückkommen und Ernesto diesen blöden Gutschein geben.« Sie biss sich auf die Lippen. »Es tut mir leid. Damit hatte ich nicht gerechnet, als ich dich fragte, ob du zu Ernestos Geburtstagsfeier kommen möchtest.«

Stefano lächelte ihr ein wenig schief zu. »Ich habe gelernt, das Unerwartete von deiner Familie zu erwarten.«

»Na ja, unerwartet ist eine Sache. Ein totaler Krieg was anderes.« Carlina schlang sich die Arme um den Körper. Der Wind war frisch, als ob es noch lange hin bis zum Frühling wäre. Trotzdem war sie froh, dass sie Stefano nach der Party nach draußen gefolgt war, denn sie wollte sich von ihm verabschieden, ohne dass die gesamte Familie dabei zusah.

»Ich kann dir nur einen Ratschlag geben: Halte dich raus.« Er schaute sie mit seinen hellen Augen prüfend an.

»Das kann ich nicht.« Carlina schüttelte den Kopf. »Benedetta hat mich um Hilfe gebeten.«

»Darüber habe ich mich übrigens gewundert. Warum hat sie nicht Onkel Teo gefragt? Er ist immerhin der Patriarch der Familie.«

Carlina grinste. »Sie weiß, dass er zu lieb ist.«

»Und du bist es nicht?« Er neckte sie mit seinem Lächeln.

Sie nahm die Schultern zurück und erwiderte den Blick. »Es mag vielleicht nicht so offensichtlich sein, aber ich bin ganz hart.«

»Verstehe.« Sein Gesichtsausdruck wurde zärtlich, dann verschwand das Lächeln. »Was wirst du tun? Willst du Ernesto darum bitten, den Gutschein zurückzugeben? Ich glaube, das wird nichts. Wenn du dich einmischst, wird ihn das nur wütend machen, und dann wird er aus lauter Protest von einem noch höheren Dach springen. Er ist ein Teenager.«

Carlina seufzte. »Ich weiß. Ich stecke in einer Sackgasse.«

»Also tu am besten gar nichts.« Er schüttelte den Kopf. »Ich glaube, ich kann mir die Worte sparen. Weißt du, wenn du deiner Familie gegenüber nicht ganz so loyal wärst, wäre es ein wenig einfacher.«

Sie schaute auf. »Was meinst du?«

Er antwortete nicht. Stattdessen nahm er sie in den Arm und gab ihr einen Kuss.

Carlina spürte, wie sie sich entspannte. Sie fühlte den Kuss mit jeder Faser ihres Seins. Die Welt da draußen konnte untergehen, solange sie nur in seinen Armen lag. Ihre Beziehung war noch nicht sehr alt. Sie hatte eigentlich kurz nach Weihnachten begonnen, aber Stefanos Beruf als ermittelnder Kommissar bei der Mordkommission in Florenz ließ ihnen nicht viel Zeit, ihre Beziehung zu vertiefen. Im Januar war er in ein Projekt berufen worden, das ihn in die Niederlande verschlagen hatte, sodass er ganze drei Wochen nicht in Florenz gewesen war. Der Februar hatte ihnen ein wenig mehr Zeit gegeben, wenn man die zwei Mordfälle auf Garinis Tisch und die Krankheit von Carlinas Assistentin außer Acht ließ. Carlina hatte die Arbeit in ihrem Lingerie-Geschäft Temptation auf der Via de' Tornabuoni alleine übernehmen müssen.

Aber jetzt war März, der Frühling war da, und Carlina hoffte, dass sie mehr Zeit füreinander haben würden, um ihr Vertrauen und ihre Liebe auszubauen. Sie wusste, sie hatte gezögert, bevor sie ihn zu dem Familiengeburtstag eingeladen hatte, aus Angst, dass ihre überschäumende und exzentrische Familie ihn abschrecken würde. Nicht, dass er sie nicht bereits kannte – zwei seiner Mordfälle in den letzten sechs Monaten hatten ihn in engen Kontakt mit den Mantonis gebracht, aber es war etwas anderes, ob man als Außenseiter oder als »der Mann an ihrer Seite« vorgestellt wurde. Ein potentieller Ehemann wurde sehr viel genauer unter die Lupe genommen. Dennoch war er nicht geflohen, was viel über seine Gefühle für Carlina aussagte.

»Warum lächelst du?« Seine Stimme war weich.

»Ich habe nur gerade daran gedacht, dass du sehr mutig bist, weil du weiterhin mit mir zusammen bist, trotz meiner Familie.«

Bevor er antworten konnte, ertönte ein lautes Hupen hinter ihnen.

Carlina wandte den Kopf.

Valentino fuhr ein mattschwarzes Mercedes-Cabrio mit cremefarbenen Ledersitzen im Schneckentempo durch die enge Straße, eine Hand entspannt aus dem Fenster hängend. Seine dunkle Sonnenbrille versteckte den Großteil seines Gesichts. Sie war verspiegelt, sodass Carlina nur ein verzerrtes Bild von sich selbst sah, als sie versuchte, in seine Augen zu blicken.

»Noch ein Mann, den ich nicht kenne«, rief Valentino. »Du hast uns oben einander gar nicht vorgestellt, Carlina.« Ohne auf eine Antwort zu warten, fuhr er fort, während er Stefano von oben bis unten musterte: »Bist du sicher, dass du hier mit meiner Cousine herummachen darfst, Kumpel?«

Carlina schnappte nach Luft. »Es gibt nur eine einzige Person, die bestimmt, was mit mir geschieht«, sagte sie. »Und das bin ich selbst. Verschwinde, Valentino!«

Valentino schüttelte den Kopf und lachte. »Hast du das gehört, Ernesto? Sie hat Schneid, deine Cousine. Ich mag Frauen mit Schneid.«

Ernesto grinste und winkte.

Carlina rollte mit den Augen und wandte sich ab.

»Hey, sei wenigstens so höflich, mir deinen Lover vorzustellen!« Valentino stoppte den Wagen direkt neben ihnen.

»Er heißt Stefano Garini«, sagte Ernesto. »Er ist Kommissar bei der Kripo, und er hat die Morde an Opa und dem reichen Amerikaner aufgeklärt.« Seine Stimme war voller Ehrfurcht.

Carlina unterdrückte ein Lächeln. Ernesto war ziemlich beeindruckt von Garini, und dazu hatte er auch allen Grund.

Valentino schüttelte den Kopf. »Er ist nicht gut genug für dich, Carlina. Nimm doch einen Rechtsanwalt oder einen Arzt oder einen Banker.« Er zwinkerte ihr übertrieben zu. »Polizisten sind so …« Er schaute in Stefanos unbewegtes Gesicht und brach ab. »Ach du lieber Himmel, ich höre besser auf. Das Gesetz könnte sich gegen mich stellen.«

»Genau«, erwiderte Carlina mit trockener Stimme. »*Ciao*, Valentino. Jetzt mach dich endlich vom Acker.« Sie wandte sich wieder Garini zu.

Valentino ließ den Motor aufheulen, bis die historische Straße von ohrenbetäubendem Lärm erfüllt war, dann raste er mit quietschenden Reifen davon.

»Ich bin froh, dass du einen robusten Riegel an deiner Apartmenttür hast, sodass du dich einschließen kannst.« Stefanos Stimme war ruhig. »Das ist eine ziemlich unangenehme Gestalt.«

»Bei den Damen ist er allerdings ausgesprochen beliebt«, sagte Carlina. »Hast du gesehen, wie Annalisa ihn angelächelt hat? Nicht jeder kann Handküsse rechts und links verteilen, ohne lächerlich zu wirken.«

»Richtig.« Er gab ihr noch einen kurzen Kuss, setzte seinen Helm auf und fuhr dann davon. Carlina eilte zurück ins Haus, mit dem unguten Gefühl, dass die nächsten Tage alles andere als lustig werden würden.

II

»Ich sage es dir doch die ganze Zeit, ich kann nicht!«

Valentinos genervte Stimme ließ Carlina erstarren. Ihre Mutter hatte sie gebeten, Onkel Teo ein wenig hausgemachtes Brot hinunterzubringen, bevor er ins Bett ging, sodass er es am nächsten Morgen zum Frühstück haben würde. Weil der Tag schon stressig genug gewesen war, hatte Carlina sich entschieden, ohne weiteren Kommentar zu gehorchen. Onkel Teo konnte das Brot ja immer noch wegwerfen, wenn Fabbiola nicht in der Nähe war. Da die Tür zu seiner Wohnung aufstand, war Carlina ohne lange zu fackeln hineingegangen, doch Valentinos harter Satz stoppte sie mitten in der Bewegung.

»Was meinst du?« Onkel Teos Stimme klang schwach und gebrochen.

»Ich meine, dass es unmöglich ist, und das musst du akzeptieren.« Valentinos Ungeduld war deutlich zu hören.

»Aber ich kann nicht mehr warten. Ich muss es zurückzahlen, sonst sind wir in echten Schwierigkeiten.«

Noch nie hatte Carlina ihren Onkel Teo so sprechen gehört. Er klang panisch, ganz und gar nicht wie der Patriarch, der sich seiner sicher war und wusste, wie er die ganze Familie zu führen hatte.

»Sag ihnen, dass sie warten sollen. Noch einen Monat oder zwei, und es ist alles in Butter. Mach dir keine Sorgen.«

Valentinos glatte Antwort machte sie wütend, obwohl sie keine Ahnung hatte, wovon die beiden eigentlich sprachen.

»Sie werden mir nicht glauben«, sagte Onkel Teo. »Ich habe ihnen das Gleiche schon vor einem Monat gesagt, und damals waren sie bereit, vier Wochen zu warten. Aber nicht mehr. Diese vier Wochen sind jetzt rum.«

»Ach, zur Hölle!« Valentino explodierte. »Geh einfach wieder zu ihnen, sag ihnen, dass es noch ein wenig länger dauert. Erfinde irgendwas! Du bist doch sicher nicht so alt geworden, ohne in der Lage zu sein, eine plausible Geschichte zu erfinden, oder? Denk daran, wenn du's nicht schaffst, dann haben sie auch nichts. Ich kenne die Art, wie sie arbeiten. Vertrau mir. Sie werden dir mehr Zeit geben.«

»Warum kommst du nicht mit mir, Valentino?« Onkel Teos Stimme gewann ein wenig an Kraft. »Du wärst viel besser in der Lage, ihnen das Konzept zu verkaufen.«

Valentino lachte harsch. »Ich? Nie im Leben. Ich werde gar nicht in Erscheinung treten.«

»Aber ich glaube wirklich, dass -«

»Nein.« Valentinos Stimme war unmissverständlich. »Du gehst morgen früh zu ihnen.« Ein Stuhl kratzte über den Boden. »Das wird schon klappen.«

Carlina drehte sich auf dem Absatz um und rannte aus der Wohnung. *Was um Himmels willen geht da vor?* Sie lief zum ersten Treppenabsatz, dann drehte sie sich herum, eine Hand auf dem glatten Holzgeländer, als ob sie gerade erst von oben gekommen wäre. Normalerweise liebte sie das seidige Gefühl des Holzes unter ihrer Hand und genoss es, während sie nach unten lief, aber jetzt waren ihre Gedanken zu verwirrt, um es mehr als am Rande wahrzunehmen. Was war hier los? Warum hatte Valentino auf einmal so viel Macht über Onkel Teo?

Valentino kam aus Onkel Teos Wohnung und zog seinen extravaganten Wintermantel mit dem lila Seidenfutter über. Seine gerunzelte Stirn glättete sich schlagartig, als er Carlina auf den Stufen über sich entdeckte. »Carlina! Wie schön, dich zu sehen! Ist dein Lover gegangen?«

Sie entschied sich, seine Frage zu ignorieren, und ging langsam die Treppe hinunter. »Gehst du aus?«

»Natürlich.« Valentino schaute auf seine Platinuhr. »Es ist ja gerade mal halb elf, und der Abend fängt jetzt erst an. Willst du mitkommen? Wir könnten über alte Zeiten plaudern.«

Sie konnte sich an keine alten Zeiten mit ihm erinnern, denn er war auf eine Privatschule gegangen und hatte sich bei Familientreffen abseits seiner Cousins und Cousinen gehalten. »Nein, danke.« Sie verzog die Lippen und hoffte, dass es als Lächeln durchgehen würde. »Ich muss mich noch um meine Buchhaltung kümmern.« Das war nur eine halbe Lüge. Sie fand immer irgendetwas, was sie in der Buchhaltung tun konnte.

Valentino lachte so sehr, dass er sich gegen den Türrahmen lehnen musste. »Buchhaltung? Welche Buchhaltung macht man denn mitten in der Nacht?«

»Zufälligerweise besitze ich einen Laden.« Carlinas Stimme klang kühl. Sie wollte, dass er jetzt endlich verschwand, damit sie nach Onkel Teo schauen konnte. Ihr Großonkel war nicht hinter Valentino erschienen. Das war ungewöhnlich. Normalerweise war Onkel Teo korrekt und begleitete seine Besucher bis zur Tür. Aber vielleicht zählte Valentino nicht als Besuch, weil er bei Onkel Teo wohnte.

»Einen Laden?« Valentino runzelte die Stirn. »Was für ein ...?« Er brach ab und schlug sich auf die Schenkel. »Ja, natürlich! Jetzt erinnere ich mich ... du hast dieses superteure Unterwäschegeschäft.« Sein Blick wirkte berechnend. »Wie nett.«

Carlina hob das Kinn und wartete auf eine sexistische Bemerkung, aber seine nächsten Worte überraschten sie.

»Du machst bestimmt einen saftigen Gewinn.«

Carlina zuckte zurück. Sie würde ihren Laden ganz bestimmt nicht mit einem Haifisch wie Valentino besprechen.

Valentino nahm ihren Arm und drehte sie zur Haustür. »Hör mal, du und ich, wir müssen reden. Ich habe ein oder zwei Ideen, wie du dein Kapital vergrößern kannst, ohne deinen hübschen Hintern auch nur ein wenig bewegen zu müssen.«

»Nein, danke.« Carlina trat zur Seite, sodass er ihren Arm loslassen musste. »Ich bin ganz zufrieden, so wie es ist.«

Er schenkte ihr eines seiner charmanten Lächeln. »Das glaubst du vermutlich wirklich, aber du kannst mir vertrauen, das weiß ein Amateur nie. Die Welt da draußen ist ganz schön kompliziert, und man muss ein Experte sein, um die Vielschichtigkeit des Finanzmarktes zu verstehen.«

»Na klar.« Carlina versuchte, so gelangweilt wie nur irgend möglich zu klingen. Würde er es merken? Vermutlich nicht. Er hatte eine Haut wie die eines Rhinozeros und das dazu passende Ego. Sie tat so, als ob sie gähnen würde, um ihr mangelndes Interesse überdeutlich zu machen. »Tut mir leid, aber ich muss Onkel Teo jetzt das Brot hier bringen.«

Er stellte sich ihr in den Weg. »Hör mal, Carlina, ganz abgesehen vom Geschäft würde ich dich wirklich gern näher kennenlernen.« Sein Blick fiel auf ihre Brust.

Carlina wünschte, sie hätte nicht ihren Lieblingspullover mit dem schönen Dekolleté angezogen. Wobei es wahrscheinlich gar keinen Unterschied gemacht hätte – manche Männer schafften es, dass man sich dreckig fühlte, egal was man anhatte. Mit einer plötzlichen Sehnsucht erinnerte sie sich an den Tag, als Stefano ihr die Bluse ausgezogen hatte, um eine Messerwunde an ihrer Schulter zu verbinden. Er hatte nicht mal mit der Wimper gezuckt – obwohl er ihr später gesagt hatte, dass es nicht einfach gewesen war. Sie unterdrückte ein Lächeln.

Valentino kam näher. »Ich hatte ganz vergessen, wie charmant du bist.«

Jetzt reicht es aber. »Ich habe deinen ... Charakter nicht vergessen, mein lieber Cousin.« Sie verengte die Augen. »Ganz abgesehen davon, hast du vergessen, dass wir Cousin und Cousine ersten Grades sind?«

Valentino grinste. »Du meinst, es wäre Inzest?« Er winkte nonchalant mit der Hand. »Das ist in vielen Ländern gar kein Thema. In Dubai, zum Beispiel ist es eine der besten Verbindungen, die du eingehen kannst. Bleibt alles in der Familie, gewissermaßen.« Er lachte über seinen eigenen Witz.

»Wunderbar.« Carlinas Stimme troff vor Ironie. »Und trotz dieses verlockenden Angebots bleibe ich bei meinem Nein.«

»Carlina.« Seine Stimme wurde leise. »Das ist wirklich ein attraktiver Name, weißt du? Ich mache dir einen Vorschlag: Wir gehen in einem der teuersten Restaurants der Stadt schön essen, und dann nehme ich dich in einen exklusiven Nachtclub mit. Ist das Elitissimo noch so gut wie früher?«

Sie seufzte genervt auf. »Du musst noch eine Menge lernen, wenn du ein Nein nicht als Nein verstehst, Valentino. Jetzt geh mir endlich aus dem Weg, sonst schubse ich dich weg.«

Valentino lachte leise. »Was für ein Feuer.« Er trat zur Seite. »Aber ich werde nicht aufgeben, keine Sorge. Mein Motto ist, dass ich alles bekommen kann, was ich will, auch wenn es eine Weile dauern sollte.« Er winkte ihr zu und zog die schwere Eingangstür auf. »Viele Wege führen nach Rom. Gute Nacht, meine süße Cousine!« Die Tür fiel mit einem Knall hinter ihm zu.

Carlina schüttelte den bitteren Nachgeschmack der Unterhaltung ab und eilte in Onkel Teos Wohnung. »Onkel Teo? Wo bist du?«

»Hier, meine Liebe.« Der alte Mann saß am Küchentisch, den Kopf in beide Hände gestützt.

»Onkel Teo!« Carlina setzte sich neben ihn. »Was ist los mit dir? Bist du krank?«

Er hob seinen Kopf und starrte sie aus leblosen Augen an. »Oh nein. Nur ein wenig … entmutigt.«

»Entmutigt?« Carlina runzelte die Stirn und schob ihren Stuhl näher heran. »Wieso?«

Ein tiefer Seufzer schüttelte seinen schmalen Körper. »Es ist nichts, meine Liebe. Mach dir keine Sorgen. Ich werde eine Lösung finden. Morgen wird alles besser.«

Sie nahm eine seiner Hände. Seine Haut fühlte sich kalt an, und sie begann, seine Finger in ihren Händen zu reiben. »Ich habe ein wenig von deiner Unterhaltung mit Valentino mitbekommen.« Sie erinnerte sich daran, wie oft er ihr heimlich zugehört hatte, wenn sie sich mit Freunden unterhalten hatte, und fand es nicht nötig, sich zu entschuldigen. »Hat er dich in Schwierigkeiten gebracht?«

Onkel Teo schüttelte den Kopf. »Es war mein Fehler. Ganz alleine mein Fehler.« Er straffte die Schultern. »Aber ich werde das Problem lösen.«

Ein beklemmendes Gefühl beschlich Carlina. Sie hatte Onkel Teo noch nie so gesehen. So … ruhig und tödlich entschlossen. *Was um Him-*

mels willen muss er bloß morgen zurückgeben? »Kann ich irgendetwas tun, um zu helfen?«

»Oh, nein.« Onkel Teo schüttelte erneut den Kopf. »Du hältst dich da besser raus, meine Liebe.«

Carlina hatte Schwierigkeiten, zu schlucken. Hatte Onkel Teo sich mit der Mafia eingelassen? Es klang, als ob er morgen irgendeinen Showdown erwartete. *Oh Madonna.*

»Vielleicht kann Stefano helfen? Als Kommissar hat er mehr Möglichkeiten als wir.« *Und eine Pistole.*

»Nein, damit muss ich alleine fertig werden.« Sein Lächeln war nur noch eine leere Hülle seines sonstigen frechen Grinsens.

Es traf sie mitten ins Herz. »Würdest du es mir bitte sagen? Du kannst mir vertrauen. Ich werde es auch nicht weitererzählen.«

Onkel Teo schloss die Augen. »Nein, meine Liebe. Du bist ein gutes Mädchen – eine gute Frau, sollte ich sagen –, aber in diesem Fall kann niemand helfen.« Er gab sich sichtlich Mühe, sich gerade hinzusetzen. »Warum bist du denn eigentlich nach unten gekommen?«

Carlina zeigte auf das Brot, das sie auf den Tisch gelegt und prompt vergessen hatte. »*Mamma* bat mich, dir ein wenig von ihrem selbst gemachten Brot zu bringen.«

»Oh weh.« Onkel Teo klang resigniert. »Ich hoffe nur, dass diese Phase bald vorbei ist. Sie ist ein wenig entmutigend.«

Carlina unterdrückte ein Lächeln. »Da hast du recht.« *Aber im Moment ist das nicht unser größtes Problem*

Onkel Teo tätschelte ihre Hand. »Geh jetzt zu Bett, Carlina. Es war lieb von dir, mir dieses ... Brot zu bringen.«

Zögernd stand sie auf. »Nicht lieb«, sagte sie mit einem Lächeln. »Nur der einfachste Weg, eine Diskussion zu vermeiden.« Sie legte ihre Hände auf die Schultern ihres Großonkels und schaute ihm tief in die Augen. »Versprich mir eines, Onkel Teo.«

»Nun, meine Liebe?« Ein wenig von seinem alten Selbst war zurückgekehrt, sie konnte es tief in seinen Augen sehen.

»Was auch immer das Problem ist, hol dir Hilfe. Stehe das nicht alleine durch, wenn es zu schwer zu ertragen ist.«

Er nickte, aber sie sah, dass er nur bestätigte, ihr zugehört zu haben. Er hatte nicht zugestimmt.

Ein Gefühl der Hilflosigkeit überschwemmte sie. »Gute Nacht, Onkel Teo.«

Mit einer düsteren Vorahnung ging sie die Treppen zu ihrer Wohnung im obersten Stockwerk hoch. Ihre Füße fühlten sich schwerer als sonst an. *Was um alles in der Welt wird morgen geschehen?*

Kapitel 3

Als Carlina Onkel Teo am nächsten Tag zum Mittagessen traf, hatte sie Schwierigkeiten, ihn wiederzuerkennen. Er schwankte in Benedettas Küche herein und sah nur halb so groß wie sonst aus. Sein Gesicht war blass, die Falten tiefer. Sie rannte zu ihm und nahm seinen Arm. »Onkel Teo! Was ist passiert?«

Der Rest der Familie saß schon am Tisch. Sie hoben die Köpfe wie eine Gazellenherde, die Gefahr witterte.

»Was ist los?« Benedettas roter Mund zuckte. Sie hatte nicht das leiseste Zeichen zu erkennen gegeben, dass sie sich an ihre Drohungen vom Vortag erinnerte, als Carlina zum Mittagessen in die Küche gekommen war, aber das war vielleicht nur, weil sie Carlina noch ein wenig Zeit geben wollte, ihren Sohn zu retten.

Ernesto war wie üblich erschienen, aber er hielt den Kopf gesenkt, und es war deutlich zu sehen, dass er versuchte, so unsichtbar wie möglich zu sein.

Seine Tante Fabbiola kam allerdings wie immer in die Küche gehüpft, mit einem grauen Brotpudding in der Hand, der nicht nur Benedetta, sondern auch alle anderen am Tisch mit Abscheu erfüllte. Wenigstens hatte Fabbiola genug Selbsterhaltungstrieb, um sich nicht auf ihren normalen Platz neben ihre Schwester zu setzen. Stattdessen setzte sie sich ans andere Ende mit dem Rücken zum Fenster.

Onkel Teo sank auf seinen Stuhl und griff mit zitternder Hand nach einem Glas Wasser.

Ein Gefühl von drohendem Unheil senkte sich über Carlina. Sie war die halbe Nacht lang wach gewesen und hatte darüber nachgedacht, wie sie Onkel Teo helfen konnte und was er bloß getan haben könnte, um in solche Schwierigkeiten zu geraten. Als sie endlich eingeschlafen war, hatte sie Albträume von der Mafia gehabt, die ihre ganze Familie jagte, sodass sie völlig gerädert aufgewacht war. Jetzt schien es fast so, als ob der Tag schlimmer als die Nacht werden würde. »Kannst du uns sagen, was passiert ist?«, bat sie. Alles war besser, als im Dunkeln herumzustochern.

Onkel Teo schaute sie unter zusammengezogenen Brauen an. Dann holte er so tief Luft, dass es seinen ganzen Oberkörper erschütterte. Er schaute sich am Tisch um und ließ seinen Blick für eine Minute auf jedem Einzelnen ruhen. Eine unbehagliche Stille erfüllte die Küche, während er von einem zum anderen sah: von Emma und ihrem Mann Lucio hin zu Benedetta, die neben dem Franzosen Leopold Morin saß, zu Carlina und dem ungewöhnlich stillen Ernesto neben ihr, zu dessen Schwester Annalisa und zuletzt zu Carlinas Mutter Fabbiola und der Opernsängerin Simonetta an ihrer Seite. Er räusperte sich. »Es ist gut, dass ihr alle hier seid, so könnt ihr es gleichzeitig erfahren. Ich fürchte, ich habe schlechte Nachrichten.«

Ernestos Kopf fuhr so schnell hoch, dass sein rotes Haar nach hinten flog. Er starrte seinen Großonkel mit weit aufgerissenen Augen an, aber er sagte kein Wort.

»Was ist es?« Fabbiola beugte sich so weit nach vorne, dass ihre Brust fast den grauen Brotpudding berührte.

Onkel Teo zögerte. »Na ja, also ich ...« Er holte nochmals tief Luft. Seine Stimme klang brüchig. »Ich wollte sehr schlau sein und ein wenig Geld investieren, sodass es euch nach meinem Tod allen gut geht.«

»Aber es geht uns doch gut!« Fabbiola hob die Augenbrauen. »Du hast uns immer geholfen, wenn es nötig war.«

Onkel Teo lächelte sie schwach an. »Danke, meine Liebe. Aber es reicht nicht, und ich wollte euch in einer besseren Situation zurücklassen, wenn ich einmal nicht mehr bin.«

»Aber ...« Annalisa schüttelte ihr glänzend rotes Haar. »Ich verstehe nicht, was -«

Onkel Teo hob die Hand. »Bitte lasst mich ausreden.« Er machte eine Pause, als ob er erst die innere Stärke finden müsse, um weiterzusprechen.

Die Uhr über der Tür tickte unnatürlich laut in der Stille.

»Um es kurz zu machen«, sagte er schließlich. »Ich habe Valentino Geld gegeben, um es zu investieren, und er hat es verloren.«

»Was?« Benedetta sprang auf. »Dieser absolute Nichtsnutz! Ich wusste es doch! Können wir zur Polizei gehen? Wie kann er das Geld verlieren, das du ihm gegeben hast?«

»Bitte setz dich.« Onkel Teo schloss für einen Augenblick die Augen. »Dies ist kein Fall für die Polizei. Ich habe Valentino das Geld freiwillig gegeben. Er hat versprochen, es innerhalb eines Jahres zu verdreifachen, aber irgendetwas ist schiefgegangen.« Er hob die dünnen Schultern. »Ich kann nicht sagen, dass ich das alles so richtig verstanden habe, aber er kann das Geld im Moment einfach nicht zurückzahlen.«

»Aber ...« Fabbiola runzelte die Stirn. »Ist es eine Menge Geld? Hat er gesagt, dass er es später zurückzahlen kann?«

Onkel Teo saß wie erstarrt auf seinem Stuhl. »Anscheinend ist es völlig ausgeschlossen, das Geld in näherer Zukunft zurückzuerhalten. Er sagt, wir müssen noch warten.«

»In diesem Fall ist es doch nicht so schlimm.« Carlina wollte alles tun, um das Gefühl der Hilflosigkeit aus dem Gesicht ihres Großonkels zu wischen. Sie beugte sich nach vorne und nahm seine Hand. »Warte einfach noch ein wenig, und vielleicht kann Valentino das Geld dann nächstes Jahr zurückzahlen.« Aber schon während sie sprach, fielen ihr die mysteriösen Worte ein, die sie gestern gehört hatte: *Sie wollen es zurückhaben.* Wer waren sie? Und warum war es so eilig?

Onkel Teo schüttelte den Kopf. »Wir haben keine Zeit. Die Bank fordert das Geld zurück.«

»Die Bank?« Benedetta riss die Augen auf. »Aber das waren doch deine Ersparnisse. Damit haben sie doch nichts zu tun. Du kannst mit deinen Ersparnissen doch machen, was du willst.«

»Das waren nicht meine Ersparnisse.« Onkel Teo seufzte. »Das war eine Hypothek, die ich auf dieses Haus aufgenommen habe, und wenn ich sie nicht sofort zurückzahle, werden wir hier alle rausgeworfen.«

Einen Augenblick lang sagte niemand etwas. Es war, als ob eine stumme Bombe explodiert sei, die nichts zurückgelassen hatte.

Dann sprang Annalisa auf und stieß einen Schrei aus. »Heißt das etwa, dass wir alle auf der Straße leben müssen, ohne ein Dach über dem Kopf?«

Onkel Teo starrte sie regungslos über den Tisch hinweg an.

»Annalisa, bitte.« Ihre Mutter stand auf und legte die Arme um sie. »Reiß dich ein wenig zusammen. Es wird sicherlich nicht so schlimm werden. Teo?« Sie schaute über ihre Schulter.

»Es tut mir leid, Benedetta.« Onkel Teo wich ihrem Blick aus.

»Aber ...« Ernesto wurde blass. »Ich bin sicher, dass da irgendwo ein Missverständnis vorliegt. Valentino würde uns das doch nicht antun.«

Onkel Teo antwortete nicht. Er bewegte nur den Kopf ganz langsam von rechts nach links.

»Wo ist er denn eigentlich?« Fabbiola schob ihr Kinn kriegerisch nach vorne. »Ich möchte mit ihm reden. Er soll uns mal persönlich erklären, was da passiert ist!«

»Er ist den ganzen Tag in einem Geschäftstermin«, sagte Onkel Teo. »Ich bin nicht sicher, um wie viel Uhr wir ihn wieder hier zu Hause erwarten können.«

»Zu Hause!« Lucios Stimme bebte vor Wut. »Ich kann gar nicht glauben, dass er sich traut, hier wieder zu erscheinen, nach allem, was er getan hat!«

Onkel Teo zuckte mit den Schultern. »Ich habe den Kredit aufgenommen. Ich habe ihm geglaubt. Es war mein Fehler, nicht seiner.«

»Aber er hat doch versprochen, das Geld zu verdreifachen!« Rote Flecken erschienen in Fabbiolas Gesicht. »Und jetzt sagt er, es sei alles weg? Wie kann das sein?« Ihre Stimme wurde mit jedem Wort lauter.

»Und gleichzeitig protzt er hier herum, fährt in einem Mercedes-Cabrio und zeigt jedem, der es sehen will oder auch nicht, seine Platinuhr von irgendeiner berühmten Uhrmacherfirma aus der Schweiz, die vermutlich halb so viel wie das Haus gekostet hat!«

»Sie hat fünfundzwanzigtausend Euro gekostet.« Ernestos Stimme klang bitter.

»Da siehst du's!« Fabbiola ballte die Hände zu Fäusten. »Und er sagt, er hat kein Geld! Soll er doch seine Uhr verkaufen!«

Wieder schüttelte Onkel Teo den Kopf. »Das würde uns nicht weiterbringen, Fabbiola. Die Uhr ist nichts im Vergleich zu diesem Haus. Es liegt mitten im historischen Stadtzentrum von Florenz, es ist zwar alt, aber in gutem Zustand, und es hat sieben Wohnungen. Investoren würden ein, zwei Millionen dafür zahlen, um es zu erhalten.«

Benedettas Augen öffneten sich weit. »Hast du eine Million von der Bank bekommen?«

Onkel Teo schluckte so schwer, dass Carlina sah, wie sein Adamsapfel sich bewegte. »Mehr.«

Fabbiola sank auf ihren Stuhl zurück.

Annalisa hob den Kopf und drehte sich mit einer schnellen Bewegung aus der Umarmung ihrer Mutter. »Ich verstehe einfach nicht, wie die Bank so dumm gewesen sein kann, dir eine Million Euro oder mehr für das Haus zu geben, wenn sie keine Ahnung hatten, was du damit tun willst.«

»Sie wussten es.« Onkel Teos Stimme klang schwach.

Carlina zuckte zusammen. Er war immer so selbstbewusst gewesen, und jetzt war nichts davon übrig. *Verdammter Valentino.*

»Sie wussten es?« Annalisa hob beide Schultern. »Aber wie konnten sie wissen, dass du es aufs Spiel setzen würdest und es dir trotzdem geben?«

»Vermutlich hofften sie, dass genau das geschehen würde.« Leopold Morin sprach zum ersten Mal. Seine Stimme war ruhig und sein Gesicht voller Mitleid, als er auf seinen Freund sah, der zusammengesunken auf seinem Stuhl saß.

»Nein, nein, das ist nicht richtig.« Onkel Teo schüttelte erneut den Kopf. »Sie haben gesagt, dass es eine Chance gibt, das Geld zu vermehren – wir haben ihnen natürlich nicht gesagt, dass wir es verdreifachen wollten –, und sie glaubten, dass Valentino das schafft. Natürlich haben sie auch Zinsen genommen. Die Bank hat sogar dafür gesorgt, dass Valentino eine Lebensversicherung abschloss, damit im Falle seines Todes kein Schaden eintritt.«

Schlagartig herrschte absolute Stille im Raum. Es fühlte sich an, als ob ein blitzartiger Stromschlag sie alle erfasste.

Carlina sah, wie Annalisas Augen aufleuchteten. Ihre eigenen wurden weit. *Oh nein.*

Emma, die bis jetzt noch kein einziges Wort gesagt hatte, setzte sich gerade hin. »Willst du uns damit sagen, dass du die Millionen zurückbekommst, wenn Valentino stirbt?«

Carlina hielt die Luft an. *Wie typisch von Emma, dass sie den Finger gleich in die Wunde legte.*

Onkel Teo schaute Emma misstrauisch an. »Ja, das ist korrekt, aber -«

»Perfekt.« Emma breitete ihre exquisit manikürten Finger aus. »Dann lasst uns ihn umbringen.«

Die Familie sah sofort viel munterer aus.

Carlina schnappte nach Luft. *Ich glaube das einfach nicht.*

»Wenn ihr ihn umbringt, bekommt ihr gar nichts.« Die ruhige Stimme von Leopold Morin schnitt durch die geladene Stille. »So ist das Gesetz.«

Bravo, Leo. Carlina lächelte ihn an. *Das ist der einzige Weg, mit dieser Familie fertig zu werden – tu einfach so, als ob du mitgehst, und dann zeige die Fehler in der Logik auf.*

Onkel Teo räusperte sich. »Na ja, in dieser Lebensversicherung steht ausdrücklich drin, dass die Art seines Todes keine Rolle spielt. Anscheinend ist das Leben in Dubai nicht ganz ungefährlich, und sie dachten, dass es klug wäre, dies als Vorsichtsmaßnahme einzubauen.«

»Das Leben in Dubai ist nicht annähernd so gefährlich wie das Leben in Italien.« Emma sah aus wie ein schnurrender Tiger.

Lucio schaute sie mit einem verwirrten Stirnrunzeln an. »Aber Liebling, das ist doch nicht dein Ernst. Wenn du deinen Cousin umbringst, wird Carlinas *commissario* den Fall untersuchen und wir werden alle im Gefängnis landen.«

Emma zwinkerte Carlina zu. »Ach, ich bezweifle, dass er uns zu sehr unter die Lupe nehmen würde. Immerhin kann er ja schlecht weiterhin Karriere machen, wenn seine Verwandten im Gefängnis sind.«

Carlinas Hals zog sich zusammen. Sie wusste, dass Emma häufig Drohungen aussprach, die sie nicht so meinte, aber andererseits hatte Emma einen stark ausgeprägten Hang zum Erhalt ihrer eigenen Interessen – manche nannten es Egoismus –, und im Augenblick konnte Carlina nicht beurteilen, wie ernst sie es meinte. »Stefano würde diesen Fall niemals untersuchen.« Sie ließ ihre Stimme so sicher wie möglich klingen. »Er hat schon beim letzten Mal versucht, aus der Sache herauszukommen, weil unsere Familie involviert war, und damals waren wir noch gar nicht zusammen. Also macht euch da mal bloß nichts vor.«

Fabbiola beugte sich nach vorne. »Er würde es für dich tun, meine Liebe.« Sie lächelte ihre Tochter sonnig an. »Ein verliebter Mann tut alles.«

Carlina sprang auf. »Ich kann nicht glauben, dass wir diese Unterhaltung führen! Zunächst einmal wird niemand Valentino umbringen. Ihr müsst ja völlig verrückt sein, um so etwas überhaupt ernsthaft zu diskutieren!«

»Er verdient es nicht anders.« Annalisa inspizierte ihre Fingernägel. »Ich bin sicher, dass diverse Familien in Dubai in Jubel ausbrechen werden, wenn wir die Arbeit für sie übernehmen. Er scheint im Nebenjob Frauen zu verführen.«

Carlina funkelte sie an und entschied sich, diesen Kommentar zu ignorieren. »Zweitens, selbst wenn ihr Valentino umbringen solltet, werde ich unter gar keinen Umständen Stefano bitten, die Untersuchung zu übernehmen und belastendes Material zu verstecken. Seid ihr denn alle wahnsinnig geworden? Niemals würde ich unsere Beziehung dermaßen belasten!«

Fabbiola zog die Mundwinkel nach unten. »Ich finde, du könntest ein wenig mehr Loyalität deiner Familie gegenüber zeigen.«

»*Mamma*! Wir sprechen hier von Mord! Hast du denn noch nie von den grundsätzlichen Regeln gehört, auf denen unsere Gesellschaft basiert? Wie zum Beispiel, dass man nicht einfach alle umbringen kann, die einem irgendwie im Weg sind?«

»Was für schöne Reden du schwingen kannst.« Emma hob eine Augenbraue. »Ich glaube, du hast die Konsequenzen noch nicht ganz begriffen.« Ihre vollen Lippen verzogen sich zu einer schmalen Linie. »Wenn wir aus diesem Haus rausgeworfen werden, würde ich mit Lucios Mutter zusammenleben müssen.«

Ihr Mann zuckte zusammen.

»Und du, meine Liebe, würdest zusammen mit Fabbiola in eine winzige Wohnung ziehen müssen.« Emma schaute Carlina spöttisch an.

Carlina schloss in plötzlichem Schmerz die Augen. Sie hatte nicht so weit gedacht. *Oh Gott. Was für ein Albtraum.* Mühsam riss sie sich zusammen. »Ich bleibe dennoch dabei, dass wir nicht einfach hier herumsitzen und Valentinos Tod planen sollten.«

Onkel Teo hob eine zitternde Hand. »Carlina hat recht. Wenn ihr jemanden umbringen wollt, dann nehmt mich. Es war mein Fehler.«

»Aber dein Leben wurde nicht versichert.« Emmas Stimme klang ganz ruhig. »Das würde uns also nicht weiterbringen.«

Carlina blinzelte. *In einer Minute wache ich auf. Ich habe einfach nur einen sehr schlechten Traum. Das ist ja schlimmer als bei der Mafia.*

»Emma!« Benedetta schüttelte den Kopf. »Du gehst zu weit. Ich verstehe, dass du Valentino umbringen willst, und ich finde, er verdient es auch.« Sie warf einen Seitenblick auf ihren Sohn. »Immerhin hat er versucht, Ernesto umzubringen, und -«

Ernesto hob beide Hände. »*Mamma*, bitte! Er hat nicht versucht, mich umzubringen. Tausende von Leuten haben Bungee-Jumping schon überlebt.«

Seine Mutter presste ihre roten Lippen zusammen. »Ich werde das nicht weiter diskutieren. Aber gibt es denn keine andere Lösung? Könnten wir die Summe nicht von jemand anderem leihen, bis Valentino das Geld zurückgeben kann?«

Annalisa schnaubte. »Valentino ist nicht der Typ, der jemals Geld zurückzahlt.«

Onkel Teo warf ihr einen betroffenen Blick zu.

»Ich fürchte, da hast du recht«, sagte Leopold Morin. »Ich würde dir gern etwas anbieten, aber ich habe die Millionen nicht, die du brauchst. Weit davon entfernt.«

Onkel Teo lächelte ihn an. »Vielen Dank, Leo, aber du bist ein Freund, nicht Familie. Ich würde kein Geld von dir annehmen.«

»Ich schon«, sagte Emma. »Aber die Summe ist viel zu hoch für uns. Wir müssen uns auf die Lebensversicherung verlassen.«

Carlina wurde schlecht. Sie wollte nur noch so viel Abstand wie möglich zwischen sich und ihre Familie bringen. Hunger hatte sie auch keinen mehr. »Ich muss zur Arbeit.« Sie sprang auf. »Bringt bitte niemanden in der Zwischenzeit um. Wir werden schon noch eine Lösung finden.«

Sie gab Onkel Teo einen Kuss auf die Wange und eilte aus der Wohnung.

Auf der mit alten Steinen gepflasterten Straße holte sie tief Luft. Die Sonne war herausgekommen und umflutete das Haus mit goldenem Licht. Carlina hob ihr Gesicht den Strahlen entgegen, hungrig nach etwas Gutem und Tröstendem, um die Kälte tief in ihr zu vertreiben. Ihre Hand tastete schon nach dem Telefon, aber in der Sekunde, bevor sie den Knopf drückte, unter dem Garinis Nummer eingespeichert war, zögerte sie. Jeder Instinkt in ihr schrie danach, zu ihm zu laufen, um von seiner unaufgeregten Art, die Dinge zu sehen, beruhigt zu werden, seine vernünftige Stimme zu hören, die sie besänftigte. Aber plötzlich fiel ihr ein, dass es vielleicht eine seltsame Wirkung auf ihn haben könnte, wenn sie ihn als hysterisches Wrack anrief und ihm mitteilte, dass ihre Familie einen Mord plante. Er hatte sich ja schon mit vielen ihrer Besonderheiten abgefunden, aber dies könnte dann doch ein Brocken sein, den er nicht schlucken würde – ganz besonders, wenn sie dann noch durchblicken ließ, dass ihre Mutter von ihm erwartete, die Interessen des Mantoni-Clans über seine eigenen ethischen Grundsätze zu stellen. Unter gar keinen Umständen wollte sie ihn korrumpieren.

Ihre Hand fiel wieder zurück, und mit dem Gefühl, dass ihre letzte Stütze weggebrochen war, setzte sie sich auf ihre Vespa und fuhr zurück zu ihrem Laden Temptation. Die ersten Oster-Touristen waren schon in der Stadt, und sie musste sich darauf konzentrieren, sie nicht umzufahren. Sie gingen gern quer über die Straße, ihren Blick auf irgendeine Statue oder ein Gebäude gerichtet, versunken in eine andere Welt, ohne zu merken, dass das Hier und Jetzt auch ein wenig Aufmerksamkeit verlangte – oder sogar eine Gefahr darstellen konnte.

Als ob ihre Gedanken ihn herbeigezaubert hätten, lief ihr ein Mann direkt vor die Vespa. Er eilte über die Straße, ohne nach rechts oder links zu schauen. Sie musste fast im rechten Winkel abbiegen, verlor die Balance und kämpfte mit dem Gewicht der Vespa. Ihre Hände krampften sich mit aller Kraft um die Bremsen, und ihre Schulter schmerzte von der Anstrengung, die Maschine aufrecht zu halten. Im letzten Augenblick schaffte sie es, ihre Balance wiederzufinden, und hielt mit rasendem Herzen an.

Der Mann, der das Problem verursacht hatte, war längst in einer der schmalen historischen Gassen verschwunden. Carlina holte zitternd Luft. Ihre Knie wackelten so sehr, dass sie sich nicht traute weiterzufahren.

»Ist alles in Ordnung?« Die Stimme kam von ihrer Linken, aus einem Zeitungskiosk, der zugehängt war mit bunten Magazinen und Tageszeitungen. Der schwarzhaarige Mann in dem Kiosk beugte sich nach vorne. Sein beeindruckender Schnurrbart zitterte. »Ich habe alles gesehen. Der muss wahnsinnig gewesen sein. Geht es Ihnen gut, meine Liebe?«

»Ja.« Carlina nickte und versuchte ein Lächeln. »Alles in Ordnung.«

»Sie haben Glück gehabt.« Der Schnurrbart wackelte, während der

Mann langsam nickte. »Hätten Sie gern ein Wasser? Sie sind die Tochter von Fabbiola Mantoni, oder?«

Carlina schaute ihn überrascht an. »Ja, das stimmt.«

Er lächelte. »Sie kauft ihre Zeitung immer hier bei mir, und letztens hat sie Sie mir gezeigt.« Er nickte in Richtung des Temptation-Logos, das auf der Seite der Vespa prangte, dann streifte er den Helm von Carlina, der ein Leopardenmuster hatte, mit einem Blick. »Es ist einfach, Sie wiederzuerkennen.«

Sie lachte. Ihre Stimme klang schon viel weniger zittrig. »Ja, das ist vermutlich so. Vielen Dank für das Angebot mit dem Wasser, aber es geht mir wirklich schon wieder gut.«

»Passen Sie auf sich auf.« Er nickte ihr zu. »Die Straßen sind gefährlich.«

Carlina startete ihre Vespa und fuhr los, während die Worte noch in ihren Ohren nachhallten. *Die Straßen sind gefährlich.* Lange nicht so gefährlich wie ihr Zuhause. Sie schluckte, als sie wieder an Valentino dachte. Er schwebte in Lebensgefahr, so viel war sicher. Es war nicht schlau, ihre Familie zu unterschätzen. Aber selbst wenn sie Garini die Pläne ihrer verrückten Verwandtschaft nicht beichten konnte, sollte sie dann nicht wenigstens Valentino warnen? Ein Schauder der Abscheu überlief sie. *Nein.* Er war zu schleimig, zu selbstsicher. *Soll er sich um sich selbst kümmern.*

Aber vielleicht konnte sie einen anonymen Hinweis bei der Polizei abgeben und ihnen sagen, dass sie ein Auge auf Valentino haben sollten? Dann hätte sie alles nur Denkbare getan, ohne dass sie ihrer Familie gegenüber unloyal geworden wäre. Vielleicht war das eine gute Idee. Sie würde sich das im Laufe des Tages überlegen.

Die nächsten Stunden gingen dank der Oster-Touristen wie im Flug vorbei, aber selbst während sie ihre Kundinnen zu Größen und Material beriet, war ihr klar, dass sie nicht ganz konzentriert bei der Sache war. Ihre Gedanken glitten immer wieder zu dem furchtbaren Mittagessen zurück. Um fünf Uhr hatte sie einen freien Augenblick und nutzte ihn, um das Regal unter dem Tresen aufzuräumen. Als sie sich aufrichtete, sah sie einen Mann vor dem Schaufenster stehen. Seine großspurige Art war unverwechselbar.

Er fing ihren Blick auf und zwinkerte ihr zu, dann kam er in den Laden.

Wenn er mir noch einmal zuzwinkert, kratze ich ihm die Augen aus. Carlina zwang sich zu einem Lächeln. »*Ciao*, Valentino.«

»*Ciao, bella.*« Valentino roch nach teurem Aftershave und grinste sie an, als ob ihm die Welt gehören würde.

Das Aftershave war so intensiv, dass es einen metallischen Geschmack auf ihrer Zunge hinterließ, obwohl er überhaupt nicht in ihrer Nähe stand. Carlina versuchte, nicht zu atmen. Sie sah Onkel Teo in seinem Stuhl sitzen, klein und hilflos. Sie hörte seine Stimme, brüchig, hoffnungslos. *Wenn ihr jemanden umbringen wollt, dann nehmt mich.* Wut erfüllte sie, heiß wie Lava. »Was willst du?« Ihre Stimme war kalt.

Er grinste. »Spielst du immer noch die Unerreichbare? Ich brauche neue Unterwäsche, und da komme ich natürlich zu dir, um mir einen Rat zu holen.«

Carlina presste die Lippen zusammen. Eine verrückte Sekunde lang wollte sie ihn anschreien, wollte ihn so lange schütteln, bis er nicht mehr wusste, wie er hieß, weil er Onkel Teo verkauft und verraten hatte, weil er das Familienhaus für seine verrückten Investoren-Geschichten verpulvert hatte, aber dann setzte ihr Gehirn ein. Dies war ein Mann, der auf Gefühle nicht reagierte. Er würde ihr nur ins Gesicht lachen und ihr sagen, dass Onkel Teo das alles freiwillig gemacht hatte. *Was sogar stimmt, verdammt noch mal.* Mit Mühe riss sie sich zusammen. *Behandle ihn wie die Laus, die er ist. Friere ihn ein.* »Ich habe nur eine sehr kleine Auswahl für Männer.«

»Das reicht mir, meine liebe Cousine, das reicht mir völlig.« Er zwinkerte ihr zu. »Ich bin ein Mann mit einem ganz einfachen Geschmack. Mir reicht das Beste – und du hast ja das Beste hier, nicht wahr?«

Carlina wandte ihm den Rücken zu und ging zu dem schmalen Regal, das die Boxershorts für Männer enthielt. »Du kannst sie dir selbst ansehen.«

»Was für eine Eiskönigin du bist.« Valentino schüttelte den Kopf. »Ich frage mich, wie du deine Kunden behältst.«

Carlina ballte die Faust in der Tasche. Mit ihrer freien Hand zeigte sie auf das Regal. »Die Modelle ganz oben sind gerade erst angekommen.« Sie hatte es noch nicht geschafft, sie auszuzeichnen. Gut.

Valentino streckte sich und nahm einen Karton herunter. »Hmm. Das ist nicht ganz mein üblicher Stil, aber wenn du es empfiehlst ...« Er zwinkerte ihr zu.

Schon wieder! *Ich hasse ihn. Ich hasse ihn.* »Das macht fünfundneunzig Euro.« Sie hatte den Preis verdreifacht.

Valentinos Augen weiteten sich. »Wow, du bist nicht gerade günstig, was?«

Sie blickte ihn an, ohne mit der Wimper zu zucken. »Nein.«

Er grinste. »Das mag ich an dir. Du bist so direkt.«

Ich hasse dich. Der Gedanke, ihn umzubringen, klang auf einmal ganz verlockend. Warum hatte sie sich noch mal dagegen ausgesprochen?

»Du musst mir aber mit der Größe helfen.« Er schaffte es, hilflos auszusehen. »Was denkst du? Welche Größe passt mir wohl?« Er schob seine Hüften nach vorne, als ob er ein Model bei einem Fotoshooting sei.

Carlina schaute aus dem Fenster. »Medium sollte passen. Du bist durchschnittlich.«

Valentino warf den Kopf in den Nacken und lachte. Dann beugte er sich vor und legte einen Finger unter ihr Kinn. »Da irrst du, meine Liebe. Ich bin alles andere als durchschnittlich, und das werde ich dir auch zeigen.« Seine Augen glitzerten. »Bald.« Bevor sie es schaffte, ihr Gesicht zur Seite zu wenden, klatschte er ihr einen Kuss auf die Lippen und steckte ihr einen Hunderteuroschein in die Hand. »Hier ist das Geld. Den Rest kannst du behalten. Ich brauche es nicht.«

Mit den neuen Boxershorts unter dem Arm stolzierte er hinaus auf die Straße.

Carlina wischte sich voller Ekel den Mund ab, dann rannte sie ins Bad und wusch sich, bis ihre Haut brannte. Valentino hatte ihr die Entscheidung aus der Hand genommen. Sie würde keine anonyme Warnung irgendwohin geben, und was noch viel wichtiger war, sie würde Stefano nichts von dem, was heute passiert war, weitersagen. Kein einziges Wort. Sollte Valentino doch auf sich selbst aufpassen.

Das Telefon klingelte, und als Carlina den Hörer hochnahm, erklang die Stimme ihrer Mutter klar und deutlich. »Ich habe eine Lösung.«

Carlina sackte vor Erleichterung in sich zusammen. »Wirklich? Wunderbar.« Sie ließ sich auf den Barhocker hinter dem Tresen fallen und schloss die Augen. Vielleicht hatte ihre Mutter ja einen reichen Onkel aufgetan, von dem sie nichts wusste. Jemand, der willens war, ihnen das Geld zu leihen und sie zu unterstützen. »Erzähl's mir.«

»Linsen!« Ihre Mutter klang triumphierend.

»Wie bitte?«

»Ich sagte Linsen!«

»Ja, das habe ich verstanden, aber begreifen tue ich es nicht. Wofür sollten denn die Linsen gut …?« Während die Frage noch in Carlinas Mund war, wurde ihr klar, was ihre Mutter im Sinn hatte. Sie riss die Augen auf. »Sag mir bitte nicht, dass du vorhast, Valentino mit Linsen zu vergiften.«

»Warum nicht?« Fabbiola klang aufgeräumt, als ob sie einen Urlaub plante. »Ich werde dem *commissario* sagen, dass ich sie selbst gezüchtet habe. Sie sind in meinem Gesundheitsbuch erwähnt, weißt du? Kapitel vier. Ich kann ja sagen, dass ich keine Ahnung hatte, dass die kleinen Saaten, die ich hinzufügen werde, so fürchterlich giftig sind und dass sie da versehentlich reingerutscht sind.«

»*Mamma.*« Carlina versuchte, geduldig und ruhig zu klingen. »Vergiss es.«

»Wir haben nur noch ein Problem.« Fabbiola sprach weiter, als ob ihre Tochter gar nichts gesagt hätte. »Wie schaffen wir es, ihm das Zeug einzuflößen? Meinst du, er isst es freiwillig?«

»Wir könnten ihn mit vorgehaltener Pistole dazu bringen, das Zeug zu schlucken.« Carlina hörte es sich selbst sagen, bevor sie sich stoppen konnte.

»Meinst du, das würde funktionieren?«

»*Madonna*, nein!« Carlina sprang von ihrem Barhocker. *Ich muss wirklich mehr auf meine Worte achten.* »Das war ein Witz, *mamma*. Ein Witz! Außerdem gibt es da noch ein Problem, und das ist nicht ganz klein: Selbst wenn die Polizei dir glauben sollte, dass es ein Versehen war, würdest du im Gefängnis landen, für Totschlag oder wie auch immer man das nennen mag. Also denk noch nicht einmal daran!«

»Aber wenn dein *commissario* die Untersuchung leitet ...«

Heiße Wut erfüllte sie. »Er wird nichts dergleichen tun! Ich muss auflegen. *Ciao.*« Sie warf das Telefon auf den Tresen. *Ich glaube das einfach nicht.*

Das Telefon klingelte erneut, und Carlina nahm ab. Sie hätte gern gegen irgendetwas getreten. Richtig fest. »Temptation. *Buona sera.*«

»Ich habe darüber nachgedacht, und ich habe eine Lösung!« Annalisa trompetete direkt in Carlinas Ohr.

»Ach ja?« Carlina hatte eine ziemlich genaue Vorstellung von dem, was sie von Annalisa zu erwarten hatte. Immerhin war ihre rothaarige Cousine noch nie dafür bekannt gewesen, schüchtern zu sein.

»Ich tue so, als ob ich mich in ihn verliebe, und lasse mich von ihm verführen.« Annalisa machte sich noch nicht mal die Mühe, Valentinos Namen zu erwähnen. »Wir werden uns in der Küche lieben und -«

»In welcher Küche? Der von deiner Mutter?«

»Ist doch egal.« Annalisa zögerte keine Sekunde. »Ich werde einfach ein Messer praktisch in der Nähe deponieren, und später sage ich dem *commissario*, dass es so wild wurde, dass ich keine Ahnung hab, wie das Messer so unglücklich herunterfallen konnte. Es war ein Unfall, und man kann mich ja wohl kaum ins Gefängnis bringen, nur weil er einen Unfall hatte, der aus Leidenschaft geschah, oder? Ist außerdem ein schöner Tod.«

»Hast du dich mit *mamma* unterhalten?«

»Nein.« Annalisa klang neugierig. »Meinst du, ich sollte den Vorschlag mit ihr besprechen?«

»Nein. Auf keinen Fall!« Carlina fühlte sich alt. »Und bitte bringt

Valentino nicht um. Ich weiß, er verdient es nicht anders, aber es ist wirklich nicht unsere Aufgabe.«

»Ich weiß, was du meinst.« Annalisa klang nachdenklich. »Aber ich glaube nicht, dass wir uns einen Profi leisten können. Die sind ganz schön teuer, und wir haben kein Geld.«

»Oh *Madonna.*« Carlina schloss die Augen. »Du hast mich missverstanden. Ich meine, wir sollten ihn nicht umbringen. Gar nicht. Punkt. Aus. Schluss.«

»Aber was sollen wir denn dann tun?« Annalisas plötzliche Wut kam wie eine heiße Peitsche durch die Leitung und traf ihre Cousine hart. »Mit neun Leuten in eine Zweizimmerwohnung ziehen? Bist du völlig verrückt geworden?«

Carlina biss sich auf die Lippen. Sie wusste, dass keiner von ihnen sich die Mieten im Zentrum von Florenz leisten konnte. Sie würden aufs Land ziehen müssen, den Lebensstil aufgeben, an den sie gewöhnt waren, die schnellen Besuche bei Freunden um die Ecke, die vertrauten Märkte, den kurzen Arbeitsweg, so viel Lebensqualität, alles. Ihr Hals wurde eng.

»Das ist ja alles schön und gut für dich, wenn du dich wie eine Heilige aufführst. Du kannst bei deinem *commissario* einziehen. Seine Wohnung ist noch näher an Temptation als unser Haus, oder? Das wäre dann sogar eine Verbesserung.«

Carlina schluckte. Unter gar keinen Umständen wollte sie Garini dazu zwingen, so einen Schritt zu gehen. Sie waren beide Anfang dreißig, daran gewöhnt, alleine zu leben, und sie waren erst seit drei Monaten zusammen, mit wirklich wenig Zeit, um sich zu treffen. Ihre Beziehung war noch lange nicht an dem Punkt, an dem man zusammenziehen konnte. »Du bist unfair.« Ihre Stimme klang rau. »Ich muss auflegen, Annalisa.« Wieder unterbrach sie die Verbindung und warf das Telefon auf den Tresen.

Wer würde sie als Nächstes anrufen? Onkel Teo? Aber er wäre der Hauptverdächtige, und ganz abgesehen davon war er der Einzige, der sich die Schuld gab und nicht Valentino. Nein, sie konnte sich darauf verlassen, dass Onkel Teo vernünftig bleiben würde. Es sei denn, er beschloss, sich selbst zu opfern. Sie schauderte. Stopp. *Denk gar nicht darüber nach.*

Dann blieb noch Benedetta. Sie war eines der ausgeglicheneren Mitglieder des Mantoni-Clans, aber das Bungee-Jumping schien eine empfindliche Stelle getroffen zu haben. Carlina zweifelte keine Sekunde lang, dass Benedetta Himmel und Hölle bewegen würde, um ihren einzigen Sohn zu schützen. Aber vielleicht würde sie noch ein wenig warten, in der Hoffnung, dass Carlina Ernesto überzeugen würde, den Gutschein nicht einzulösen. Und das war noch so ein Problem. Carlina hatte keine Ahnung, ob Ernesto überhaupt noch Bungee- springen wollte, nach allem, was er heute über seinen kostbaren Cousin gelernt hatte. Sie würde es herausfinden müssen.

In Bezug auf Emma gab es gar keinen Zweifel. Emma würde es für moralisch völlig richtig halten, jemanden umzubringen, der sie um Haus und Hof gebracht hatte. Carlina schüttelte den Kopf. Sie hatte mal gehört, dass moralische Werte das Einzige waren, was man nicht erbte – sie wurden durch die Umwelt in einen Menschen gepresst. War sie anders, weil sie in den USA aufgewachsen war? Sie musste dringend ihre Schwester Gabriella anrufen und fragen, wie sie zur Entfernung ihres unerwünschten Cousins stand. Würde sie denken, dass es nur recht war?

Die Glastür von Temptation flog auf, und Ernesto raste panisch herein. Er hatte seine Wollmütze so tief in die Stirn gezogen, dass sie seine Augenbrauen verdeckte, und trug eine riesige Sonnenbrille, obwohl die Wolken die Sonne mittlerweile wieder versteckt hatten. Sogar seine Jacke hatte eine andere Farbe als sonst. Carlina runzelte die Stirn. Trug er sie links herum?

»Ernesto!« Sie warf einen raschen Blick zur Tür. »Wirst du verfolgt?«

Ihr Cousin blickte über seine Schulter. »Ich hoffe nicht.« Er ging so weit wie möglich in den Laden hinein. »Können mich die Leute noch von draußen sehen?«

»Natürlich.« Carlina blinzelte. »Das sind hier nicht die Uffizien.« Tatsächlich war es der kleinste Laden auf der ganzen Via de' Tornabuoni. »Aber was ist denn los? Hast du ...?« Sie zögerte. »Hast du Valentino umgebracht?«

Ernesto riss sich die Sonnenbrille vom Gesicht und starrte sie an. »Valentino ist tot?«

»Ich weiß es nicht.« Ein Schauer lief ihr den Rücken hinunter. »Aber wenn du ihn nicht umgebracht hast, warum schleichst du dich dann so hier rein?«

Ernesto schaute sie verletzt an. »Ich kann doch nicht einfach so in einen Unterwäscheladen gehen. Damit riskiere ich meinen Ruf. Denk doch nur mal, was meine Freunde von mir halten würden.«

Carlina brach in schallendes Gelächter aus und musste sich schließlich an einem Regal festhalten.

»Ich verstehe nicht, was daran so lustig ist.« Ernesto grinste sie etwas verlegen an.

»Ach, gar nichts.« Carlina schnappte nach Luft. »Ich bin nur etwas ... überspannt im Moment, das ist es.«

»Ich weiß.« Ernesto schaute sie reuig an. »Ist ziemlich übel, oder?«

»Hmm.«

»Ich ...« Ihr Cousin schluckte. »Ich komme, um nach deinem Rat zu fragen.«

Carlinas Herz schmolz. Ernesto sprach nicht oft über seine Gefühle. »Leg los.«

Ernesto drehte die Sonnenbrille in seinen Händen und schaute sie an, als ob sie ihm helfen würde, die richtigen Worte zu finden. »Ich ... ich mochte Valentino sehr.«

Carlina war froh, dass er in der Vergangenheit sprach.

»Er ... es hat Spaß gemacht, mit ihm unterwegs zu sein, und er hat mir immer Sachen gekauft. Er sagte, man solle tun, was man will, sich nicht von den anderen sagen lassen, wo man hingehen sollte ... Ich weiß nicht.« Er zuckte mit den Schultern. »Er gab mir das Gefühl, dass ich unabhängig sein könnte.«

»Verstehe.« Carlina verstand ihn wirklich. Mit einer überbesorgten

Mutter, einer Tante und zwei Schwestern im gleichen Haus hatte Ernesto Grund genug, sich überwältigt zu fühlen.

»Aber heute, als Onkel Teo sagte, dass wir das Haus verlieren würden, da habe ich mich über Valentino gewundert.« Er schluckte. »Das war gemein.«

»Ja.«

»Und er fährt in diesem protzigen Auto herum und gibt unglaubliche Summen an einem einzigen Nachmittag aus.«

»Ja.«

Ernesto verzog den Mund. »Er sagte mir, dass man das Image aufrechterhalten muss, auch wenn gar kein Geld mehr da ist, sonst vertraut dir keiner mehr. Sonst gehst du unter, weil keiner dir mehr Geld gibt, um dich wieder aus dem Graben herauszuholen.«

Carlina wurde kalt. »Das klingt wie ein ausgesprochen gefährliches Lebenskonzept, aber ich glaube, das ist ziemlich normal, wenn man ein Investor ist.«

Ernesto runzelte die Stirn. »Ich möchte kein Banker sein.«

»Ich auch nicht.« Carlina blickte ihn an. »Was möchtest du dann?«

»Ich möchte Chemie studieren«, sagte Ernesto. »Aber wenn wir das Haus verlieren, dann muss ich wohl eher einen Job suchen, damit ich die Familie unterstützen kann.«

Plötzliche Tränen verschleierten ihre Augen. *Er ist erst achtzehn.* Verdammt. Valentino würde sich für eine Menge rechtfertigen müssen, wenn es zur Abrechnung kam. Sie drehte sich zur Seite und spielte an einem Preisschild herum, in der Hoffnung, dass Ernesto ihre Tränen nicht gesehen hatte. »Du brauchst das nicht heute zu entscheiden«, sagte sie. »Es ist ja noch nichts final, und wer weiß, vielleicht finden wir eine Lösung.« Sie schaffte es, ihn anzulächeln. »Du kannst ja immer noch am Abend und am Wochenende arbeiten gehen, um dich selbst zu ernähren.«

»Aber das würde *mamma* und den anderen nicht helfen auszukommen.«

»Stimmt.« Carlina holte tief Luft. »Aber du wirst nur für vier oder fünf Jahre studieren. Danach wirst du sie viel besser unterstützen können, weil du viel mehr verdienen wirst – und das über Jahrzehnte.«

»Also meinst du, ich sollte studieren?«

»Absolut. Und ich denke, dass deine Mutter ganz meiner Meinung sein wird.«

»*Mamma* glaubt, dass Chemie zu gefährlich ist. Sie hat irgendwo gelesen, dass zwei Prozent aller Leute, die in einem Labor arbeiten, jedes Jahr Arbeitsunfälle haben.«

»Mach dir darüber keine Sorgen. Ich kläre das mit Benedetta.« Carlina würde eine Unmenge Berichte finden, die zeigten, dass alle anderen Berufe genauso katastrophale Auswirkungen auf die Gesundheit hatten, entweder direkt oder indirekt. Wenn nötig, würde sie auch einige Statistiken fälschen.

Ernesto sah erleichtert aus. »Danke.«

»Gern geschehen.«

Sein Blick fiel wieder auf die Sonnenbrille. »Carlina?«

»Ja?«

»Ich glaube nicht, dass ich weiterhin mit Valentino befreundet sein kann.«

»Ich glaube, dass kann keiner in unserem Haus.« *Ich hoffe nur, dass sie sich noch nicht auf einen Plan einigen konnten, wie sie ihn aus dem Weg räumen.*

»Aber ich kann doch weiterhin höflich zu ihm sein, oder?«

»Absolut.« Carlina lächelte ihn an. »Das wäre ausgesprochen professionell.« *Auch wenn es den Rest der Familie komplett überraschen würde.* »Äh.« Sie räusperte sich. »Was ist denn mit dem Bungee-Jumping?«

Ernesto seufzte. »Vermutlich muss ich den Gutschein zurückgeben.«

Carlina schaute ihn an. »Weißt du was? Sprich mit deiner Mutter und benutze ihn.«

Ernesto runzelte die Stirn. »Wie meinst du das?«

»Du kannst damit anfangen, dass du ihr von deinem Studienwunsch erzählst und dass es lange nicht so riskant ist wie Bungee-Jumping. Sag ihr, du verzichtest auf das Bungee-Jumping, wenn sie verspricht, dich nicht ständig wegen deiner Studienwahl zu nerven.«

Ernesto legte den Kopf auf die Seite und schaute sie mit aufkommendem Respekt an. »Weißt du was? Du bist ganz schön durchtrieben.«

Carlina grinste. »Ich bin die Harmloseste in der Familie, glaub mir.«

Seine dunklen Augen funkelten. »Da gehe ich nicht mit, Carlina.« Er rammte sich die Sonnenbrille auf die Nase, gab ihr einen freundlichen Knuff in die Schulter und rannte mit gesenktem Kopf aus dem Laden.

Carlina lachte, aber das Lachen blieb ihr in der Kehle stecken, als das Telefon klingelte. *Schon wieder. Ich wette, es ist Emma, die die perfekte Art gefunden hat, Valentino zufälligerweise mit einem großen Stein in einen Pfannkuchen zu verwandeln. Und jetzt bittet sie mich darum, seine Leiche, an den gleichen Stein gebunden, in den Arno zu werfen.* Sie schüttelte sich, um den Gedanken loszuwerden, und nahm den Hörer ab. »Temptation. *Buona sera.*«

»Carlina.«

Ihr Herz fühlte sich an, als ob es auch ein wenig Bungee-Jumping betrieben hätte. »Stefano.« Ihre Kehle wurde trocken.

»Wie geht es dir?« Er klang hellwach.

»Äh.« Carlina wusste, dass dies keine höfliche Frage war. Er wollte es wirklich wissen. Sie räusperte sich. »Alles in Ordnung.« *Was für eine Lüge.*

Wie üblich hörte er jede Nuance in ihrer Stimme. Sie merkte, dass er kurz zögerte, doch dann ließ er es durchgehen. *Vermutlich wartet er auf einen besseren Augenblick, um nachzuhaken.* Wenn er sie bloß nicht so gut kennen würde.

»Ich habe heute Abend unerwartet frei«, sagte er. »Möchtest du mit mir essen gehen?«

Ihr Herz schlug bis zum Hals. Sie hatten so wenig Zeit miteinander. *Ja!* Sie öffnete schon den Mund, um zuzusagen, als ihr klar wurde, dass sie nicht den Abend mit Stefano verbringen konnte, während sie sich die ganze Zeit fragte, ob ihre Familie gerade eine Leiche versteckte. »Ich ... es tut mir leid, ich kann nicht.« Sie klang so traurig, wie sie sich fühlte. »Es ... es ist ein Familiennotfall -« *Verdammt.* Das hatte sie nicht sagen wollen. Sie sollte sich wirklich mehr ans Lügen gewöhnen.

»Ein Familiennotfall? Erwartet Benedetta immer noch von dir, dass du das Bungee-Jumping-Problem löst?«

Gott sei Dank hat er mir eine Antwort geliefert. »Ja!« Sie lachte mit leicht hysterischem Unterton. »Das ist es. Ich muss mit Ernesto sprechen und Benedetta beruhigen und -«

»Meinst du, es würde helfen, wenn ich dazukäme?«

Oh Gott, nein. Sie würden sich alle wie Katzen um seine Beine winden, ihm bedeutungsschwere Blicke zuwerfen, und *mamma* würde wahrscheinlich mit einer Fülle von seltsamen Fragen versuchen herauszufinden, wie weit seine Loyalität für die Mantoni-Familie reichte. »Danke, das ist sehr lieb von dir, aber ...« Carlina suchte nach den richtigen Worten. »Ich ... äh ... ich denke, es wäre ... keine so gute Idee.«

»Verstehe.« Er klang enttäuscht.

Carlina biss sich auf die Lippe. *Verdammte Familie!*

»Und schlägt dieser Cousin von dir auch nicht über die Stränge?«

»Wer? Valentino?« Schon wieder ein künstliches Lachen. Mann, sie klang, als ob sie auf Drogen wäre. »Ja, ja, es ist alles in Ordnung.« Sie fühlte sich kreuzelend. Sie konnte Stefano einfach nicht anlügen. »Es tut mir leid, aber ich habe Kunden hier, ich muss aufhören.«

»Schade. Hab einen schönen Abend.« Er legte auf.

Carlina stand bewegungslos da und hörte das Tuten des Telefons in ihrem Ohr. *Ich vermisse dich.*

Kapitel 4

I

Die Haustür fiel mit einem Knall hinter ihr zu.

Carlina holte tief Luft und atmete den vertrauten Geruch des Treppenhauses ein – eine Kombination aus Staub und Bienenwachs. Sie liebte dieses Haus. Hier war sie aufgewachsen, seitdem sie als verwirrte und traurige Dreizehnjährige aus den USA gekommen war, direkt nach dem Tod ihres Vaters. Es hatte sie beschützt und ihr eine Zuflucht geboten, wenn sie Zeit für sich alleine benötigt hatte. Sie liebte die bunt angemalten Türen der zwei Wohnungen im Erdgeschoss - rot und grün, die Farben von Italien. Sie hing an der alten Treppe, die sich mit glänzendem Holzgeländer nach oben wand. Sie konnte ihren Blick nicht abwenden, wenn das Sonnenlicht durch die bunten Glasscheiben in dem dekorativen, runden Fenster über der Eingangstür fiel und orange, gelbe und blaue Schatten auf den gefliesten Boden am Eingang warf. Sie liebte es, die Glocken von Santa Croce gedämpft durch die dicken Mauern zu hören, so melodiös und feierlich.

Alles vorbei.

Traurigkeit übermannte sie.

Die Tür zu ihrer Linken öffnete sich, und Onkel Teo lugte heraus. »*Buona sera,* Carlina.«

»*Ciao,* Onkel Teo.«

Er sah jedes Mal, wenn sie ihn wiedersah, ein wenig kleiner aus.

Ihr Herz sank.

»Hattest du einen guten Tag?« Sein Lächeln zeigte, wie viel Kraft es ihn kostete.

»Er war in Ordnung.« *Wenn man von einigen Telefonaten absah.*

»Viel zu tun?«

Carlina öffnete den Mund, um zu antworten, als ein Schrei durch das Haus schallte. Er war hoch und grell und hörte gar nicht mehr auf. Es klang wie eine Seele, die gefoltert wurde.

Die Haare auf Carlinas Armen stellten sich auf. Sie hatte noch nie so einen verängstigten Schrei gehört.

Onkel Teo wurde blass. »Wer ist das?«

»Ich weiß es nicht.«

Der Schrei kam von oben. Carlina rannte hinauf, zwei Stufen auf einmal nehmend. Auf dem ersten Treppenabsatz stieß sie fast mit Emma zusammen, die aus ihrer Wohnung schoss, die Augen vor Angst geweitet. »Was ist das?«

»Ich weiß es nicht.« Carlina rannte weiter. *Mamma? Ist das mamma, die so schreit?* Der Schrei zog sich in die Länge, als ob sein Verursacher niemals Luft holen müsste. Auf dem zweiten Treppenabsatz entdeckte sie, dass die Tür zur Wohnung ihrer Mutter weit offen stand, aber der Schrei kam nicht von drinnen.

»Es ist in deiner Wohnung!« Emma, Carlina knapp auf den Fersen, schnappte nach Luft. »*Madre mia*, wer kann denn so schreien?«

Keuchend rannte Carlina die Stufen weiter nach oben. *In meiner Wohnung?* Ein Gefühl von Horror durchdrang sie und versteifte ihre Muskeln. Sie wollte nicht in die Wohnung gehen, aus Angst vor dem, was sie finden würde.

Der Schrei war jetzt so laut, dass er ihre Ohren fast sprengte. Sie zögerte auf dem letzten Meter.

Emma überholte sie und stürmte durch die offene Wohnungstür. Ihr Schrei war kurz und hoch, dann stürzte sie wieder auf den Treppenabsatz hinaus. Ihr Gesicht war weiß, und sie presste eine Hand gegen den Mund.

»Was ist los?« Carlina konnte sich nicht überwinden, in ihre Wohnung zu gehen. Sie schüttelte ihre Cousine. »Sag es mir!«

Emma holte zitternd Luft. »Simonetta.«

Carlina hatte Schwierigkeiten, ihre Cousine zu verstehen, denn das fürchterliche Kreischen hatte immer noch nicht aufgehört. »Was ist mit Simonetta geschehen?«

Emma schlang sich die Arme um den Leib und schloss die Augen. »Sie ist diejenige, die so schreit.«

»Warum?«

Emma verbarg ihr Gesicht, indem sie sich zusammenrollte, während sie gleichzeitig den Kopf schüttelte.

Carlina gab es auf. Sie biss die Zähne zusammen und schlüpfte durch die halbgeöffnete Tür in ihre Wohnung.

Dann erstarrte sie.

Neben ihrem Lieblingssessel lag Valentino mit einem großen Messer in der Brust. Seine weit aufgerissenen Augen starrten an die Decke und er war nackt, mit Ausnahme dunkelgrauer Boxershorts aus Seide. Carlina erkannte sie sofort. Neben seinem Kopf stand ein Sektkühler, aus dem eine Flasche herausschaute. Sie war mit Blutstropfen bespritzt. Unter Valentino sah sie eine Blutlache, dunkel am Rand, heller in der Mitte.

Ihr Magen drehte sich um.

Simonetta stand zu ihrer Linken, beide Hände erhoben, als ob sie einen Schlag abwehren wollte. Ihr Mund war weit geöffnet, und sie schrie, als ob sie niemals aufhören wollte.

Carlina fasste sie am Arm.

Simonetta verstummte.

Die plötzliche Stille klang in Carlinas Ohren. Sie zog Simonetta hinaus auf den Treppenabsatz. Simonetta folgte, ohne Widerstand zu leisten.

Carlina hörte sich selbst atmen, ein schrecklich rasselndes Geräusch, als ob jeder Atemzug eine Folter wäre.

Onkel Teo kämpfte sich die Stufen hoch. Sein Gesicht war blau. »Kinder …«

Carlina zeigte auf die Tür. »Da drinnen.« Ihre Stimme brach.

Sie ließ sich auf die Stufen fallen und zog Simonetta mit sich, dann legte sie einen Arm um Simonetta und einen um Emma. Beide zitterten. Carlina war wie erstarrt, nur ein Gedanke drehte sich in ihrem Kopf wie ein Hamster in Panik. *Also haben sie es doch getan.* Sie hätte es nicht für möglich gehalten, trotz der ganzen Diskussionen zu dem Thema.

Sie hörte, wie die schwere Holztür unten geöffnet wurde und sich wieder schloss. Dieses Treppenhaus hatte eine bessere Akustik als die Scala in Mailand – alles, was man sagte, selbst wenn es nur ein Flüstern war, war bis zu Carlinas Wohnung hoch deutlich zu verstehen.

Zwei Leute kamen die Stufen nach oben, während sie sich unterhielten.

»Ich glaube immer noch, dass es ungesund ist, das ganze Zeug, das du machst, zu essen«, sagte Benedetta. »Alles, was radikal und einseitig ist, ist ungesund.«

»Du bist einfach zu fixiert auf deine alten Wege«, antwortete Fabbiola. »Wenn du nur -«

Carlina richtetet sich auf. »*Mamma.*«

Fabbiola streckte den Kopf über die Brüstung und schaute nach oben. »Carlina? Bist du da oben?«

»Ja.«

»Warum sitzt du da so auf den Stufen rum? Ist das Simonetta neben dir?«

»Ja. Und Emma. Valentino wurde ermordet.«

Fabbiola gefror in der Bewegung. »Tatsächlich?«

Benedettas Kopf erschien neben dem von Fabbiola. »Sag das noch mal.« Sie runzelte die Stirn.

»Jemand hat Valentino in meiner Wohnung erstochen.«

Die Schwestern schauten sich an.

»In deiner Wohnung? War das so schlau?« Fabbiola schüttelte den Kopf. »Ich bin nicht sicher, was der *commissario* dazu sagen wird, und wir brauchen schließlich seine Hilfe.«

Ich glaube das einfach nicht. Carlina hörte ein leises Geräusch hinter sich und schaute über die Schulter.

Onkel Teo erschien, sein Gesicht nun grün anstelle von blau.

Sie rutschte zwei Stufen hinunter, um ihm Platz zu machen. »Setz dich, Onkel Teo.«

»Was, ist Teo auch oben?« Fabbiola erklomm die Treppenstufen nun ebenfalls, dicht gefolgt von Benedetta.

Sie stoppten, als sie zu der zusammengekauerten Gruppe auf dem Treppenabsatz kamen.

Fabbiola stemmte die Hände in die Hüften. »Würde mir bitte mal jemand erklären, was passiert ist?«

Keiner antwortete.

Carlina hörte, wie eine Taube auf dem Dach vor ihrer Wohnung gurrte. In der plötzlichen Stille war das Geräusch laut genug, um unheimlich zu wirken.

»Ist er noch da drin?« Benedetta zeigte auf Carlinas Wohnungstür.

Carlina riss sich zusammen. »Ja, aber ich rate dir, nicht reinzugehen. Es ist kein schöner Anblick.«

Sie hätte sich die Worte sparen können. Die Schwestern quetschten sich an der Gruppe vorbei und stürmten in die Wohnung. Ein wütender Aufschrei kam durch die Tür, gefolgt von Fabbiola mit einem roten Gesicht. »Wer war das?« Ihre Augen funkelten vor Wut. »Wie kann jemand nur so dumm gewesen sein, die Sache so aufzuziehen? Wenn er eifersüchtig ist, wird er uns überhaupt nicht helfen!«

Carlina schloss die Augen. Sie hatte keine Mühe zu verstehen, auf wen ihre Mutter sich bezog: Garini. Sie musste Stefano mitteilen, dass ihr Cousin in ihrer Wohnung erstochen worden war, nur mit der teuersten Unterwäsche bekleidet, mit einer Flasche Champagner neben ihm. Ein Schauer lief ihr über den Rücken. *Schaffe ich es, das Land zu verlassen, bevor er davon erfährt?*

Benedetta folgte Fabbiola und wrang die Hände. »Ich verstehe das nicht«, sagte sie. »Das war wirklich alles andere als schlau.« Sie klang missbilligend, als ob ein Kind Sand in eine frisch geputzte Wohnung geschleppt hätte.

Emma hob den Kopf. »Na, immerhin ist er tot. Das ist schon mal ein Anfang. Jetzt können wir hierbleiben.«

Carlina schaute sie von der Seite an. Offensichtlich hatte ihre Cousine ihren schwachen Augenblick überwunden. »Mit einer Ausnahme.« Ihre Stimme klang kalt. »Einer von uns wird ins Gefängnis umziehen müssen.«

»Wir müssen die Polizei rufen.« Onkel Teo klammerte sich so sehr am Treppengeländer fest, dass seine Knöchel weiß hervorstanden.

Alle schauten Carlina an.

»Das machst am besten du«, sagte Emma.

Fabbiola runzelte die Stirn. »Vielleicht sollte ich es tun. Ich könnte die Umstände so erklären, dass es nicht ganz so schlimm klingt. Ich könnte sagen, dass Valentino oft Dinge dieser Art machte, in einer unserer Wohnungen, während alle weg waren. Mit ... mit Damen, die wir nicht kennen.«

Emma stieß einen Schrei aus. »Das darfst du auf gar keinen Fall sagen! Du weißt doch, wie Lucio ist – er würde sofort die falschen Schlüsse ziehen, weil er so eifersüchtig ist, und dann wird er sofort fragen, ob Valentino das jemals in unserem Schlafzimmer gemacht hat!«

Fabbiola zögerte, dann nickte sie. »Okay, das sehe ich ein. Dann müssen wir einen anderen Grund finden, um seine Anwesenheit in Carlinas Wohnung plausibel zu erklären. Wie wäre es denn, wenn wir sagen, dass er ein geheimes Treffen mit jemandem dort geplant hat, weil er wusste, dass Carlina erst spät nach Hause kommen würde?«

Carlina schnappte nach Luft. »Bist du verrückt geworden, *mamma*?« Ihr wurde ganz kalt, als sie sich an das Telefonat mit Stefano erinnerte. Sie hatte seine Einladung abgelehnt, mit den Worten, dass sie sich der Familie widmen musste. Würde Stefano denken, dass die »Familie« ihr Cousin war, der jetzt tot in einer kompromittierenden Position in ihrer Wohnung lag? Sehr wahrscheinlich. Ihr wurde schwindelig. *Oh Madonna.*

Simonetta, die keinen Laut mehr von sich gegeben hatte, seitdem sie aufgehört hatte zu schreien, hob plötzlich den Kopf. »Ich werde es nicht tun.«

Carlina starrte sie an. »Was?«

»Ich werde der Polizei nicht sagen, dass ich ein geheimes Stelldichein mit Valentino in deiner Wohnung hatte.« Sie schluckte sichtbar.

»Aber wie kommst du denn auf die Idee, dass wir dich darum bitten könnten?«, fragte Carlina.

Simonetta presste die Lippen zusammen. »Weil ich die Einzige bin, die nicht immer hier lebt und darum ein weniger starkes Mordmotiv als ihr alle habe.«

Fabbiola legte den Kopf schief und schaute sie prüfend an, als ob sie ein neues Pferd, das gerade auf den Platz geführt wurde, beurteilen würde. »Zunächst einmal musst du dem *commissario* erklären, warum du eigentlich in Carlinas Wohnung gegangen bist.«

Simonettas Augen weiteten sich. »Weil du es mir gesagt hast!«

»Was?« Fabbiola starrte sie an. »Ich habe nichts in der Art gesagt!«

»Doch, hast du!« Simonetta stellte sich hin und überragte Fabbiola. Sie war wirklich eine beeindruckend große Frau, mit einem Rücken, der so breit wie der eines Mannes war.

Kein Wunder, dass ihr Schrei das ganze Haus erschüttert hat, dachte Carlina mit plötzlicher Distanz zum Geschehen. *Eine ausgebildete Opernsängerin in Panik kann man nicht schlagen.*

Simonetta stemmte die Hände in die Hüften, sodass sie noch mehr Fläche auf dem überfüllten Treppenabsatz einnahm. »Du hast gesagt, ich soll nach oben gehen und schauen, ob Carlina noch eine Kastenform hat, damit wir mehr Brot backen können.«

Fabbiola zuckte die Schultern. »Ach, das. Aber das ist doch schon ewig her.«

»Ich habe es nicht sofort geschafft.« Simonettas klare Stimme hallte im Treppenhaus wider.

Fabbiola runzelte die Stirn, offensichtlich nicht zufrieden mit der Entwicklung der Dinge. »Vielleicht sollten wir die Leiche woanders hinbringen.«

»Auf keinen Fall!« Carlina sprang auf. »Ich rufe Garini an.« Sie würde keine Leiche mehr irgendwohin bewegen. Das hatte sie einmal gemacht, und das hatte richtig Ärger gebracht.

Fabbiola schnappte sich ihren Arm. »Aber was willst du ihm denn sagen? Du musst sicherstellen, dass er der Familie gegenüber loyal bleibt. Wenn er glaubt, dass du ihn betrogen hast, wird das hier alles aus dem Ruder laufen.«

Carlina schluckte. Sie hatte keine Ahnung, wie sie Stefano die Wahrheit sagen sollte, aber alles war besser, als ihn der blühenden Fantasie ihrer Mutter zu überlassen. »Ich schaffe das schon.« Sie rannte die Treppe hinunter, ihr Telefon in der Hand. Sie wollte nur noch Abstand zu ihrer Wohnung gewinnen – je weiter, desto besser.

Als sie auf die Straße hinausstürzte, wurde ihr klar, dass sie ein tiefer Widerwille erfasst hatte, das Haus je wieder zu betreten. Der Mörder hatte es geschafft, sie aus dem Haus zu werfen, genau wie Valentino es auch gemacht hätte – nur schneller. Ihre Hand zitterte, als sie auf die Taste drückte, um Stefano anzurufen.

Er hob beim ersten Klingeln ab. »Carlina?«

»Ich brauche deine Hilfe.«

Sofort schaltete er in den Profi-Modus um, der keine Zeit für Emotionen ließ. »Was ist passiert?«

Sie schnappte nach Luft. »Valentino wurde ermordet.«

Die Tür hinter ihr öffnete sich, und ihre Mutter blickte vorsichtig heraus.

Carlina wandte ihr den Rücken zu und eilte die Straße hinunter. Gott sei Dank trug sie noch ihre Jacke, aber trotz der Wärme zitterte sie so sehr, dass das Telefon drohte aus ihren Fingern zu rutschen. Sie rannte fast auf den Largo Piero Bargellini und drehte sich nach rechts, zur Piazza di Santa Croce. Die *piazza* war groß genug, um alle Familienmitglieder, die gern mithören wollten, was sie mit Stefano besprach, schon von Weitem herankommen sehen zu können.

»Wieso rennst du?« Stefanos Stimme war kurz angebunden, wie eine Peitsche. »Bist du in Gefahr?«

»Nein. Ich ... ich brauche nur ein wenig Abstand.«

»Wo bist du?«

»Auf der Piazza di Santa Croce.«

»Ich bin in einer Minute bei dir. Beweg dich nicht vom Fleck, mein Herz.« Er legte auf.

Mit einem Seufzer der Erleichterung steckte Carlina das Telefon in die Tasche und ging zu einer der Steinbänke, die die *piazza* umgaben. Garini würde kommen. Er würde wissen, was als Nächstes zu tun war. Dann stockte sie. Hatte er sie gerade »mein Herz« genannt, oder hatte sie das missverstanden? Das hatte er noch nie getan. Sie holte tief Luft. »Ganz ruhig. Beruhige dich. Alles wird gut.«

Ein deutscher Tourist mit weißen Socken, Sandalen und einem überfüllten Backpacker-Rucksack ging an ihr vorbei. Er schaute sie mit einem neugierigen Ausdruck im Gesicht an.

Ich sollte keine Selbstgespräche führen. Carlina ließ sich auf die Steinbank am äußersten Ende der *piazza* fallen, verbarg den Kopf in den Händen und versuchte, die Schauer zu unterdrücken, die immer noch ihren ganzen Körper schüttelten. Es dauerte ewig, aber endlich ließ das Zittern nach. Sie hob den Kopf und schaute auf die beeindruckende Fassade der Kathedrale von Santa Croce. Sie sah so schön aus, so ausgewogen, mit ihren drei Bögen und den kleinen Türmchen oben. Es dämmerte, und der weiße Marmor leuchtete im sorgfältig platzierten Scheinwerferlicht. Wie viele Leute hatten schon auf dieser *piazza* gestanden, Angst im Herzen, Angst vor der Zukunft? Wie viele Leute hatten ihre Sorgen in die Kirche getragen, auf der Suche nach Bestätigung und Hilfe? Manchmal war es einfacher, wenn man gläubig war – dann fühlte man sich zumindest nicht so alleine.

Carlina schluckte. Sie hatte sich noch nie so gefühlt – so in zwei Stücke gerissen. Einerseits wollte sie, dass Stefano zu ihr kam, wollte glauben, dass er ihr helfen würde, aber andererseits wollte sie so viel Abstand wie nur möglich zu ihm halten, aus Angst vor dem, was noch passieren konnte. Vielleicht sollte sie einfach weglaufen und ihm eine Nachricht senden, dass er alles, was er wissen musste, im Haus vorfinden würde.

Sie stand auf. Aber wohin sollte sie gehen? Die Familie konnte ihr nicht helfen, und sogar ihre Freunde würden schnell auf der Liste der möglichen Schlupflöcher stehen. Sie kannte Garinis Effizienz.

Eine Hand auf ihrem Arm ließ sie hochschrecken. Sie fuhr herum und starrte in Garinis schmales Gesicht. *Zu spät, um davonzulaufen.*

Er blickte sie forschend an, dann runzelte er die Stirn.

Wie wütend er aussieht. Carlina fühlte, wie ihr der Mut sank, und sie wollte einen Schritt zurücktreten, aber aus irgendeinem Grund war sie wie festgebunden.

»Komm her.« Seine Stimme war weich, in völligem Gegensatz zu seinem Gesichtsausdruck. Er nahm sie in die Arme.

Ein Schluchzer stieg in ihr auf. Sie vergrub ihren Kopf an seiner Schulter und atmete seinen vertrauten Geruch von Seife und Leder tief ein. *Gestohlene Zeit.* Der Ausdruck zuckte durch ihren Kopf. *Sobald er die Wahrheit hört, wird er mich aus seinen Armen stoßen. Er wird mich nie wieder ansehen.*

Seine Hände strichen mit langen, beruhigenden Bewegungen über ihren Rücken.

Sie klammerte sich an ihm fest, als ob sie sonst versinken würde. *Gestohlene Zeit.* »Stefano.« Ihre Stimme klang brüchig. »Ich muss dir so viel erzählen, und es ist nicht schön.« Sie legte den Kopf in den Nacken, sodass sie ihn ansehen konnte.

Er schüttelte den Kopf. »Ich schlage vor, dass wir die Polizeistation anrufen und den Fall an einen Kollegen übergeben. Dann habe ich keinen Loyalitätskonflikt.«

Sie werden sich für immer über ihn lustig machen. Der Gedanke stach wie ein Messer in ihr Herz. *Stell dir vor, deine Freundin betrügt dich und jeder Kollege weiß es. Vielleicht würden sie sogar denken, dass Stefano es selbst getan hatte, aus Eifersucht.* Sie schnappte vor Schreck nach Luft.

Sein Blick durchforschte ihr Gesicht. »Was ist los?«

Sie versuchte, Kraft zu gewinnen. *Vier Sätze. Ich muss ihm nur vier Sätze sagen. Das kann doch eigentlich nicht so schwer sein, oder?* »Wir haben Valentino heute Abend erstochen aufgefunden. Er war in -«

»*Commissario!*« Aus dem Nichts tauchte Fabbiola auf und warf sich zwischen sie. »Ich bin ja so froh, dass Sie sofort kommen konnten!«

»*Mamma!*« Carlina funkelte ihre Mutter an. »Stefano wird diesen Fall nicht übernehmen. Er -«

»Ganz egal, ganz egal.« Ihre Mutter schnappte sich Stefanos Hand und zog ihn hinter sich her, in Richtung Via delle Pinzochere. »Kommen Sie einfach schnell mit, sonst haben wir Tonnen von Touristen vor unserem Haus, und das würde uns nicht weiterhelfen.«

Carlina blinzelte. Touristen? Was um Himmels willen hatte ihre Familie jetzt schon wieder angestellt? Sie beeilte sich, mit ihrer Mutter Schritt zu halten.

»Ich werde diesen Fall nicht übernehmen, *signora* Mantoni-Ashley«, sagte Garini.

Fabbiola ignorierte ihn. Stattdessen zog sie ihn noch schneller über die *piazza*.

Carlina und Garini tauschten einen Blick, dann zuckte Garini mit den Schultern.

Fabbiola marschierte mit ihnen die Straße hinunter und um die Ecke, sodass sie den Eingang des Familienhauses sehen konnten. Sie hatte nicht übertrieben. Vor der Tür stand eine Gruppe aufgeregter Leute, und einige Nachbarn hingen aus den Fenstern und starrten auf etwas, das sich am Eingang zu befinden schien.

»Polizei.« Garini drängte sich mit seinen breiten Schultern durch die Menge. »Lassen Sie mich durch.« Eine Minute später beugte er sich über die zusammengekrümmte Leiche im Eingang.

Valentino war komplett angezogen.

Carlina wurde schwindelig. Eine Hand auf ihrem Arm sorgte dafür, dass sie sich umdrehte. »Emma! Sag mir nicht, dass -«

Emma hielt die Hand hoch und zog sie zur Seite. »Wir haben uns gedacht, dass es besser wäre, wenn wir ihn hier finden.« Sie sprach so leise, dass nur Carlina sie hören konnte. »Ich hoffe, du hattest genug Verstand, dem *commissario* noch keine Details zu verraten?«

Carlina schüttelte den Kopf. »Nein, aber -«

»Gut.« Emma nickte ihr kurz zu. »Benedetta, Simonetta und Maria sind oben und putzen deine Wohnung.«

»Maria ist auch da?«

»Ja.« Emma nickte wieder. »Sie kam in dem Augenblick an, als du gegangen warst. Es war ein echter Schock für sie. Einen Moment lang habe ich gedacht, dass sie ohnmächtig wird, aber dann haben sich alle zusammengerissen, und wir haben uns innerhalb einer Minute einen Plan ausgedacht.« Sie schaute die Leiche zufrieden an. »Sieht es nicht toll aus? *Mamma* und Fabbiola hielten Schirme hoch, während wir ihn umgelegt haben, sodass die Nachbarn von oben uns nicht sehen konnten, falls sie aus dem Fenster blickten, und Onkel Teo hat auf dem Balkon Ausschau nach Passanten gehalten, bevor wir uns auf die Straße gewagt haben.«

Aus dem Nirgendwo schoss ein Zitat, das sie einmal gehört hatte, durch Carlinas Kopf. *Ein guter Freund hilft dir, deine Möbel in eine neue Wohnung zu bringen. Ein großartiger Freund hilft dir, eine Leiche wegzubringen.* »Ihr werdet nie im Leben die Wahrheit vor Garini verbergen können.« Ihr Mund fühlte sich staubtrocken an. »Weißt du denn nicht, dass sie Blutspritzer und alles Mögliche an einer Leiche deuten können?«

Emma rollte die Augen. »Jetzt sei mal ein bisschen vernünftig, Carlina. Immerhin wird er jetzt alle Fakten unterdrücken können, die unbequem sind. Wenn er die Leiche in deiner Wohnung entdeckt hätte, wäre es für alle Beteiligten viel zu peinlich geworden.«

Carlina zwang sich, wieder zur Tür zu sehen. Sie sah Stefano vor der Leiche stehen, die Hände tief in den Taschen vergraben, die Stirn vor Konzentration gerunzelt. Er schien ganz fasziniert zu sein. Sie überwand ihre Abneigung, folgte seinem Blick ... und keuchte. »*Madonna!* Das glaube ich jetzt nicht! Ihr habt das Hemd einfach ganz ordentlich rund um das Messer geknöpft?«

Emma funkelte sie an. »Natürlich! Niemand hatte die Nerven, das Messer herauszuziehen und hinterher wieder reinzustecken. Wenn du das so übel findest, kannst du's das nächste Mal selbst machen!«

Carlina wusste nicht, ob sie lachen oder weinen sollte. »Aber Stefano wird die Fotografen rufen müssen. Sie werden das sofort mitbekommen! Es ist total offensichtlich, dass Valentino nicht hier umgebracht wurde, und es ist genauso offensichtlich, dass er dieses Hemd nicht trug, als er umgebracht wurde!«

»Na und?« Emma zuckte mit den Schultern und lächelte mit ihren strahlend weißen Zähnen. »Solange sie nicht wissen, wo er wirklich umgebracht wurde, ist doch alles in Ordnung.«

Carlina fühlte, wie ihr die Knie weich wurden. Sie schaute sich um, aber sie fand nichts, wo sie sich hinsetzen konnte. *Das wird ja immer schlimmer – oder doch nicht?* Vielleicht half es Garini, wenn sie bei dem Märchen blieb, das die Familie so praktisch erfunden hatte. Unsicher biss sie sich auf die Lippe.

Garini schaute hoch.

Ihre Blicke trafen sich und hielten.

Sein Gesicht verriet nichts.

Sie sah die Herausforderung in seinen Augen, und wie ein Blitz gingen zwei Sätze zwischen ihnen hin und her, so deutlich, als ob sie laut gesprochen hätten.

Ich weiß, dass deine Familie bis zum Hals in dieser Sache steckt.

Ich verrate dir gar nichts.

II

Garini wartete, bis seine Kollegen angekommen waren, dann überließ er sie der Routine. Er hatte genug gesehen, um zu wissen, dass das Opfer nicht vor dem Hauseingang der Mantonis umgebracht worden war und dass Valentino dieses Hemd nicht getragen hatte, als er erstochen wurde. Der Pathologe konnte noch mehr Details herausfinden, aber das würde bis nach der Autopsie warten müssen.

Er versammelte alle Mantoni-Mitglieder im Hauseingang und stieg die untersten beiden Stufen der Treppe hinauf, sodass er sie ein gutes

Stück überragte. Dann sagte er: »Ich fasse mich kurz. Morgen früh werde ich versuchen, diesen Fall an einen Kollegen zu übergeben.«

Fabbiola öffnete den Mund, aber Carlina schnappte sich ihren Arm und flüsterte ihr etwas zu.

Was geht hier vor? Er ließ seinen Blick über die anderen Familienmitglieder schweifen. Sie schienen sich alle in unterschiedlichen Stadien der Aufregung zu befinden. Das war normal. Aber Garini spürte eine unterschwellige Emotion, die er nicht zuordnen konnte, eine Nervosität, als ob sie alle mit angehaltenem Atem darauf warteten, dass etwas passierte. Aber was? Für einen Augenblick fühlte er sich wie ein Zirkusdirektor, der seine Rolle vergessen hatte. Es hatten sich mehr als nur die Mantoni-Familienmitglieder hier versammelt. Leopold Morin stand neben Benedetta, und im Hintergrund befanden sich Simonetta und Maria, die zwei Jongleur-Expertinnen, Paradebeispiele für die kleinste und die stärkste Frau in Italien. Neben Ernesto befand sich Rafaele, die Schultern gegen die Wand gelehnt. Daneben entdeckte er Onkel Teo. Tiefe Falten waren um seinen Mund gegraben, und seine Augen waren voller Schatten. Der alte Mann hielt sich mit einer Hand am Geländer fest. *Er ist völlig erschöpft. Ich frage mich, ob er an seinem Neffen hing?* Garini entschied sich, ohne weiteren Aufschub die wichtigsten Punkte zu klären. »Da ich heute Abend vor Ort bin, muss ich schon einige Fragen stellen, aber ich werde nur die wichtigsten Bereiche abfragen. Mein Nachfolger wird morgen weitermachen, also bereitet euch bitte auf weitere Gespräche vor.«

Sein Ansatz war ein wenig ungewöhnlich, aber er wollte jetzt nicht in Details einsteigen. Er kannte seinen Chef. Wenn er jetzt zu viel erledigte, würde Cervi sich weigern, ihn von dem Fall abzuziehen, mit der Aussage, dass sonst keiner so viel Wissen hatte.

»Wer hat die Leiche gefunden?«

»Das war ich.« Simonettas Stimme füllte den Hausflur mit tiefer Resonanz.

»Wann war das?«

Simonetta zögerte und warf einen Hilfe suchenden Blick Richtung Fabbiola.

Fabbiola sprang ihr sofort zur Seite. »Das war ungefähr um acht, oder, Carlina?«

Carlina schaute ihre Mutter mit einem merkwürdigen Blick an.

Stefano runzelte die Stirn. Er konnte den Blick nicht deuten. War das Wut?

Carlina zuckte mit den Schultern. »Ich kann mich nicht erinnern.«

Garini notierte die Zeit mit einem Fragezeichen in seinem kleinen Notizbuch. Dann schaute er Simonetta an. »Was hast du getan, als du die Leiche entdeckt hast?«

»Sie schrie.« Fabbiola antwortete, bevor Simonetta überhaupt den Mund öffnen konnte. »So einen Schrei haben Sie in Ihrem ganzen Leben noch nicht gehört, *commissario*. Die können was an der Oper, das muss ich echt sagen.«

Garini unterdrückte einen Seufzer. »Wahrscheinlich. Nächste Frage: Gibt es irgendetwas Ungewöhnliches, irgendetwas Dringendes, das ich wissen sollte und das nicht bis morgen warten kann?«

Sie schauten ihn an wie Kinder, die gefragt wurden, wer von den verbotenen Keksen genascht hat. Garini verengte die Augen. *Hier stimmt doch was nicht.* »Nichts? Wenn ihr es nicht vor allen sagen wollt, kommt später direkt zu mir.« Wieder schaute er über die versammelte Familie.

Für den Bruchteil einer Sekunde traf sein Blick auf den von Carlina. Sie war blass und sah aus, als ob sie gleich zusammenbrechen würde. *Ich wünschte, sie wäre nicht in diesen Fall involviert.* Er schloss sein Notizbuch mit einem Knall. *Und wenn dem nicht so ist, werde ich zumindest sicherstellen, dass ich mit dem Fall nichts zu tun habe.*

III

»Pssst, pssst!«

Carlina blieb auf dem Treppenabsatz unterhalb ihrer Wohnung stehen. Sie hatte sich gerade von Garini verabschiedet und fühlte sich selbst schon wie eine Mörderin.

Ihre Mutter hatte den Kopf aus Benedettas Wohnung gesteckt und machte wilde Handbewegungen, dass Carlina näher kommen sollte. »Komm rein, Carlina, wir brauchen deine Hilfe.«

»Meine Hilfe?« Carlina wollte nur ins Bett gehen. Sie war so müde, dass jeder Schritt die Treppe hoch eine echte Überwindung bedeutete. Gleichzeitig schauderte ihr, wenn sie daran dachte, dass sie in ihre Wohnung zurückgehen musste, an den Tatort. Simonetta hatte ihr gesagt, dass sie alles neu arrangiert hatten und dass alles gut war, aber sie fühlte sich wie ein Hund, dem man sein Körbchen ersatzlos weggenommen hatte. »Hat es nicht bis morgen Zeit?«

»Nein.« Fabbiola schüttelte den Kopf. »Wir sind damit beschäftigt, unsere Alibis zu bauen, und du musst deines noch auswendig lernen.«

Oh Madonna. Carlina zuckte zurück. »Kommt gar nicht infrage.«

»Aber ja doch!« Fabbiola schnappte sich ihren Arm und zog sie nach innen. »Jetzt trödel hier nicht rum.«

Carlina entschied, dass es weniger Energie kostete, keinen Widerstand zu leisten, und folgte ihrer Mutter in Benedettas Küche, wo der Rest der Familie inklusive Simonetta und Maria schon versammelt war. Es roch köstlich nach frischem Focaccia-Brot mit schwarzen Oliven und Peperonistückchen. Carlina sah das Brot in saubere Tücher gewickelt in einer Ecke der Küche liegen. Offensichtlich hatte Benedetta entschieden, eine Gegenattacke auf dem Brot-Schlachtfeld zu initiieren.

Fabbiola, die klugerweise das Focaccia, das jedem das Wasser im Munde zusammenlaufen ließ, ignorierte, zog einen Bogen Papier hervor und spitzte mit wichtiger Miene einen Bleistift an. Dann hob sie den Kopf. »Wir werden dieses Papier später verbrennen. Lasst uns mit Leo anfangen.«

Benedetta sprang auf. »Wieso sollen wir mit Leo anfangen? Wieso nicht mit dir oder Carlina?«

Carlina blinzelte. Was um alles in der Welt war nur mit Benedetta los? Hatte Fabbiolas Gesundheitsessen, kombiniert mit Ernestos Bungee-Jumping, sie komplett aus dem Gleichgewicht geworfen? Sie hatte Benedetta noch nie so verstört gesehen.

»Ich wollte das Haus nur Wohnung für Wohnung durchgehen«, sagte Fabbiola mit Würde. »Und ich habe im Erdgeschoss angefangen, das ist alles. Wir können aber auch mit Teo beginnen, wenn dir das lieber ist.«

»Nein, nein, ist schon gut.« Leopold Morin lächelte Fabbiola beruhigend zu und legte eine besänftigende Hand auf Benedettas Arm. »Ich war in der Bücherei.«

»Wann?«

Leopold öffnete die Augen weit. »Wann? Na, als der Mord geschah, natürlich.«

Fabbiola schaute den schmalen Franzosen mit gerunzelter Stirn an. »Aber woher weißt du denn überhaupt, wann das war?«

»Jetzt halt aber mal die Luft an.« Benedetta fuhr ihre Schwester an. »Du benimmst dich, als ob du die Familienchefin wärst, und es klingt, als ob du uns alle des Mordes verdächtigst. Danke, das brauchen wir nicht. Ich jedenfalls will damit nichts zu tun haben.« Sie sprang auf und verließ den Raum.

Leo zuckte mit den Schultern und folgte ihr mit einem entschuldigenden Blick.

»Also so was ...« Fabbiola schüttelte den Kopf. »Wie stimmen wir denn jetzt unsere Alibis ab?«

Carlina bekam Kopfschmerzen. »Ich möchte mir kein Alibi ausdenken. Ich möchte Garini die Wahrheit sagen.«

»Bist du verrückt geworden?« Ihre Mutter starrte sie an. »Du willst ihm sagen, dass ein halb nackter Mann zusammen mit einer Flasche Champagner in deiner Wohnung war? Da ist ja wohl jede Lüge besser!«

Carlina schloss die Augen. »Ich weiß, aber ich bin total erledigt. Egal worauf wir uns heute Abend einigen, ich werde es sowieso bis morgen wieder vergessen haben. Also zählt nicht auf mich. Gute Nacht.« Sie stand auf und verließ den Raum, bevor jemand sie zurückhalten konnte.

Sollte die Familie sich doch ausdenken, was sie wollte. Sie hatte die Nase voll.

Kapitel 5

I

Stefano Garini biss die Zähne zusammen. Er wusste, dass er die Unterhaltung mit seinem Chef nicht gern führen würde, aber es musste sein. Er hob die Hand und klopfte an die Tür.

»Herein.« Cervis Stimme klang völlig verschlafen, wie üblich am frühen Morgen.

Stefano öffnete die Tür und ging hinein. »*Buongiorno, signor* Cervi.«

»*Buongiorno, buongiorno.*«

Cervi deutete auf den Stuhl, der seinem Schreibtisch gegenüberstand und runzelte die Stirn. »Nehmen Sie Platz und machen Sie's kurz. Ich habe in einer halben Stunde einen wichtigen Termin.«

Das passt mir gut. »Gestern Abend wurde ich von einem Mitglied der Mantoni-Familie informiert, dass Valentino Canderini, ein Cousin, erstochen wurde. Er wurde vor der Eingangstür des Familienhauses auf der Via delle Pinzochere gefunden.«

Cervi verengte die Augen. »Haben Sie ›Mantoni‹ gesagt? Etwa schon wieder die gleiche Familie?«

Stefano unterdrückte seine Ungeduld. »Genau die. Darum bin ich hier. Ich habe alles getan, was sofort getan werden musste, aber jetzt würde ich gern von dem Fall abgezogen werden.«

Cervi starrte ihn an. »Unmöglich.«

»Es ist unmöglich, dass ich den Fall weiterbearbeite.« Stefano bemühte sich, seine Stimme völlig neutral klingen zu lassen. »Ich habe zu viele Verbindungen zu der Familie.«

Sein Chef grunzte. »Was für Verbindungen?«

»Carlina Ashley, eines der Mantoni-Familienmitglieder, ist meine Freundin. Sie lebt in dem Familienhaus.«

»Hmm. Sie ist die Inhaberin dieses teuren Unterwäscheladens, oder?«

»Ja.«

»Wie eng sind Sie denn mit ihr befreundet?«

»Wie bitte?«

»Ist es was Ernstes?«

Garini biss die Zähne zusammen. *Das geht Sie gar nichts an.* »Ja.«

Cervi bewegte den Kopf wie eine gelangweilte Schildkröte ganz langsam von rechts nach links. Er schaute Garini böse an. »Kann Paolo das übernehmen?«

»Er ist im Urlaub.«

»Weit weg?«

»Zu weit, um zurückzukommen. Eine Safari in Südafrika.«

»Verdammt.« Cervi runzelte die Stirn. »Ich habe den Eindruck, dass er das mit Absicht macht. Jedes Mal, wenn wir ihn brauchen, tobt er auf der anderen Seite des Globus herum. Was ist mit Sergio? Ist er krank?«

»Gerade nicht.«

Garinis Chef nahm den Telefonhörer ab und bellte ein kurzes Kommando hinein.

Eine Minute später schob Sergio seinen massiven Körper durch die Tür. Sein pfeifender Atem und sein blasses Gesicht zeigten, dass er sich noch nicht ganz von seiner letzten Grippe erholt hatte. »*Buongiorno, signor* Cervi, Stefano.« Er warf Garini einen schnellen, fragenden Blick zu.

Stefano zuckte mit den Schultern.

»Garini hier behauptet, dass er einen Fall nicht übernehmen kann, weil er vorbelastet ist.« Cervi klang, als ob es sich dabei um einen groben Charakterfehler handelte. »Sie müssen das übernehmen.«

Sergios Augenbrauen gingen in die Höhe. »Ich bin mitten im Maccari-Fall.«

Cervi machte eine ungeduldige Handbewegung. »Geben Sie ihn an Garini. Er wird ihn ohne Zweifel schneller lösen.«

Garini zuckte zusammen. Er wusste, dass Sergio nicht immer schnell von Begriff war, aber er war gründlich und zuverlässig – wenn er nicht krank war.

Sergio versteifte sich. »Was ist das für ein Fall?«

»Gestern Abend wurde ein Mann vor dem Mantoni-Familienhaus erstochen.«

»Mantoni?« Sergios Blick flatterte zu Garini und wieder zurück. »Verstehe.«

Garini wusste, dass Sergio sich an den Abend erinnerte, als er ihn mit Carlina im Restaurant Gallo Nero getroffen hatte.

»Na gut.« Sergio nickte. »Ich übernehme das.«

Ein Gewicht fiel von Garinis Schultern. *Wenn doch alles nur so einfach wäre.* Er lächelte seinen Kollegen an. »Vielen Dank. Ich schätze das sehr.«

Sergio legte den Kopf schief. »Aber noch eine Sache: Wenn das Opfer vor dem Familienhaus gefunden wurde, kann es doch Zufall gewesen sein. Vielleicht haben die Mantonis ja gar nichts damit zu tun.«

»Oh doch, die Familie ist in jedem Fall involviert.« Garinis Stimme klang grimmig. »Valentino Canderini ist zur Hälfte ein Mantoni und -«

Sergio schnappte nach Luft. »Valentino Canderini? Er ist tot?« Sein rundes Gesicht erhellte sich, als ob er soeben eine wunderbare Nachricht erhalten hatte. »Super.«

Cervi räusperte sich. »Können Sie bitte mal Klartext reden?«

Sergio strahlte seinen Chef an. »Ach, das war ein absoluter Nichtsnutz.« Er warf einen entschuldigenden Blick Richtung Garini. »Es tut mir leid, aber -«

»Ich bin ganz deiner Meinung.«

»Es scheint dennoch ein wenig übertrieben zu sein, Freudensprünge zu machen, weil er tot aufgefunden wurde.« Cervis Stimme war trocken.

Sergio zuckte mit den Schultern. »Er hat mal versucht, meine Schwester in Schwierigkeiten zu bringen. Meine Brüder und ich haben es zu verhindern gewusst, denn wir sahen es gerade noch rechtzeitig und sind eingeschritten.«

»Also ist in Wirklichkeit gar nichts passiert.« Cervi seufzte. »Können wir jetzt bitte Ihre privaten Gefühle vergessen und diesen Fall auf professionelle Art und Weise bearbeiten?«

Sergio wurde rot. »Ich bin immer professionell. Darum habe ich ihn ja nicht selbst umgebracht. Aber ich kann dem Mörder nur applaudieren. Canderini hat es nicht anders verdient.«

Cervi presste die Lippen zusammen. »Ich denke, Sie sollten mal über Ihr Verständnis von Gesetz und Ordnung nachdenken. Sie sind immerhin Polizist und als solcher sollten Sie Mord niemals als Problemlösung ansehen.« Er richtete sich auf, während er sprach.

Garini schaffte es mit Mühe, nicht mit den Augen zu rollen. *Madonna, was für ein pompöser Idiot Cervi doch ist.*

Sergio warf seinem Chef einen Blick zu, der Bände sprach. »Wenn ein Mann durch und durch schlecht ist, hat er eine Menge Möglichkeiten, das Leben anderer zu zerstören. Ich denke, dass es besser ist, ihn aufzuhalten, bevor er sein Leben damit verbringt, Böses zu verbreiten.«

Garini kämpfte gegen ein ungutes Gefühl. Er konnte Sergios Äußerungen durchaus nachvollziehen, tatsächlich hatte er oft das Gleiche gedacht, aber gleichzeitig war es nicht an ihm, zu urteilen. Es war seine Aufgabe, ausreichend Beweise zu finden, sodass die Regeln dieser Gesellschaft greifen konnten. Wenn jeder damit anfing, Leute umzubringen, die es nicht anders verdient hatten – zumindest der jeweiligen Meinung nach – dann würde bald absolutes Chaos herrschen. Garini wusste, dass Sergio eigentlich das gleiche Verständnis von seiner Rolle hatte. Warum sprach er dann so zu Cervi? Der Vorfall mit seiner Schwester musste ihn bis ins Innerste verstört haben; es gab keine andere Erklärung.

Cervi hievte sich auf die Füße. »Wollen Sie mir damit sagen, dass Sie zu sehr voreingenommen sind, um diesen Fall zu bearbeiten?«

Garini wurde schlagartig hellwach. Er tauschte einen schnellen

Blick mit Sergio, dessen Mund einen eigensinnigen Zug angenommen hatte.

»Ich kann den Fall übernehmen«, sagte Sergio mit Würde.

»Aber Sie denken immer noch, dass der Mörder gut gehandelt hat?«

Sergio neigte den Kopf. »Ja.«

Cervi schlug mit der Faust auf den Tisch. »So geht das nicht! Ich kann den Fall nicht jemandem geben, der den Mord eigentlich gutheißt.« Er wandte sich an Garini. »Sie werden den Fall doch übernehmen müssen.«

Kommt überhaupt nicht infrage. »Ich traf Valentino Canderini am Tag vor seinem Tod auf einer Familienfeier, und ich kann nur bestätigen, was Sergio sagt. Er scheint ein ausgesprochen übles Exemplar gewesen zu sein.«

Eine Ader an Cervis Hals fing an zu pulsieren. »Bitte sagen Sie mir nicht, dass Sie auch der Meinung sind, der Mörder habe eine gute Tat vollbracht.«

Garini zuckte mit den Schultern. Wenn er seine feste Überzeugung kundtat, dass er an die Regeln der Gesellschaft glaubte, würde er nicht nur den Fall angehängt bekommen, sondern Sergio auch noch im Vergleich schlecht dastehen lassen. »Nach dem Wenigen, das ich gesehen habe, scheint es so zu sein.«

Jetzt schlug Cervi mit beiden Fäusten auf den Tisch. »Ich habe drei Spezialisten in dieser Abteilung! Drei! Und keiner kann den Fall übernehmen! Einer scheint immer in unerreichbaren Gebieten im Urlaub zu sein, wenn ich ihn brauche, der andere ist entweder krank oder freut sich über einen Mord und jetzt sagt sogar der dritte, dass er das Konzept, Leute umzubringen, wenn's gut passt, angemessen findet.« Er verengte seine Augen und starrte Garini an. »Ich befehle Ihnen, den Fall zu übernehmen, Garini. Bleiben Sie professionell, bleiben Sie auf Distanz. Sie sind mit der Dame ja nicht verlobt, also sollte es nicht zu schwierig sein. Erinnere ich mich nicht sogar, dass Sie vor einigen Wochen noch sagten, Sie seien gar nicht mit der Frau zusammen?«

Garini ballte die Fäuste. »Es würde nach außen überhaupt nicht gut aussehen. Sobald die Info durchsickert, dass der zuständige Kommissar mit der Familie in Verbindung steht, wird es einen Skandal geben.« Normalerweise reichte das Wort »Skandal«, um Cervi mitten im Galopp aufzuhalten.

Cervis Gesicht nahm eine alarmierende Himbeerfarbe an. »Es ist Ihre Verantwortung, die Wahrheit für sich zu behalten! Dann lassen Sie die Beziehung eben ruhen, bis die Untersuchung abgeschlossen ist!«

Kalte Wut erfasste Garini. »Das kommt überhaupt nicht infrage.«

Sein Chef machte eine ungeduldige Handbewegung. »Wie auch immer. Solange Sie dafür sorgen, dass das Ergebnis stimmt, ist mir egal, wie Sie's anstellen.«

»Wir könnten den Fall gemeinsam bearbeiten.« Sergio blickte Garini entschuldigend an und wischte sich mit dem Handrücken den Schweiß von der Stirn. »Dann können wir ein Auge aufeinander haben. Da es niemanden hier gibt, der keine persönliche Beziehung zum Opfer hatte, ist das vielleicht der beste Weg, um einen Skandal zu vermeiden.«

Cervi hob beide Fäuste gen Himmel. »Sind Sie denn völlig wahnsinnig geworden? Ich bitte schon seit Monaten vergeblich um Verstärkung! Wenn ich jetzt zwei Leute auf einen Fall ansetze, wird man mir vorwerfen, dass ich nicht mit meinen Ressourcen umzugehen weiß!« Er presste die Lippen zusammen und schaute Stefano wütend an. »Sie werden den Mantoni-Clan unter die Lupe nehmen, Garini.« Er funkelte ihn an. »Und wenn Sie die Sache verbocken, lasse ich Sie nach Mailand versetzen.«

II

»Cervi hat mich gezwungen, den Fall zu übernehmen.« Stefano Garini trommelte mit den Fingern auf den Verkaufstresen von Temptation.

Carlina hatte Stefano noch nie so wütend gesehen. Seine Lippen mit der interessanten Narbe an einer Seite waren zu einer einzigen dünnen Linie zusammengepresst und seine Augen erinnerten sie an einen Gletscher. *Ich bin froh, dass er nicht auf mich so wütend ist – bis jetzt.* Sie räusperte sich. »Aber warum nur? Hat Cervi denn keine Angst davor, dass es einen Skandal geben könnte, wenn deine persönliche Verbindung zu dem Fall bekannt wird?« *Ich möchte nicht, dass er den Mord untersucht. Die Familie wird ihn im Kreis jagen, und ich werde in zwei Richtungen zerrissen werden. Ich möchte das nicht!*

Stefano biss die Zähne so fest zusammen, dass die Muskeln an seinem Kiefer sichtbar hervortraten. »Sergio – das ist mein Kollege, der den Fall eigentlich übernehmen sollte – war dumm genug zu erwähnen, dass er dem Mörder deines Cousins gern seine Glückwünsche aussprechen möchte.«

»Wie bitte?« Carlina schrie es fast, dann bekam sie sich wieder in den Griff. Gott sei Dank war so früh am Morgen noch kein Kunde im Laden. »Er wollte dem Mörder seine Glückwünsche aussprechen? Warum um alles in der Welt?«

»Weil Valentino anscheinend irgendetwas mit Sergios Schwester geplant hatte. Sie haben ihn wohl gerade noch stoppen können, aber als Sergio hörte, dass das Opfer Valentino war, hat er vor Freude fast gejauchzt.« Er warf ihr einen schnellen Blick zu. »Entschuldige bitte. Ich hätte das nicht so sagen sollen, immerhin war er dein Cousin ...«

»Ach, ich glaube, dass einige Leute vor Freude gejauchzt haben, als sie von Valentinos Tod hörten.« *Vor allem seine engste Familie.* Carlinas Stimme klang trocken. »Aber du kanntest ihn ja selbst.« Sie zuckte mit den Schultern. »Er war ein echter Schwerenöter.«

Stefano nickte. »Ja, aber ich hasse es dennoch, deine Familie vernehmen zu müssen. Ich will nicht schon wieder auf der feindlichen Seite stehen.«

Carlina schaute ihn an. *Du bist nicht der Feind. Du bist der Retter. Wenn du es nur wüsstest.* Sie räusperte sich. »Ich denke, du wirst sie dieses Mal hilfsbereiter finden.« *Und voller Lügen.*

Er runzelte die Stirn. »Wirklich? Warum glaubst du das?«

Sie hob die Schultern. »Weil sie dich jetzt kennen.« Sie hörte sich selbst lügen, und etwas in ihr zerbrach. *Ich kann das nicht. Ich möchte ihn nicht anlügen.* Sie schluckte schwer. *Großartig,* machte sich ihre innere Stimme über sie lustig. *Dann leg schon los und sag ihm, dass ihr Valentino halbnackt in deiner Wohnung gefunden habt. Sag ihm, dass er das in seinen Bericht schreiben soll, sodass sein Chef und die ganze Welt das sehen können. Ich wette, das wird Spaß machen.* Sie schlang sich die Arme um den Körper. *Ich kann das nicht.*

»Carlina?« Sein Blick ruhte auf ihr. »Was ist los?«

Ich kann es dir nicht sagen. Abrupt wechselte sie das Thema. »Wirst du heute alle noch einmal vernehmen müssen?«

Er runzelte die Stirn und zögerte einen Augenblick, bevor er antwortete. »Ja.«

»Okay.« Sie biss die Zähne zusammen. »Würdest du mit mir anfangen?«

»Warum nicht? Jetzt sofort?«

»Na klar.« Ein Schauer lief ihr über den Rücken, und sie rieb sich die Arme, in dem Versuch, Trost an ihrem schwarzen Kaschmirpullover zu finden, aber das Gefühl, dass es gleich sehr wehtun würde, blieb. Es war, als ob sie auf den Schmerz beim Zahnarzt wartete.

Er lächelte sie mit einem seiner seltenen Lächeln an. »Du hast doch keine Angst vor mir, oder?«

»Nur manchmal.«

Stefano schüttelte den Kopf und holte ein kleines Notizbuch hervor. »Ich mache mir Notizen, weil das Aufnahmegerät noch in der Reparatur ist. Ich habe meinen Assistenten Piedro gebeten, das zu übernehmen und später zu uns zu stoßen.«

»Meinst du nicht, es wäre besser, wenn wir warten, bis er hier ist? Dann hättest du einen Zeugen dafür, dass du mich korrekt befragt hast.«

Garini zog eine Grimasse. »Piedro würde noch nicht mal eine Geburt bemerken, wenn sie neben ihm stattfindet, und die subtileren Punkte in einer Befragung rauschen ganz an ihm vorbei. Ich denke, das weiß sein Vater auch.«

»Sein Vater?«

»Mein Assistent ist zufälligerweise auch der Sohn meines Chefs.«

Carlina riss die Augen auf. »Wirklich? Hast du mir das schon mal erzählt? Ich kann mich nicht daran erinnern. Wie unbequem.«

Er schaute sie direkt an. »Meine aktuelle Situation ist in mehr als einer Hinsicht unbequem und Piedro ist dabei meine geringste Sorge. Sollen wir anfangen?«

»Schieß los.« Sie versuchte, locker und entspannt zu klingen, obwohl sie sich wie eine auf Spannung gedrehte Drahtspirale fühlte.

»Wann hast du deinen Cousin das letzte Mal lebend gesehen?«

Ich bleibe, soweit ich kann, bei der Wahrheit. »Am Nachmittag.« Carlina holte tief Luft. »Er kam hier in den Laden.« Sie räusperte sich. »Er versuchte, mit mir zu flirten, und kaufte ein Paar Boxershorts. Er trug sie, als er -« Sie brach ab und fühlte, wie sie feuerrot wurde.

Garini schaute sie seltsam an. »Wann trug er sie?«

Ihr Atem stockte. *Was sage ich jetzt? Sprich weiter! Sprich einfach weiter! Nun sag schon was! Egal was!* »Er trug sie, als er ermordet wurde.« Sie fühlte sich, als ob sie sich kopfüber in einen feurigen Ofen werfen würde. »Ich sah das Etikett aus seiner Hose hervorschauen, als er auf dem Boden lag. Es ... es war eine niedrig geschnittene Jeans.« *Soviel zum Thema, dass ich ihn nicht anlügen werde.* Sie schluckte.

»Verstehe.« Sein klarer Blick bemerkte jede ihrer Bewegungen. »Kannst du mir sagen, wann er Temptation verließ?«

»So um fünf herum, glaube ich.« Sie holte vorsichtig Luft.

Stefano machte eine kurze Notiz und hob den Kopf. »Kennst du jemanden, der es auf Valentino abgesehen haben könnte?«

Carlina versuchte zu schlucken, aber ihre Kehle war zu eng. *Wir alle.*

»Carlina?«

»Ich denke mal, du fragst besser, ob es jemanden gab, der ihn nicht loswerden wollte.« *Gut gemacht. Sag die Wahrheit, aber sag sie so locker-flockig, dass es nicht dramatisch klingt.* Sie versuchte ein schwaches Lächeln.

Stefano beobachtete sie wie ein Adler, ohne dass eine Gefühlsregung in seinem Gesicht erkennbar war.

Ich halte das nicht mehr lange aus. Sie hatte sich das Gespräch im Vorhinein ausgemalt, hatte sich einen sorgfältigen Plan zurechtgelegt, was sie sagen wollte und was sie vermeiden wollte, aber wenn er sie so ansah, wollte sie nur noch wie eine verängstigte Maus quieken und in eine Ecke flüchten.

Er schlug das Notizbuch zu und lehnte sich mit der Schulter gegen ein Regal. »Was ist los, Carlina?«

Sie traute sich nicht, seinem Blick zu begegnen. »Was meinst du?«

»Habe ich dir je gesagt, dass du die weltschlechteste Lügnerin bist?«

Carlina schluckte. »Wirklich?«

»Wirklich.«

Schwang da etwa Amüsement in seiner Stimme mit? Sie traute sich, ihn einmal rasch anzusehen. Nein. Er sah nachdenklich aus, nicht amüsiert.

Sein Blick verließ ihr Gesicht nicht eine Sekunde. »Ich denke, wir können jetzt aufhören, umeinander herumzutanzen. Ich sage dir einfach mal, was ich glaube: Deine Familie ist auf die eine oder andere Art in den Mord involviert. Es ist offensichtlich, dass dein Cousin nicht vor eurem Haus ermordet wurde. Du magst etwas darüber wissen oder auch nicht. Du bist zwischen der Loyalität zu deiner Familie und deiner Loyalität zu mir hin- und hergerissen. Richtig?«

Sie schnappte nach Luft. »Richtig. So kann man es zusammenfassen.«

»Was soll ich also als deine Aussage aufschreiben?« Sein Gesicht verriet keinerlei Gefühle.

Carlina biss sich auf die Lippen. »Ich habe keine Ahnung.«

»Willst du mir irgendetwas mitteilen?«

Sie fühlte, wie die Verzweiflung in ihr anstieg. »Ich ... ich weiß nicht. Wenn ich dir sage, was ich weiß, und mich in den Bereichen, in denen ich nichts sagen kann, weigere, eine Aussage zu machen, hast du schon eine klare Indikation, in welche Richtung die Sache läuft.«

»Richtig.«

»Und ... und wenn ich lüge, merkst du's ja doch sofort, weil du mich zu gut kennst, und außerdem will ich dich ja gar nicht anlügen und -«

»Wie wäre es denn, wenn du mir vertraust und einfach die Wahrheit sagst?«

Sie starrte ihn an. *Es werden ihn alle auslachen.* »Stefano, gibt es wirklich überhaupt keinen Weg für dich, aus diesem Fall rauszukommen?«

Er schüttelte den Kopf. »Nein.«

»Was wäre, wenn du selbst ein Motiv für den Mord hättest?« *Vorsichtig, Carlina. Du gehst zu weit.*

»Ich?« Er hob die Augenbrauen.

»Ja.« Sie ballte die Fäuste, bis sie fühlte, dass ihre Fingernägel sich fest in ihre Handflächen bohrten. »Wäre das kein Grund, dich von dem Fall abzuziehen?«

Er lächelte grimmig. »Das wäre vermutlich das einzige Argument, das Cervi akzeptieren würde.«

Licht erschien am Ende des Tunnels. »Also ... also könntest du vielleicht zu ihm zurückgehen und ihm sagen, dass du dich selbst als Verdächtigen entdeckt hast?«

Er blinzelte. »Ich mich selbst entdeckt? Warum?«

»Weil ...« Sie zuckte gekünstelt mit den Schultern. *Jetzt ganz vorsichtig, Carlina.* »Lass uns sagen ...« Sie schaute sich um, als ob sie nach Ideen suchen müsste. »Lass uns sagen, dass du eifersüchtig auf ihn warst. Er hat mich angemacht, und du ... du hattest das Gefühl, dass er die Grenzen des Akzeptablen überschritten hat, also -«

»Also habe ich ein Messer herausgezogen und ihn erstochen?« Seine Stimme klang ironisch.

»Na ja. Ja.« Sie lächelte ihn etwas wackelig an. »Würde das funktionieren?«

Er schaute sie lange an. »Was um alles in der Welt versuchst du mir zu sagen, Carlina?«

Ihr Lachen klang wie ein hysterisches Quietschen. »Ich versuche nur, dich aus dem Fall herauszuholen.«

Er presste die Lippen zusammen. »Okay, dann lass uns den Gedanken mal der Form halber verfolgen. Ich weiß bis jetzt so gut wie nichts, aber basierend auf deiner Aussage und der von Simonetta, die ich jetzt erst mal als korrekt ansehe, wissen wir, dass Valentino zuletzt gegen siebzehn Uhr gesehen wurde, als er Temptation verließ, und gegen zwanzig Uhr erstochen aufgefunden wurde.«

Es war eigentlich schon halb sieben. »Ja.«

»Nun, ich habe für die ganze Zeit ein Alibi.«

Ihr Unterkiefer fiel herab. »Hast du wirklich?«

»Ja.« Er schaute sie ernst an. »Ich habe ab sechzehn Uhr mit Piedro an einem Bericht gearbeitet. Als wir gegen achtzehn Uhr fertig waren, habe ich dich angerufen. Du hast gesagt, dass du keine Zeit hast.«

»Daran erinnere ich mich.«

»Nun, gerade als ich gleichzeitig mit Piedro gehen wollte, kam Sergio rein und bat mich um meine Meinung zu einem Fall, den er gerade bearbeitet. Da Sergio sagte, dass er zu hungrig sei, um richtig denken zu können, sind wir in eine Bar gegangen, haben eine Kleinigkeit gegessen und dabei geredet. Sergio hat immer weitergegessen und neue Sachen bestellt, sodass ich in dem Augenblick, als du um kurz nach acht angerufen hast, gerade dabei war, mich von Sergio zu verabschieden und auf mein Motorrad zu steigen.«

Das Licht am Ende des Tunnels erlosch, als ob jemand es ausgeknipst hätte. »Oh.«

Er runzelte die Stirn. »Warum ist es so schlimm, dass ich kein Verdächtiger bin?«

»Aber das habe ich dir doch schon gesagt!« Sie unterdrückte den verrückten und unerwarteten Drang, auf ihren Fingernägeln zu kauen. »Wenn du ein Verdächtiger wärst, müsste man dich von dem Fall abziehen und dann hätten wir das Loyalitäts-Problem nicht mehr.«

»Und dann würdest du mir die Wahrheit sagen?«

Sie schluckte. »Ich … ich weiß nicht.«

Er hob die Augenbrauen. »Also steckt deine Familie tiefer drin, als ich dachte.« Es war eine Aussage, keine Frage.

»Vielleicht. Ich weiß es nicht.«

Sein Blick durchbohrte sie fast. »Weißt du, wer Valentino ermordet hat?«

»Nein.« *Gott sei Dank.* Wenigstens eine Frage, auf die sie geradeheraus antworten konnte.

Erleichterung überflutete sein Gesicht. »Gut.« Er steckte das Notizbuch in seine Jackentasche. »Noch eine letzte Frage.«

»Ja?«

»Weißt du irgendetwas, was Licht in diese Sache bringen könnte?«

Ihr Herz fing an zu galoppieren. *Jede Menge. Aber ich kann es dir nicht sagen.*

Er las die Antwort in ihrem Gesicht, wie immer. »Verstehe.« Sein Mund wurde schmal. »Ich dachte, dass zwischen uns mehr wäre.«

Das Blut wich ihr aus dem Gesicht. »Aber das ist es.«

»Wenn es darum geht, zwischen mir und deiner Familie zu wählen, gewinnt die Familie immer mit Abstand.«

»Das stimmt nicht!« Sie hatte das Gefühl, zu ersticken. »Ich ... ich kann dir nicht mehr sagen, aber es ist zu deinem Besten!«

Er verengte die Augen. »Lass mich das selbst beurteilen.«

»Nein!« Sie verschränkte die Arme.

Der Straßenlärm drang in die plötzliche Stille des Geschäftes. Hochhackige Schuhe klapperten an Temptation vorbei, Stimmen plauderten. Beruhigende, alltägliche Geräusche, aber hier im Laden hatte sich die Atmosphäre verändert. Sie waren wieder auf getrennten Seiten des Zauns, wieder einmal Feinde. Carlinas Hals schmerzte.

»Gut.« Er klang ernüchtert. »Ich fahre dann mal zu eurem Familienhaus.« Er beugte sich nach vorne und gab ihr einen harten Kuss. »Sei vorsichtig. Es ist gefährlich, sich auf Mord einzulassen.«

III

Garini entschied sich, mit Teodoro Mantoni anzufangen, der eines der vernünftigeren Mitglieder des Mantoni-Clans war. Als er in der Via delle Pinzochere ankam, wartete sein Assistent Piedro schon neben der Haustür auf ihn. Seine stachelartig gegelten Haare erinnerten Garini an die Frisur, die Ernesto an seinem Geburtstag getragen hatte. Wie lange das schon her schien, und doch waren es nur wenige Tage. Carlinas Entscheidung, Geheimnisse vor ihm zu haben, verletzte ihn mehr, als er zugeben wollte. Sie vertraute ihm nicht, vertraute seiner Integrität nicht. Das Gefühl, versagt zu haben, brannte tief in ihm und machte ihn ungeduldig und unleidig. Er würde dieser Sache auf den Grund gehen, und wenn sie sich alle wie die Austern verschließen sollten.

»Piedro.« Garini nickte seinem Mitarbeiter zu, schloss das Motorrad ab und verstaute den Helm. »Hast du das Aufnahmegerät?«

»Ja.« Piedro klopfte auf seine Tasche.

»Gut.« Garini hielt ihn zurück, bevor er auf die Klingel drücken konnte. »Ich muss dich erst mal auf den neuesten Stand bringen, bevor wir anfangen. Hier sind die Tatsachen, die wenigen, die wir bisher kennen: Valentino Canderini, ein Mitglied des Mantoni-Clans, wurde gestern Abend durch einen Messerstich in die Brust ermordet, vermutlich zwischen siebzehn und zwanzig Uhr. Er wurde vor diesem Haus aufgefunden, genau dort, wo du gerade stehst.«

Piedros Augen weiteten sich, und er sprang zur Seite. »Brrr. Aber ich sehe gar kein Blut?«

»Das liegt daran, dass er nicht hier erstochen wurde. Jemand hat ihn dort hingelegt.«

Piedros Augen wurden noch größer. »Warum?«

Garini zügelte seine Ungeduld. »Was wäre ein guter Grund?«

»Na ja, der Ort, wo er wirklich ermordet wurde, hätte einen Hinweis auf den Mörder geben können.«

»Das ist eine Möglichkeit, richtig. Fällt dir noch etwas ein?«

»Weil ...« Piedro runzelte die Stirn und blickte mit einem stummen Hilferuf auf seine Schuhe. Sie schienen ihm keinen Rat anzubieten, also schaute er mit einem Achselzucken hoch. »Keine Ahnung.«

»Vielleicht wäre er an der Stelle, an der er ermordet wurde, schneller gefunden worden, und das hätte ungemütlich werden können.«

Piedro schüttelte den Kopf. »Aber das ist hier doch keine Sackgasse oder so. Ich meine, es ist keine große Straße, aber die Nachbarn können alles sehen und so ...«

»Richtig. Das deutet darauf hin, dass er vielleicht an einer viel stärker frequentierten Stelle ermordet wurde, wie zum Beispiel der *piazza* vor Santa Croce, die vor Touristen überquillt ... im Vergleich dazu ist diese Straße ruhig.«

Die Räder in Piedros Kopf drehten sich sichtbar. »Verstehe.«

»Du musst allerdings auch wissen, dass das Opfer nicht bekleidet war, als es ermordet wurde, obwohl es normal angezogen war, als es gefunden wurde.«

»Was?« Piedro schluckte. »Woher wissen wir das?

»Von den Flecken auf dem Hemd und von der Art und Weise, wie es rund um das Messer geknöpft war.« Garini unterdrückte einen Seufzer, als er Piedros verwirrtes Gesicht sah. »Was sagt dir das?«

»Ich ...« Piedro blinzelte. »Keine Ahnung.«

»Es sagt dir, dass der Mord eher nicht auf einem öffentlichen Platz stattgefunden hat und dass daher unsere erste Theorie die wahrscheinlichere ist.«

»Ach. Wirklich?«

Stefano wollte ihn schütteln. »Ja. Denn wenn du es schaffst, einen nackten Mann mitten auf einem öffentlichen Platz zu erstechen, ohne erwischt zu werden, dann hast du mehr Glück als du verdienst.«

»Ach so.« Piedro blickte wie eine gelangweilte Kuh. Die Diskussion hatte eindeutig seine intellektuellen Kapazitäten überstiegen.

Garini gab auf und drückte auf den Klingelknopf. »Wir fangen mit dem Patriarchen an.«

»Wem?«

»Teodoro Alfredo Mantoni.«

»Ich erinnere mich an ihn. Sein Zwillingsbruder wurde letzten Herbst ermordet.«

»Richtig.«

Die Tür öffnete sich einen Spalt, und Onkel Teo erschien. Seine rheumatischen Augen schauten ein wenig verwirrt, dann trat er einen Schritt zurück. »*Commissario* Garini. Kommen Sie rein.«

Ich muss aufhören, ihn in Gedanken als Onkel Teo zu bezeichnen. Das ist signor Mantoni. Garini nahm die Einladung an, und Piedro folgte ihm auf dem Fuße. In der Wohnung roch es ein wenig muffig. Sie setzten sich in das altmodisch eingerichtete Wohnzimmer, und nach den üblichen Floskeln ging Garini gleich auf den Punkt ein, der ihn am meisten interessierte. »Wann haben Sie Valentino Canderini das letzte Mal lebend gesehen?«

»Gegen sechs.« Onkel Teo saß auf der Kante seines scheußlich grünen Sofas, die Hände um die Knie gefaltet. »Er kam rein, sagte, er sei einkaufen gewesen und dass er später noch eine Verabredung habe. Dann zog er sich um und ging wieder.«

Der Teil mit dem Einkaufen war keine Lüge. Er hat Unterwäsche von Carlina gekauft.

Stefano schüttelte das unangenehme Gefühl ab, das dieses Bild in ihm hervorrief. »Ist Ihnen irgendetwas Ungewöhnliches aufgefallen?«

Onkel Teo runzelte die Stirn. »Er war gut gelaunt.«

»War das so ungewöhnlich?«

Onkel Teo zuckte zusammen. »Nein.«

Hier stimmt doch was nicht. Garini öffnete den Mund, doch Onkel Teo war schneller.

»Doch, es gab schon eine Sache, die komisch war. Er hat eine große Ledertasche mitgenommen, so eine, die man sonst zur Arbeit mitnimmt. Sie schien schwer zu sein. Ich sah, wie sie ihm fast aus der Hand fiel.«

»Wissen Sie, ob jemand anderes sah, wie er aus dem Haus ging?«

»Ich glaube, er traf Benedetta an der Haustür. Ich hörte ihre Stimmen.«

Gut. Je mehr, desto besser. »Und das nächste Mal, als Sie ihn sahen, war er tot?«

»Ja.« Onkel Teo schloss den Mund mit einem hörbaren Geräusch.

»Wo haben Sie ihn gesehen?«

»Ich hörte Simonetta schreien und rannte aus der Wohnung. Er lag auf dem Rücken.«

Garini verengte die Augen. »Ich habe Sie gefragt, wo Sie ihn gesehen haben, nicht wie.«

Onkel Teo vermied seinen Blick und zupfte an seinen Bügelfalten. »Er war ... auf der Straße. Sie haben ihn doch auch dort gesehen.«

»Das glaube ich nicht.«

Ihre Augen trafen sich.

Piedro schaute von einem zum anderen, als ob er einem Tennismatch zusehen würde. Seine Augen waren weit aufgerissen.

»Warum sollten Sie mir nicht glauben?«, fragte Onkel Teo würdevoll.

»Weil ich Sie kenne.« Garini wandte seinen Blick keine Sekunde von dem alten Mann ab. »Sie fühlen sich nicht wohl, wenn Sie lügen.«

»Ich bleibe bei meiner Aussage.« Onkel Teo presste die Lippen zusammen.

Garini entschied sich für einen anderen Ansatz. »Was können Sie mir noch über Valentino sagen? Egal welches Thema, auch wenn es nichts mit dem Fall zu tun hat.« Normalerweise bekam man Ergebnisse, wenn man die Leute reden ließ, dann verrieten sie sich unbewusst.

»Valentino war Investmentbanker. Er hat zuerst für die Banca di Italia gearbeitet und ist für sie dann auch nach Dubai gegangen. Aber dort hat er den Job gewechselt und hat dann für die Golden Crown Middle-East Banking Corporation, die GCBC, gearbeitet.«

»Was genau war sein Job?«

Onkel Teo schluckte. »Er nahm Kapital von Privatpersonen oder Unternehmen, um es in neue Projekte zu investieren.«

»Verstehe.« Garini sah ihn forschend an.

Onkel Teo rutschte auf seinem Platz herum, den Blick auf seine Knie fixiert.

Aus einer Eingebung heraus fragte Stefano: »Haben Sie ihm je Geld zum Investieren gegeben, *signor* Mantoni?«

Onkel Teo zuckte nonchalant mit den Schultern. »Ja, habe ich. Es hat sich nicht verdreifacht, wie er versprochen hatte, aber das war nicht so wichtig.«

»Wissen Sie, ob Valentino in irgendeiner Form mit nicht ganz sauberen Deals zu tun hatte?«

»Nicht, dass ich wüsste.«

»Kennen Sie jemanden, der Valentino gern aus dem Weg geräumt hätte?« Als er Onkel Teo bei der Untersuchung des Mordes seines Bruders eine ähnliche Frage gestellt hatte, war die Antwort eine endlose Liste von Personen gewesen. Es hatte dreißig Minuten gedauert, bis er sie aufgeschrieben hatte, und die Liste hatte Garini danach tagelang beschäftigt.

»Nein.« Onkel Teo klang, als ob er das Interesse verloren hätte.

»Also sind Sie bereit zu schwören, dass Sie nichts zum Mord an Ihrem Neffen beitragen können?«

»Ja, das kann ich beschwören.«

IV

Fabbiolas Küche sah aus wie ein Paradebeispiel für Design, das direkt aus der Zukunft stammte. Polierter Stahl wechselte sich mit schimmerndem Chrom und glänzenden Oberflächen ab. Einige Plastikstühle, die aussahen, als ob man damit auch zum Mond fliegen könnte, standen um einen MDF-Tisch herum, der in kreischendem Pink gestrichen war.

Allerdings war alles von einer dünnen Staubschicht bedeckt, und in einer Ecke in der Nähe des Fensters standen drei große Säcke aus einem groben Material, die aussahen, als ob sie dort aus Versehen fallen gelassen worden wären, zweihundert Jahre später als in der Zeit, in die sie eigentlich gehörten. Zwei waren noch verschlossen, der dritte halb leer.

Piedro blickte beeindruckt in die Runde. »Wow.« Er räusperte sich. »Es ist so ... modern.«

»Ja, nicht wahr?« Fabbiola nahm ein Kissen von einem der Mondstühle und gab ihm einen freundlichen Knuff, dann steckte sie es wie ein Mode-Accessoire unter ihren Arm. »Ich gebe zu, dass ich ein wenig stolz auf meine Küche bin, aber Sie haben das Beste noch gar nicht gesehen.«

Sie ging zur Seite, wo eine hohe Installation, die aussah wie eine Miniatur-Rakete, auf einer Marmoroberfläche stand. Mit einer raschen Handbewegung schaltete sie sie ein.

Piedro ließ das Aufnahmegerät fallen und bedeckte beide Ohren mit den Händen.

Garini machte einen Schritt zurück.

Die Maschine verursachte einen brüllenden Krach, der von den Wänden widerhallte. Aus einer ovalen Öffnung am unteren Ende kam eine Staubwolke. Fabbiola stellte das Monster aus, nachdem der Staub die Hälfte des Raumes gefüllt hatte. »Dies ist die allerneueste, supermoderne Indoor-Mühle für das moderne und gesunde Heim.« Sie klang, als ob sie eine Verkaufsbroschüre zitieren würde. »Mit einem ganz besonderen Mahlwerk, das die Essenz der Körner beibehält, sodass keine Nährstoffe verloren gehen.«

Garini hob das Aufnahmegerät auf, da Piedro völlig erstarrt schien, und schaltete es probeweise an. »Ich bin froh, dass es noch funktioniert.« Er schaute Carlinas Mutter an. »Darf ich Ihre Aussage aufnehmen, *signora* Mantoni-Ashley?«

»Aber natürlich.« Fabbiola wischte den Staub von den Stühlen und schob sie nach vorne. »Setzen Sie sich und fragen Sie mich, was immer Sie möchten, *commissario*.« Sie zwinkerte ihm zu. »Ich zähle Sie schon ganz zur Familie.«

Bitte nicht. Er schaffte es, seine Mimik neutral zu halten. »Wann haben Sie Valentino Canderini zuletzt lebend gesehen?«

Fabbiola schob sich eine Strähne ihres hennaroten Haares aus dem Gesicht und schaute das Kissen unter ihrem Arm an, als ob es die Antwort liefern könnte.

Carlina hatte ihm erzählt, dass sie das Kissen überall mit hinnahm, egal ob sie zum Einkaufen ging oder zur Kirche oder auf Reisen. Sie hatte es als »kleine Eigenart« bezeichnet und sogar behauptet, dass es sehr rücksichtsvoll von ihrer Mutter war, denn sie nutzte das Kissen, wo immer sie sich befand, um zu schlafen, wenn sie sich langweilte. Andere Mütter unterbrachen die Party und baten darum, nach Hause gebracht zu werden. Andererseits hatte sie auch gesagt, dass ihre Mutter das Kissen normalerweise nicht mit sich herumschleppte, wenn sie zu Hause war, es sei denn, sie fühlte sich bedroht oder unsicher. Daher war es ein klares Zeichen dafür, dass Fabbiola nicht so entspannt war, wie sie zu wirken versuchte. Er beäugte sie. »*Signora* Mantoni-Ashley? Wann haben Sie Valentino zuletzt lebend gesehen? Können Sie mir das sagen?«

Fabbiola zupfte an einer Ecke des Kissens. »Oh ja, natürlich kann ich das. Es war ... ungefähr um zehn Uhr vormittags. Ich bin zum Friseur gegangen, und er hat das Haus gleichzeitig mit mir verlassen.«

»War er auf irgendeine Art und Weise anders als sonst?«

»Oh nein.« Fabbiola schüttelte den Kopf. »Er war wie immer freundlich und charmant.«

»Sie fanden, dass er charmant war?«

»Ja.« Fabbiola nickte. »Aber natürlich nur, wenn er es wollte.«

»Waren Sie dabei, als Simonetta die Leiche fand?«

»Nein.« Carlinas Mutter schüttelte wieder den Kopf. »Ich kam ein wenig später, zusammen mit Benedetta.«

»Und Sie sagen, dass Simonetta laut schrie, obwohl Sie es nicht gehört haben? Oder schrie sie so lange, bis Sie dazustießen?«

Fabbiola richtete sich auf. »Ich habe den Schrei nicht gehört, aber Emma erzählte davon, und außerdem kann man sich das ja nun wirklich vorstellen, denn sie ist Opernsängerin, und Sie haben ja gar keine Ahnung, wie viel Krach die machen können.«

»Ach, dann war Emma auch da?«

»Ja.« Fabbiola sah so aus, als ob sie es bedauerte, diese Information weitergegeben zu haben.

»Wer war sonst noch da?«

»Also, soweit ich weiß, hat Simonetta ihn zuerst gefunden, dann kamen Carlina und Emma gleichzeitig dazu, dann Teo, und dann kamen Benedetta und ich. Maria war die Letzte.«

»Wo hat Simonetta die Leiche gefunden?« Er ließ sie nicht aus den Augen, denn er wusste, dass sie lügen würde.

»Da, wo Sie ihn später auch gesehen haben.« Ihre Antwort kam wie aus der Pistole geschossen. »Vor unserem Haus.« Sie presste die Lippen zusammen und runzelte die Stirn. »Es ist wirklich nicht fair, jemanden direkt vor unserer Haustür zu ermorden. Ich glaube, dass jemand uns den Mord in die Schuhe schieben will, aber wir hatten mit seinem Tod absolut gar nichts zu tun.«

»Wer profitiert von seinem Tod?«

Fabbiolas Gesicht wurde feuerrot.

Bingo. Garini tat so, als ob er nichts bemerkt hätte.

»Seine Mutter?« Sie hob die Stimme, sodass es wie eine Frage klang.

»Weiß sie schon von seinem Tod?«

Fabbiola zuckte mit den Schultern. »Ich weiß nicht. Ich glaube, Teo hat versucht, Alberta zu erreichen, aber sie ist gerade auf einer Kreuzfahrt, und daher ist das nicht so einfach.«

»Warum denken Sie, dass seine Mutter von Valentinos Tod profitiert?«

»Bekommen die Eltern denn nicht das Geld, wenn ein Kind stirbt?«

»Er ist kein Kind. Vielleicht hat er ja auch ein Testament gemacht.«

Fabbiola schaute ihr Kissen Hilfe suchend an und schwieg. Dann sagte sie: »Ich weiß es wirklich nicht.«

»Ich werde es herausfinden.« Er musterte sie scharf, und so entging ihm nicht, dass sie leicht zusammenzuckte. »Valentino ist nicht vor Ihrer Haustür ermordet worden, und als er erstochen wurde, trug er nicht die Kleidung, die er anhatte, als wir ihn fanden.«

Fabbiola starrte ihn an. »Woher wissen Sie das?«

»Die Beweislage ist eindeutig.« Er wollte es nicht erklären. Wenn er sie im Dunkeln ließ, würde sie nervöser werden und eher an seine ermittlerischen Fähigkeiten glauben. Er entschied sich, einen Schuss ins Blaue abzugeben. »Ist es richtig, dass er hier im Familienhaus gefunden wurde?«

Sie zuckte so sehr zusammen, dass es sie fast von ihrem Stuhl hob. »Nein! Er ... wir haben ihn vor der Tür gefunden, das habe ich doch schon gesagt. Wer erzählt denn solche Lügen?«

»Niemand.« Er wartete einen Herzschlag lang, dann fügte er hinzu: »Haben Sie ein Alibi für die Zeit zwischen achtzehn und zwanzig Uhr?«

Sie straffte die Schultern und setzte sich gerade hin. »Also wirklich ... ich bin immerhin Carlinas Mutter.«

»Ich weiß.« *Leider.* Er hatte Mühe, seine Stimme neutral klingen zu lassen.

»Wenn man bedenkt, dass Sie fast ein Familienmitglied sind, hätte ich ein wenig mehr ...«

»Mehr?« Er hob eine Augenbraue.

»Mehr Rücksicht auf meine Gefühle erwartet.«

»Während dieser Untersuchung bin ich Polizist und sonst gar nichts.«

Fabbiola riss die Augen weit auf. »Was soll denn das heißen? Sind Sie etwa nicht mehr mit Carlina zusammen?«

Er beherrschte sich eisern. »Die Tatsache, dass ich mit Carlina ausgehe, hat keinerlei Konsequenzen auf die Art und Weise, wie ich diese Untersuchung führe.« Er schaute sie hart an. »Verstehen Sie, was ich sage?«

Sie warf sich in ihrem Sitz zurück und stopfte sich das Kissen hinter den Rücken. »Ich höre, was Sie sagen, aber selbst Sie müssen zugeben, dass Sie ein Mensch sind, *commissario*.«

Ich frage mich, ob diese Unterhaltung ausreicht, um Cervi zu überzeugen, dass jemand anderes den Fall übernehmen muss. Ich muss sie ihm dringend vorspielen. Garini biss die Zähne zusammen, um eine unhöfliche Antwort zurückzuhalten. »Was haben Sie gestern Abend zwischen siebzehn und zwanzig Uhr gemacht?«

»Eben haben Sie mich nach der Zeit zwischen achtzehn und zwanzig Uhr gefragt.«

Also hat sie doch zugehört. »Sie können mir von Ihrem gesamten Tag erzählen.« Er beugte sich vor.

Sie rollte mit den Augen. »Um zehn Uhr bin ich zum Friseur gegangen, wie ich Ihnen schon gesagt habe. Um zwölf kam ich zurück, habe Mittag gegessen und bin dann hiergeblieben, weil ich ein neues Linsengericht ausprobiert habe. Ich fürchte, es war kein Erfolg. Gegen siebzehn Uhr bin ich ausgegangen, um mich mit einer Freundin zu treffen.«

»Können Sie mir den Namen dieser Freundin nennen?«

»Natürlich. Es ist Rafaeles Mutter. Sie heißt Sarita. Es ist ein ungewöhnlicher Name, aber sie sagt, ihre Mutter hätte ihn in einem Buch gefunden.« Sie schnaufte verächtlich. »Ich frage mich, was das für ein Buch war.«

Er musste sie aufhalten, bevor sie sich in epischer Breite über Babynamen ausließ. »Was geschah dann?«

Fabbiola neigte den Kopf wie eine Königin. »Wir plauderten ein wenig und aßen Kuchen. Also, Sarita aß ihn. Ich habe ihr ein Brot mitgebracht, aber sie hat es noch nicht mal probiert. Das war ein wenig seltsam.«

Das war purer Überlebensinstinkt. Doch Garini behielt seine Gedanken für sich und schaute sie nur erwartungsvoll an.

»Ich kam so gegen … acht nach Hause.«

Er bemerkte, wie sie leicht zögerte. *Sie kann nicht viel besser lügen als ihre Tochter.*

Die Küchentür öffnete sich, und Ernesto steckte den Kopf herein, dann schlüpfte er ganz in den Raum. Er zog seinen Freund Rafaele mit sich und wandte sich dem *commissario* zu. »Ich muss eine Aussage machen.«

Er war so blass, dass Stefano für einen Augenblick befürchtete, er würde ohnmächtig werden.

Rafaele sah seinen besten Freund alarmiert an.

»Setz dich«, sagte Garini. »Habe ich deine Erlaubnis, deine Aussage aufzunehmen?«

Ernesto schluckte schwer. »Ja.«

»Vielleicht sollten wir erst mal Benedetta holen.« Fabbiola sprang auf und eilte zur Tür. »Immerhin hat sie ein Recht darauf, anwesend zu sein, wenn ihr Sohn von der Polizei verhört wird.«

»Nein, hat sie nicht.« Ernesto fasste sie am Arm, um sie aufzuhalten. »Ich bin jetzt achtzehn; ich bin erwachsen.«

»Sprich weiter«, sagte Garini. »Was willst du für eine Aussage machen?«

»Ich wollte nur sagen, dass ... dass Valentino vielleicht nicht wirklich ein guter Typ war, aber ... aber er hatte es nicht verdient zu sterben.«

Rafaele sah ihn zweifelnd von der Seite an.

»Natürlich verdiente er es nicht, zu sterben!« Fabbiola lachte künstlich auf und ließ sich wieder in ihren Stuhl fallen. »Das verdient ja wohl niemand. Er war nur im falschen Augenblick am falschen Ort.«

Rafaele runzelte die Stirn. »Nee, da ist was falsch«, sagte er in seiner ruhigen Art. »Wenn er im falschen Augenblick am falschen Ort ist, dann ist das zweimal negativ, und dadurch wird es wieder positiv.«

Fabbiola sah ihn an, als ob er angefangen hätte, chinesisch zu sprechen.

»Oh Rafi.« Ernesto schüttelte den Kopf mit einem schwachen Grinsen. »Du bringst mich noch um.«

»Ich versuche nur, korrekt zu sein«, sagte sein bester Freund. »Es ist ja eine Regel in der Algebra und -«

Bevor die Diskussion zu weit abdriften konnte, schaltete sich Garini ein. »Warum sagst du, dass Valentino vielleicht kein guter Typ war? Wenn ich mich richtig erinnere, hast du ihn während deiner Geburtstagsfeier ziemlich bewundert.«

Ernestos Gesicht wurde so rot, wie es zuvor blass gewesen war. »Weil ... weil er -«

Fabbiola schwenkte beide Arme durch die Luft. »Du hast das Recht, deine Meinung zu ändern, Ernesto. Mach dir keine Sorgen, nur weil du die Wahrheit sagst.«

Ernesto starrte sie mit aufgerissenen Augen an. »Valentino ... er war charmant, aber -«

»Oh ja, er war charmant«, unterbrach Fabbiola ihren Neffen wieder. »Da waren wir uns alle einig.«

»Das ist nicht korrekt«, widersprach Rafaele ruhig. »Ich fand ihn nicht charmant.«

Ernesto schaute ihn erstaunt an. »Echt nicht?«

Rafaele schüttelte den Kopf. »Nein.«

»Das hast du nie gesagt.«

Sein Freund hob langsam die Schultern. »Hätte für dich keinen Unterschied gemacht.« Er schien die Notwendigkeit zu fühlen, seine Worte ein wenig zu erläutern, also fügte er hinzu: »Cousin. Man spricht nicht schlecht über die Familie.«

»Natürlich nicht!« Fabbiola stimmte mit fast schon fiebriger Begeisterung zu. »Das wäre ja wohl das Letzte an schlechten Manieren gewesen.«

Garini ignorierte sie. »Ernesto.« Er beugte sich nach vorne. »Was versuchst du, mir mitzuteilen? Möchtest du lieber mit mir alleine sprechen?

»Oh nein.« Ernesto stand auf. »Ich ... alles gut. Ich wollte nur sagen, dass Sie den Mörder finden sollten.«

»Natürlich wird er den Mörder finden!« Fabbiolas Stimme trällerte so hoch, dass sie wie eine Amsel auf Drogen klang. »Das ist immerhin sein Job.«

»Genau.« Rafaele nickte.

»Gut.« Ernesto ging zur Tür und warf vor lauter Eile einen Stuhl um. »Sorry. Ich ... viel Glück, *commissario*.«

»Einen Augenblick, Ernesto.« Garini fühlte sich, als ob er in einer seltsamen Theateraufführung gelandet war. »Könntest du mir bitte noch sagen, wo du dich gestern Nachmittag aufgehalten hast?«

»Zwischen siebzehn und zwanzig Uhr«, ergänzte Fabbiola.

Garini hätte sie gern erwürgt.

Ernesto warf seinem Freund einen schnellen Blick zu, dann schaute er wieder weg. »Ich bin so um fünf rum zu Carlina gegangen.«

»Carlina?« Fabbiolas Stimme wurde lauter. »Warum bist du zu Carlina gegangen?«

»Ich ... ich wollte sie in einer Sache um Rat fragen.« Ernesto nahm die Schultern zurück. »Aber das hatte nichts mit dem Mord an Valentino zu tun.«

»Hast du sie in Temptation getroffen?« fragte Stefano.

Ernesto wurde so rot, dass seine Gesichtsfarbe zu seiner Haarfarbe passte. Sein Blick glitt zu Rafaele, dann sah er auf den Boden. »Äh. Ja.«

Plötzlich verstand Garini. *Natürlich. Es ist dem Jungen peinlich, dass er in einem Unterwäschegeschäft war.* Er beeilte sich, eine weitere Frage zu stellen, bevor Fabbiola die Situation verschlimmern konnte. »Wann bist du gegangen?«

Ernesto zuckte mit den Schultern. »Weiß ich nicht mehr. Zehn Minuten später oder so.«

Carlina sagte, dass sie Valentino zuletzt um siebzehn Uhr gesehen hat. »Hast du Valentino in Temptation getroffen?«

Ernesto schüttelte den Kopf. »Nein, aber ich habe mich nicht wirklich umgeschaut.«

»War es wirklich um fünf, oder könnte es früher oder später gewesen sein?«

Ernesto zuckte wieder mit den Schultern. »Vielleicht später. Viertel nach, oder halb sechs. Ich weiß es wirklich nicht mehr genau. Es tut mir leid.«

Garini nickte. »Was hast du dann gemacht?«

»Ich bin zu Rafi gegangen, aber er war nicht da, und keiner wusste, wo er war, noch nicht mal seine Schwestern, also bin ich alleine durch die Stadt gefahren.« Er grinste etwas schief. »*Mamma* hatte mir erlaubt, das Auto zu nehmen. Ich habe gerade erst meinen Führerschein bekommen und muss noch etwas üben.«

»Verstehe.« Garini erinnerte sich an den Tag, als er seinen Führerschein bestanden hatte. Wie stolz er gewesen war. Wie blieb der Junge nur einigermaßen normal mit so vielen verrückten Frauen im Haus? Kein Wunder, dass er zu Carlina ging, wenn er Hilfe brauchte. *Gute Wahl.*

Sie war die Einzige im weiten Umkreis, die intelligent war und Herz hatte. »Was hast du dann gemacht?«

»Ich bin schließlich zu unserem Internetcafé gegangen. Rafi war schon da.«

»Wann war das?«

»Um sieben, oder, Rafi?«

Sein Freund runzelte die Stirn. »War es nicht früher?«

»Nein. Ich erinnere mich noch, wie lange ich gebraucht habe, um einmal nach Fiesole und zurück zu fahren.« Er zuckte mit den Schultern. »Die ganzen Oster-Touristen.«

»Wann hast du deinen Cousin zuletzt lebend gesehen?«

Ernesto schluckte. »Am Vorabend. Ich habe ihn ins Internetcafé mitgenommen, aber er sagte, es sei zu zahm für ihn.«

»Und um wieviel Uhr war das?«

»So gegen zehn.«

»Und seid ihr danach woanders hingefahren?«

»Nur Valentino. Ich bin geblieben, weil Rafi mich noch zu einem Spiel herausgefordert hatte.«

Garini schaute Rafaele an. »Warum haben Sie das getan?« Hatte Rafaele die gute Beziehung zwischen Valentino und Ernesto nicht gemocht? War er vielleicht eifersüchtig gewesen, weil der ältere Mann seinem besten Freund so viel Aufmerksamkeit geschenkt hatte?

Rafaele hob die Schultern und ließ sie wieder fallen. Er tat es so langsam, dass es aussah wie zwei getrennte Bewegungen. »Weil's Spaß gemacht hat.« Er sprach wie immer bedächtig und überlegt.

Auf einmal hörte Garini Carlinas Stimme wieder, wie sie ihm auf der Familienparty ins Ohr flüsterte, ihr Parfüm so verführerisch, ihre Lippen nur ein paar Zentimeter vor seinem Ohr: *Ich frage mich, wie er sein wird, wenn er älter wird. Ein Fels, vermutlich.* Die Sehnsucht nach ihr fuhr schmerzhaft durch ihn hindurch. Würde sie ihm jemals wieder Vertrauliches ins Ohr flüstern, oder war ihre Beziehung schon dem Untergang geweiht?

Er schaute Ernesto nach, der die Küche verließ, und schaffte es,

Fabbiola loszuwerden, indem er sie bat, Simonetta zu holen und sie danach alleine zu lassen. Ausnahmsweise tat Fabbiola, was man ihr sagte, obwohl er sich sicher war, dass sie an der Tür lauschen würde.

Simonetta fing schon an zu sprechen, bevor sie Platz genommen hatte. »Ich kannte Valentino überhaupt nicht gut.« Sie hob beide Hände und spreizte die Finger auseinander, als ob sie zeigen wollte, wie weit sie sich von der Mantoni-Familie differenzierte. »Er wirkte ganz charmant, aber er war auch sehr arrogant.«

Garini beobachtete sie einen Augenblick, bevor er seine erste Frage stellte. *Sie ist eine Opernsängerin, also ist sie es gewohnt, eine Rolle zu spielen.* War das jetzt eine Rolle, oder war es ihr ernst? Simonetta trug ein enges, rotes T-Shirt, das ihr Dekolleté voll zur Geltung brachte. Ihre dunklen Haare waren zu einem Chignon hochgesteckt, doch die meisten Strähnen waren schon wieder herausgefallen, sodass sie aussah, als ob sie gerade durch einen Heuhaufen gekrochen wäre. Der moderne Stuhl unter ihr wirkte ganz unbedeutend und zerbrechlich.

Piedro schaute sie alarmiert an. »Sollte ich ihre Aussage jetzt aufnehmen?« Simonettas abrupter Start hatte ihn durcheinandergebracht.

»Dürfen wir Ihre Aussage aufnehmen, Simonetta?« Garini hatte einen Augenblick gezögert, sich aber dann entschieden, alle Teilnehmer, die er bei der Geburtstagsparty kennengelernt hatte, bei ihrem Vornamen zu nennen und gleichzeitig zu siezen. Das schien ein guter Kompromiss zu sein.

Simonetta beäugte das Aufnahmegerät in Piedros Hand. »Wenn's unbedingt sein muss.«

»Danke.« Garini lehnte sich zurück. »Bitte erzählen Sie mir ein wenig mehr über Ihren Hintergrund. Warum sind Sie in Florenz, und wie genau ist Ihre Beziehung zu den Mantonis?«

»Ich bin eine Freundin von Adriana. Adriana und ich haben in einer WG in Mailand gelebt.« Simonetta wischte sich einige lose Strähnen aus dem Gesicht. »Kennen Sie Adriana?«

»Nein.«

»Sie ist eine Cousine von Carlina, ich glaube zweiten Grades oder so, wenn ich mich richtig erinnere. Ich habe Carlina vor zwei Jahren kennengelernt, als sie für eine Messe nach Mailand kam und bei uns wohnte. Als ich dann die Chance bekam, einige Monate bei Maestro Valedictory in Florenz zu studieren, habe ich -«

»Wer ist Maestro Valedictory?«

»Sie kennen Maestro Valedictory nicht?« Simonetta war entsetzt. »Er war einer der berühmtesten Opernsänger seiner Zeit. Er ist jetzt in Rente, aber gelegentlich gibt er noch Unterricht, und als ich hörte, dass er mich akzeptiert hat, habe ich die Chance sofort ergriffen. Adriana hat die Familie gefragt, ob sie mich irgendwo unterbringen können, und dann hat Fabbiola mir netterweise angeboten, dass ich bei ihr wohnen kann.«

Eine Sache war klar – Simonetta konnte problemlos eine Stunde sprechen, ohne auch nur einmal Luft zu holen. Wenn er irgendwo eine Frage reinquetschen wollte, musste er sie mitten im Satz unterbrechen.

»Ich finde es so toll hier, alle sind so freundlich und offen und -«

»Kennen Sie irgendeinen Grund, warum jemand Valentino hätte umbringen wollen?«

Simonetta hielt wie ein Pferd mitten im Galopp in der Erzählung an, alle vier Hufe fest in die Erde gestemmt, während sie noch vorwärts schlitterte. Sie schluckte, starrte Garini mit weit offenen Augen an und schloss ihren Mund mit einem hörbaren Schnappgeräusch.

»Nun?«

»Ich ... nein.« Sie schüttelte den Kopf und wiederholte: »Nein.«

»Können Sie mir sagen, wie Sie die Leiche fanden?«

Simonetta nickte. »Ich kam nach Hause und -«

»Von wo kamen Sie?«

Simonetta riss die Augen auf. »Was?«

»Wo waren Sie, bevor Sie nach Hause kamen?«

Die Frage schien sie aus der Bahn zu werfen. »Oh, ich ... ich war ... ich war spazieren. Ja. Bin durch die Stadt gelaufen. Spazierengehen ist wichtig für Sänger, denn sie brauchen frische Luft für die Lunge. Natürlich nicht zu viel, denn kalte Luft kann böse Nebeneffekte haben, also ist es immer gut, wenn man einen warmen Schal -«

»Haben Sie die Leiche schon von Weitem gesehen?«

»Ich ... was?« Simonetta sah entsetzt aus. »Nein. Ich ... ich habe nicht so richtig aufgepasst, wo ich hinging, wissen Sie? Ich habe in Gedanken eine schwierige Stelle geübt, die eine besondere Betonung auf einem bestimmten Wortteil hat. Das ist nicht einfach, weil ich an der Stelle einen Septimsprung machen muss und die tiefste Note liegt am Rande meines Stimmumfangs. Ich finde es schwer, die Note mit der richtigen Betonung und gleichzeitig ausdrucksstark zu singen, darum muss ich sie ständig üben. Hören Sie selbst ...« Sie fing an, einige Noten zu singen. Ihre starke Stimme füllte die Küche ohne die leiseste Anstrengung.

Piedros Augen weiteten sich.

Garini unterdrückte ein Lächeln. »Also lautet Ihre Aussage, dass Sie durch die Stadt liefen, dann zurückkamen, die Leiche erst mal gar nicht sahen und ...?«

Die trällernden Laute verstummten. »Äh. Also. Ich ... ich sah ihn in letzter Minute, doch ich habe ihn nicht angefasst.« Sie erschauderte. »Es war so unerwartet. Ich schrie und schrie und schrie.«

»War sonst keiner auf der Straße?«

Simonetta wurde rot. »Ich glaube nicht. Ich habe in diesem Augenblick auf nichts anderes geachtet, weil ich zu geschockt war.«

»Es kommt mir ein wenig seltsam vor, dass Sie schrien und schrien und schrien, wie Sie sagten, und dass noch nicht mal jemand aus dem Fenster schaute. Ich erinnere mich an die Jongleur-Vorstellung. Innerhalb von einer Minute hing die halbe Straße aus dem Fenster und verfolgte jeden Handgriff.«

Sie zuckte mit den Schultern. »Das war am Wochenende. Da sind die Leute zu Hause und langweilen sich. Mitten in der Woche ist das anders.«

Er verlor seine Geduld. »Hören Sie, Simonetta, ich muss Ihnen etwas mitteilen, was Sie nicht überraschen wird.«

»Ja?« Ihre braunen Augen weiteten sich.

»Wir wissen mit Bestimmtheit, dass Valentino Canderini nicht auf den Stufen dieses Hauses ermordet wurde. Ich bezweifle darüber hinaus, dass Sie ihn dort fanden. Ich glaube, dass Sie ihn an einer anderen Stelle entdeckten und ihn dorthin trugen, vermutlich mithilfe der unternehmungslustigen Mantonis.«

Simonettas Gesicht wurde tiefrot. »Behaupten Sie etwa, ich würde lügen?«

»Ja.«

Sie richtete sich gerade auf. »Das ist eine ernsthafte Beschuldigung!«

Er zuckte nicht mit der Wimper. »Ja.«

Ihr Blick eilte durch den Raum, als ob sie eine Antwort in den Staub auf dem Tisch geschrieben finden könnte. »Wenn Sie mir nicht glauben, habe ich keine weitere Aussage zu machen.«

»Wenn Sie darauf bestehen, mir Lügen zu erzählen, sehe ich keine weitere Notwendigkeit, dieses Gespräch fortzuführen.«

»Gut.« Sie sprang auf. »Mit wem wollen Sie als Nächstes reden?«

»Einen Augenblick, bitte.« Er hielt seinen Gesichtsausdruck sorgfältig neutral. »Könnten Sie mir bitte sagen, wo Sie gestern Abend zwischen siebzehn und zwanzig Uhr waren?«

Sie öffnete den Mund, holte kurz Luft ... und schloss ihn wieder. »Ich ... ich habe es Ihnen doch schon gesagt. Ich bin durch die Stadt gelaufen.«

»Drei Stunden lang? Es war kein warmer Tag, und ich dachte, Ihre Stimme bedarf der Schonung?«

»Ich ...« Simonetta schnappte nach Luft. »Ich ... ich kann dazu nicht mehr sagen. Ich bin halt rumgelaufen. Ich habe nicht auf die Zeit geachtet.«

»Ich sage Ihnen ins Gesicht, dass die Leiche hier im Haus gefunden wurde.«

Simonetta drehte sich mit einer raschen Wendung auf dem Absatz um. »Ich muss los.«

Soviel zu dem Thema. »Bitte sagen Sie Benedetta, dass sie zu mir kommen möge.«

Zwei Minuten später kam Benedetta in die Küche, schaute sich um und verzog verächtlich den roten Mund. »Diese Küche ist eine Schande. Schau dir nur den Staub überall an.«

»Das ist kein Staub. Das ist Mehl.«

Es klopfte an der Tür, und der Franzose Leopold Morin schaute herein. Er hatte kaum Haare, und die Haut, die sich über seinen zartknochigen Schädel spannte, ließ ihn zerbrechlich aussehen. Dennoch wirkte er schon viel kräftiger als an Weihnachten, als er die Mantonis während einer privaten Krise kennengelernt hatte. »Darf ich dazustoßen, *commissario?*«

Garini hob die Augenbrauen. Er erinnerte sich daran, dass Leopold Morin während des Bungee-Jumping-Eklats am Sonntag neben Benedetta gestanden hatte und ihr dann aus dem Raum gefolgt war. War es möglich, dass sich hier eine Romanze anbahnte? »Ich versuche normalerweise, mit jedem einzeln zu sprechen.«

»Ach bitte, lass ihn bleiben.« Benedetta lächelte Leopold an. »Ich fühle mich viel besser, wenn er an meiner Seite ist.«

»Wenn Sie versprechen, dass Sie Benedetta nicht beeinflussen, können Sie bleiben«, sagte Garini. »Falls ich es richtig verstehe, waren Sie nicht dabei, als die Leiche entdeckt wurde?«

»Oh nein.« Leopold schüttelte den Kopf. »Ich war spazieren.«

Garini schaute ihn scharf an. »Haben Sie Simonetta getroffen?«

Leopold runzelte die Stirn. »Simonetta? Nein. War sie auch spazieren?«

»Ja. Drei ganze Stunden.« Garini bemühte sich um einen neutralen Tonfall. »Es scheint, als ob das Spazierengehen eine beliebte Tätigkeit an dem Abend war. Wie lange sind Sie draußen gewesen, *signor* Morin?«

»Nicht mehr als eine halbe Stunde«, sagte Leopold. »Der Wind war so stark. Ich bin also schnell umgekehrt und nach Hause zurückgegangen, um weiter an meinen Studien zu arbeiten, aber da waren Sie auch schon hier und hatten mit der Untersuchung begonnen.«

Garini verengte die Augen. »Verstehe. Also verließen Sie das Haus, gingen eine halbe Stunde herum, und als Sie zurückkamen, war ich schon da?«

»Ja, ich -«

Benedetta trat auf Leopolds Fuß.

Schmerz durchzog sein Gesicht. Er starrte vor sich hin, dann räusperte er sich. »Ich meine, nein. Ich erinnere mich jetzt. Ich hatte das Haus doch schon viel früher verlassen.«

Garini seufzte. »Auch du, Brutus?«

Leopold Morins Gesicht überzog sich mit einer feinen Röte.

»Du wolltest mit mir sprechen, Stefano.« Benedetta zeigte dem *commissario* in einem falschen Lächeln die Zähne und sank auf einen der modernen Stühle. Sie zog Leopold mit sich, sodass er auf dem Stuhl neben ihr landete. »Ich bin so weit.« Sie nahm die Schultern zurück und schaute ihn an, als ob sie bereit sei für jegliche Folter.

Garini ließ sich von ihrem klaren Blick nicht täuschen. Wenn die ganze Familie unter einer Decke steckte, brachten ihm diese Verhöre gar nichts. Andererseits musste er es zumindest versuchen.

»Wann hast du Valentino zuletzt lebend gesehen?«

Benedetta zögerte keine Sekunde. »Das war so um siebzehn Uhr herum. Ich bin gerade von der Arbeit gekommen und traf ihn am Fuß der Treppe, hier im Haus.«

»Gegen fünf? Teodoro Mantoni sagte, es sei gegen sechs gewesen.«

Benedettas Augen wurden weit. »Sechs? Normalerweise komme ich um fünf von der Arbeit.« Sie legte den Kopf schräg. »Lass mich mal nachdenken.«

Leopold wandte sich ihr mit einem alarmierten Gesichtsausdruck zu, als ob er Angst vor dem hätte, was ihre Gedanken hervorbringen könnten.

Kein Wunder. Er weiß mittlerweile, was eine Mantoni für erstaunliche Ergebnisse produzieren kann, wenn sie unter Druck gerät. Garini behielt seine neutrale Miene und wartete darauf, dass Benedetta ihre Überlegungen beendete.

»Ach, jetzt weiß ich's.« Benedetta setzte sich gerade hin. »Ich war länger als geplant in der *mesticheria* Mazzanti.«

»Wo?«

»Es ist ein kleines Haushaltswarengeschäft. Es gab eine Schlange, und ich musste warten. Dort habe ich Sofia Altori getroffen, eine der Schwestern von Rafaele. Du erinnerst dich doch an Rafaele, oder, Stefano? Du hast ihn am Sonntag getroffen. Rafaele ist Ernestos bester Freund, und sie sind praktisch zusammen aufgewachsen. Sofia ist ein sehr hübsches Mädchen, und wir haben ein wenig geplaudert, aber als ich nach ihrem privaten Leben fragte, wurde sie ganz still. So eine traurige Geschichte. Sie verlor ihr Baby, als es gerade mal zwei Monate alt war. Ich habe ein Gefühl, dass -«

Garini war nicht in der Stimmung, sich Benedettas Gefühle anzuhören. »Also meinst du, dass es vielleicht doch schon achtzehn Uhr war, als du nach Hause kamst?«

Benedetta strahlte ihn an. »Ja, ich denke schon.«

Er durfte eigentlich keine beeinflussenden Fragen stellen, also formulierte er es sicherheitshalber noch einmal anders. »Vielleicht kamst du aber doch schon um fünf Uhr dreißig?«

»Oh nein, Stefano.« Benedetta blieb dabei. »Jetzt erinnere ich mich wieder an alles. Nach meinem Gespräch mit Sofia fiel mir ein, dass ich noch Käse brauchte. Ich wollte ein wenig *scamorza* kaufen, doch es gibt nur einen einzigen Laden, der die richtige Sorte hat, also musste ich eine ganze Weile laufen, um dorthin zu kommen.«

»Kannst du mir den Namen des Geschäftes geben?«

»Aber natürlich.« Benedetta zuckte mit den Schultern. »Es ist auf der Via Vincenzo Gioberti, und der Inhaber heißt Geronimo. Er hat mich persönlich bedient.«

Ich werde Piedro aussenden, um das zu prüfen. Bis jetzt hatte Benedetta das stärkste Motiv, ihren Neffen aus dem Weg zu räumen – falls sie wirklich überzeugt war, dass das Leben ihres Sohnes durch Bungee-Jumping in Gefahr geriet. Garini schaute auf seine Uhr. Wenn er mit jedem Familienmitglied fünf Minuten brauchte, bis es sich erinnern konnte, wann es den schrecklichen Valentino zuletzt gesehen hatte, würde er die ganze Nacht hier verbringen. »Ist dir irgendetwas Ungewöhnliches an Valentino aufgefallen?«

»Ungewöhnlich?« Benedetta runzelte die Stirn. »Nein, ich glaube nicht. Er hat gescherzt. Er hat mir nicht angeboten, meine Tasche nach oben zu tragen. Nicht, dass sie besonders schwer gewesen wäre, aber dennoch ...« Sie schüttelte den Kopf. »Er war kein Gentleman.«

»Ist dir sonst noch etwas aufgefallen?«

»Er trug eine schwarze Aktentasche.«

»War das ungewöhnlich?«

Benedetta zögerte. »Ich glaube schon. Ich hatte ihn jedenfalls noch nie mit einer solchen Ledertasche gesehen.« Sie wandte sich an Leopold. »Hast du Valentino je mit einer schwarzen Aktentasche gesehen, Leo?«

Leopold Morin schüttelte den Kopf.

Onkel Teo hat die Tasche ebenfalls erwähnt. Garini rieb sich die Stirn. Sie war nicht in der Nähe des Opfers gefunden worden. »Weißt du, was in der Tasche war?«

Benedetta zuckte mit den Schultern. »Woher sollte ich das wissen?«

»Hast du sie später noch einmal gesehen?«

Für einen Augenblick spiegelte sich Panik auf ihrem Gesicht wider. »Nein.«

Warum verstörte sie der Gedanke so? Konnte es sein, dass die unternehmungslustigen Mantonis die Ledertasche am Tatort vergessen hatten? »Hast du die Tasche seit Valentinos Tod wirklich nirgendwo gesehen?«

»Nein.« Benedetta schüttelte vehement den Kopf.

»Kannst du dir vorstellen, warum jemand Valentino umbringen wollte?«

Benedetta wiegte Kopf hin und her. »Manchmal ist es besser so.«

Leopold Morin zuckte zusammen.

»Willst du mir mitteilen, dass du mit dem Mord an deinem Neffen einverstanden bist?« Es kostete Garini Mühe, die Frage ohne scharfen Unterton zu stellen.

Leopold warf Benedetta einen warnenden Blick zu.

Sie lächelte ihn beruhigend an. »Nun, es gibt Schlimmeres.«

Madonna. Garini hatte den Eindruck, dass seine Fähigkeit, die Mantonis zu verdauen, von Minute zu Minute abnahm. »Du hast meine Frage nicht beantwortet. Kennst du einen Grund, warum jemand Valentino töten würde?«

Carlinas Tante schüttelte wieder den Kopf. »Nein. Hast du sonst noch Fragen?«

»Im Augenblick nicht.« *Da ihr ja eh alle nur lügt. Ich brauche einen von euch, der sich verrät. Nur einen.*

Benedetta stand auf und ging zur Tür. »Ich vermute, jetzt möchtest du mit meinen Kindern sprechen?«

»Mit Ernesto habe ich schon gesprochen.«

Ihr Kopf fuhr herum. »Mit Ernesto?« Ihre Stimme klang alarmiert. »Warum hast du zuerst mit ihm gesprochen?«

»Weil er zufällig hereinkam.«

Die Erleichterung, die ihr Gesicht überflutete, war schon fast komisch. »Verstehe.«

Verdächtigte sie Ernesto? Aber er war der Einzige, der Valentino gemocht hatte.

»Ich sage Annalisa, dass sie zu dir kommen soll.« Sie verließ die Küche, dicht gefolgt von Leopold Morin.

Zwei Minuten später flog die Tür auf, und Annalisa stürmte mit fliegendem rotem Haar herein. »*Mamma* wollte mitkommen, aber ich habe ihr gesagt, dass ich auch alleine mit dir fertig werde.«

Piedro gab einen unartikulierten Laut der Bewunderung von sich.

Garini unterdrückte einen Seufzer. Er musste zugeben, dass Carlinas kleine Cousine eine echte Schönheit war, aber schon nach kurzer Bekanntschaft mit ihr wusste er, dass Annalisa nur eine einzige große Liebe hatte: sich selbst.

Annalisa lächelte Piedro unter gesenkten Lidern zu.

Piedro wurde ganz pink.

Damit hatte sie ihr Ziel offenbar erreicht. Sie warf den Kopf zurück und lachte Garini an. »Immerhin bist du Carlinas Freund, also habe ich ja wohl nichts zu befürchten.«

»Du hast dann nichts zu befürchten, wenn du nichts falsch gemacht hast«, antwortete Stefano mit ruhiger Stimme.

Annalisa rollte die Augen. »Ja, ja, ich weiß. Das Gespräch wird aufgenommen, oder? Kein Wunder, dass du so offiziell klingst.«

Stefano kannte Annalisa gut genug, um den Punkt lieber nicht zu vertiefen, also entschied er sich, das Thema zu wechseln. »Wann hast du deinen Cousin zuletzt lebend gesehen?«

»Ach, das ist einfach.« Annalisa lachte. »Ich glaube, ich bin die Einzige, die ihn an dem Tag, an dem er ermordet wurde, gar nicht traf.«

»Woher weißt du das?«

»Na, wir haben uns natürlich darüber unterhalten.« Sie riss die Augen auf. »Wir mussten doch unsere Alibis vergleichen.«

Und erfinden und ausschmücken. »Also wann hast du ihn zuletzt gesehen?«

»Am Abend, bevor er ermordet wurde, als ich nach Hause kam.«

»Um wie viel Uhr war das?«

Annalisa zuckte mit den Schultern. »Keine Ahnung. Ein Uhr morgens? Zwei? Irgendwie so. Ich kam von einer Party nach Hause.«

»Ganz alleine?«

»Ja.« Für einen Augenblick wurde ihr hübscher Mund zu einem Strich. »Ich bin mit Toni zu der Party gegangen, aber wir haben uns gestritten, also habe ich mich entschieden, ohne ihn nach Hause zu gehen.«

»Und wo hast du Valentino gesehen?«

»Er sah mich. Ich bin über die Piazza della Repubblica gegangen, und plötzlich hat er mich überholt.« Ihre Augen leuchteten. »Er hat ein super Auto. Total beeindruckend.«

»Und was geschah dann?«

Annalisa zuckte mit den Schultern. »Er sagte, er würde mich nach

Hause fahren, machte mir ein paar Komplimente und versuchte, mich zu küssen, aber ich war nicht in der Stimmung, also habe ich ihm gesagt, er soll sein Glück bei Carlina versuchen.«

»Wie bitte?« Seine Stimme klang schärfer, als er es wollte.

Annalisas Hand flog zu ihrem Mund. »Ups, sorry. Das wollte ich nicht sagen.«

Er erwiderte nichts, sondern schaute sie nur lange an. Nahm sie ihn auf den Arm? Annalisa machte sich gern über Leute lustig.

Annalisa lächelte ihn flüchtig an. »Ich meine, jeder konnte sehen, dass er von Carlina ganz beeindruckt war, und natürlich hatte sie überhaupt kein Interesse an ihm, also dachte ich mir, dass ich ihn gegen eine Wand laufen lasse. Sein Ego hatte ne Abfuhr durchaus nötig. Er war viel zu selbstzufrieden.« Sie schaute ihn herausfordernd an.

»Bitte fahre fort.« Er sprach mit zusammengebissenen Zähnen.

»Na, er sagte, dass er sein Bestes versuchen würde, und wir trennten uns an der Tür. Er musste noch einen Parkplatz finden, und ich wollte da nicht mitfahren und auf dem Rückweg wieder durchs halbe historische Stadtzentrum laufen müssen.«

»Und was hast du gestern zwischen siebzehn und zwanzig Uhr gemacht?«

Annalisa lächelte triumphierend. »Ich habe das perfekte Alibi«, sagte sie. »Ich war beim Friseur.«

»Den ganzen Abend?«

»Klar.« Annalisa beugte sich nach vorne, bis ihre Haare ihr ins Gesicht fielen. »Na, jedenfalls fast. Von sechs bis neun.« Sie zog ihre Haare auseinander und zeigte ihm eine Strähne. »Siehst du diese helleren Strähnchen hier? Das hat sie gemacht. Hübsch, oder?«

»Willst du mir sagen, dass du drei Stunden zum Friseur gehst, nur um ein paar Strähnchen zu bekommen?«

»Natürlich!« Annalisa nickte. »Hast du noch nie ne Freundin gehabt? Diese hellen Strähnchen dauern einfach, das ist total normal.«

Er entschied sich, ihr zu glauben. »Wie heißt dein Friseur?«

Annalisa rollte die Augen. »Willst du jedes Wort kontrollieren?«

»Natürlich.«

Sie schüttelte den Kopf. »Du vertraust niemandem jemals, oder, Garini?«

Er biss die Zähne zusammen. »Bitte beantworte meine Frage.«

Annalisa seufzte übertrieben auf. »Der Laden heißt Belli Capelli, und sie sind auf der Via Ghibellina. Meine Friseuse heißt Giorgina. Sie ist eine Cousine zweiten Grades.«

Natürlich. Habe nichts anderes erwartet. Garini entschied, dass es Zeitverschwendung wäre, dieses Alibi nachzuprüfen. Falls diese Friseuse eine Cousine der Mantonis war, egal wievielten Grades, würde sie ihm Lügen jeglicher Couleur erzählen, ohne mit der Wimper zu zucken. Die Mühe konnte er sich sparen.

»Ist es nicht großartig?« Annalisa strahlte ihn an. »Es ist das erste Mal, dass ich ein perfektes Alibi für einen Mord habe.« Sie hörte sich an, als ob sie gelernt hätte, ein neues Spiel zu beherrschen.

»Glückwunsch.« Er schüttelte verzweifelt den Kopf. Diese Familie machte ihn fertig. Jedes Mal. »Kannst du dir einen Grund vorstellen, warum Valentino ermordet wurde?«

»Natürlich.« Annalisa lehnte sich zurück. »Zunächst mal Eifersucht. Er war ein echter Casanova, und ich kann mir vorstellen, dass einige Männer hier in der Stadt äußert glücklich sind, dass er keine Konkurrenz mehr darstellt.«

Vor seinem inneren Auge sah Garini das Gesicht seines Kollegen Sergio, wie es sich erhellt hatte, als er den Namen des Opfers gehört hatte. Annalisa hatte den Nagel auf den Kopf getroffen. »Kannst du dir einen weiteren Grund vorstellen?«

Annalisa zuckte mit den Schultern. »Nö.«

»Nichts?«

»Gar nichts.« Sie presste ihren schönen Mund zusammen, bis er eine gerade Linie bildete.

Schon allein, dass sie so kurz angebunden war, machte klar, dass sie etwas zu verbergen hatte. *Ich werde dieser Sache noch auf den Grund gehen.* »Gibt es sonst noch etwas, das du mir mitteilen möchtest?«

Annalisa beugte sich nach vorne. »Jetzt wo du fragst ... ja.« Sie schaute ihn abschätzend an. »Ich kann nicht wirklich begreifen, warum Carlina in dich verliebt ist, aber da es nun mal so ist, wollte ich euch bitten, eure Hochzeit auf Ende September zu legen, genau wie Emma. Ich bin nämlich mal zu einer Hochzeit im Dezember gegangen und bin dabei fast eingefroren und zu einer anderen im Juli, als es brütend heiß war. Ende September ist der optimale Zeitpunkt für Hochzeiten. Außerdem habe ich gerade das perfekte Kleid dafür gesehen und brauche einen Grund, um es zu kaufen.«

Garini spielte mit dem Gedanken, das Aufnahmegerät abzuschalten, doch dann ließ er es laufen. Vielleicht würde Cervi ihn von dem Fall abziehen, wenn er die Abschriften las. »Ich bespreche meine Beziehung zu Carlina nicht mit dir.« Er bemühte sich, dass seine Stimme völlig emotionsfrei klang.

»Aber du solltest trotzdem über meine Worte nachdenken.« Annalisa stand auf und warf ihm einen herausfordernden Blick unter den Wimpern zu. »Wie du vielleicht bemerkt hast, war Valentino scharf auf Carlina. Das könnte auch anderen so gehen. Also verliere nicht zu viel Zeit. Du bist ja nicht mehr der Jüngste, oder?«

Das reicht. »Ich bin ungefähr zwanzig Jahre jünger als dein letzter Geliebter, Annalisa. Wenn ich mich richtig erinnere, war er ein Mittfünfziger.«

Annalisa wurde feuerrot. »Du bist abscheulich!« Sie rannte aus dem Raum und warf die Tür mit einem Knall hinter sich zu.

Piedro saß mit aufgerissenen Augen in seiner Ecke, als ob er eine Erscheinung gesehen hätte.

Garini stellte das Aufnahmegerät ab und holte tief Luft. Er hatte das dringende Bedürfnis, Carlina zu sehen, mit ihr zu sprechen und persönlich sicherzustellen, dass sie normal war und völlig anders als der Rest der Familie. Ein Blick auf die Uhr zeigte ihm, dass es fast Mittag war. Vielleicht würde sie ja zum Essen nach Hause kommen und er könnte sie für einige Minuten privat sehen? Vielleicht war sie ja sogar jetzt schon da und in ihrer Wohnung? Spontan stand er auf, steckte das Aufnahmegerät ein und ging zur Tür. Das Gespräch mit Emma und ihrem Mann Lucio konnte warten. »Wir machen eine Mittagspause, Piedro. Bitte sei in einer halben Stunde wieder da.«

Als er auf den Treppenabsatz hinauskam, stieß er auf Fabbiola und Maria, die tief in eine Unterhaltung versunken waren. In dem Augenblick, als sich die Tür öffnete, fuhren sie herum und starrten ihn mit ertappten Gesichtern an. *Ich wünschte, ich könnte Wanzen im ganzen Haus verteilen.* Er nickte ihnen zu und ging langsam die Treppe hoch, während Piedro nach unten polterte.

»Wohin gehen Sie?« Fabbiola klang ganz nervös.

Er drehte sich um und erhaschte gerade noch einen verschwörerischen Blick zwischen Maria und Fabbiola. Also war Maria auch mit von der Partie? Er versuchte, sich an Carlinas Worte während der Geburtstagsfeier von Ernesto zu erinnern. Hatte sie nicht gesagt, dass diese kleine Person das Haus putzte? Sie sah nicht so aus mit ihrem Puppengesicht und den schmalen Armen.

Er beantwortete Fabbiolas Frage, aber sein Blick ruhte dabei auf Maria, die errötete. »Ich wollte nur mal sehen, ob Carlina da ist.«

»Sie ist nicht hier.« Fabbiolas Blick flackerte nach oben und wieder zurück. »Sie ist noch in Temptation.«

Irgendetwas stimmte hier nicht, aber er tat so, als ob er nichts merken würde. »Ich dachte, dass sie vielleicht über Mittag nach Hause kommt. Isst sie nicht normalerweise in Benedettas Küche mit?«

»Ach, das macht sie vermutlich später.« Fabbiola zupfte einen unsichtbaren Fussel vom Ärmel ihrer weiten Bluse. »Ich bin nicht sicher, was sie heute geplant hat.«

Maria verlagerte ihr Gewicht von einem Fuß auf den anderen und schaute ihn aus ihren violettblauen Augen ängstlich an.

Warum wollten sie ihn daran hindern, in Carlinas Wohnung zu gehen? »Ich schaue sicherheitshalber nur mal schnell nach, ob sie nicht doch da ist.« Er wandte sich ab.

»Einen Augenblick!« Fabbiola schnappte sich seinen Ärmel. »Ich glaube, Sie haben noch gar nicht mit Maria gesprochen, oder?«

Maria schaute Fabbiola entsetzt an. »Was habe ich denn damit zu tun?« Ihre Stimme war ganz atemlos.

Das frage ich mich auch. Garini unterdrückte einen Seufzer.

»Gar nichts, natürlich!« Fabbiola lachte künstlich auf. »Aber ich weiß, dass der *commissario* sehr gründlich ist und mit jedem sprechen wird, der sich im Haus aufhält. Wir können zurück in die Küche gehen, sodass er deine Aussage aufnehmen kann. Komm.« Sie ließ Garinis Ärmel los und nahm stattdessen Maria am Arm.

Maria stemmte sich dagegen. »Aber, Fabbiola, ich ...«

»Du hast gar nichts zu befürchten, meine Liebe.« Fabbiola schaute sie warnend an. »Du musst nur die Fragen des *commissario* beantworten.«

Garini bewegte sich nicht. Fabbiola hatte ihn schon überzeugt, dass er sich in Carlinas Wohnung ganz besonders gründlich umsehen musste, etwas, das er eigentlich nicht geplant hatte, aber im Augenblick genoss er noch die Vorstellung, die sie ihm bot.

»Ich kenne seine Fragen auch schon«, fuhr Fabbiola fort, als sich weder Maria noch Garini vom Fleck rührten. »Erstens, hast du ein Alibi? Zweitens, wann hast du das Opfer das letzte Mal lebend gesehen? Drittens, warum sollte jemand ihn umbringen wollen?«

Marias fassungsloser Blick war fast schon komisch. »Aber ich habe doch keine Ahnung, warum irgendjemand ihn umbringen wollte!«

Fabbiola nickte zufrieden, sodass eine Strähne ihres roten Haares in ihr Gesicht fiel. »Na siehst du, das war schon mal einfach. Wie steht's mit dem Alibi? Wo warst du gestern Abend zwischen fünf und acht?«

Maria trat einen Schritt zurück. »Ich ... ich ... ich war zu Hause!«

»Gut!« Fabbiola nickte mit so viel Befriedigung, als ob ihre Schülerin gerade einen komplizierten Bruch berechnet hätte. »Jetzt bleibt nur noch eine Frage: Wann hast du Valentino zuletzt lebend gesehen?«

Maria hob beide Hände und schob sich die Locken aus dem Gesicht. »Ich habe ihn nur auf Ernestos Geburtstagsfeier gesehen.«

»Perfekt! Siehst du? Das war's schon!« Fabbiola öffnete die Tür zu ihrer Wohnung und schob Maria vorwärts. »Nun lass uns nur schnell reingehen und den *commissario* bitten, dies aufzunehmen, damit alles offiziell seine Richtigkeit hat.«

»Ist schon in Ordnung.« Garini lächelte Maria an. »Sie haben vor Zeugen eine Aussage gemacht, und das reicht im Augenblick völlig aus.«

»Sehr gut!« Fabbiola hielt ihn wieder am Ärmel fest.

Ich hoffe, das wird keine neue Marotte. Er widerstand ihrem Druck.

Fabbiola starrte ihn auf eine Art und Weise an, die ihn vermutlich hypnotisieren sollte. »Dann lassen Sie uns runtergehen und schauen, ob Carlina schon angekommen ist. Vielleicht ist sie ja schon in Benedettas Küche.«

»Ich bin hier, *mamma*.« Carlinas Stimme erklang von oben. Mit klappernden Absätzen kam sie die Stufen herab, eine Hand auf dem glatten Holzgeländer. Ihre Augen erhellten sich, als sie Garini sah. »Stefano.«

Sein Herz schlug schneller. Er wollte mit ihr alleine sein. »Carlina.«

Maria schaute von einem zum anderen. Ihr Mund zitterte.

»Ach, da bist du ja, meine Liebe.« Fabbiola brachte wieder dieses gekünstelte Lachen hervor. »Ich dachte, du seist noch gar nicht nach Hause gekommen.«

Carlina runzelte die Stirn. »Aber ich habe dich doch getroffen, als ich -«

»Wie schön, dass du jetzt da bist«, unterbrach Fabbiola sie fieberhaft. »Ich glaube, Benedetta hat das Mittagessen schon fertig. Lasst uns gleich runtergehen.«

»Einen Moment, bitte.« Garini ging zu Carlina und nahm ihre Hand. »Ich muss mit dir sprechen.« Er warf Fabbiola über seine Schulter einen warnenden Blick zu. »Alleine.« Dann drehte er sich wieder zu Carlina herum. »Lass uns hochgehen.«

»Ach, Sie können sich auch in meiner Wohnung unterhalten, *commissario*!« Fabbiola winkte ihm einladend zu. »My home is your castle.« Ihr dröhnendes Gelächter erfüllte das Treppenhaus.

Maria und Carlina zuckten zusammen.

»Danke, das ist nicht nötig.« Er schnappte sich Carlina und zog sie nach oben.

Sobald die Tür sich hinter ihnen geschlossen hatte, schob er den Riegel zu, sodass niemand hereinkommen konnte, nahm sie in die Arme und gab ihr einen langen, innigen Kuss.

Als sie atemlos wieder sprechen konnte, lächelte sie. »Ich mag diese Art von Unterhaltung.«

»Versprich mir, dass du nie wie deine Mutter wirst.« Seine Stimme klang rau.

Sie legte eine Hand aufs Herz. »Ich verspreche es.«

»Und jetzt verrate mir, warum deine Mutter auf Teufel komm raus vermeiden will, dass ich in deine Wohnung gehe.«

Das Lächeln fiel ihr vom Gesicht, und ihr ganzer Körper versteifte sich.

Er ließ seine Arme sinken und trat einen Schritt zurück. Dann schaute er sich langsam um. Neben Carlinas Lieblingssessel lag ein neuer Teppich auf dem Boden. Er war dunkelgrün, viel zu altmodisch und traditionell für die hellen Farben in Carlinas Wohnung. Mit einem großen Schritt ging er hin, kniete sich nieder und schlug eine Kante des Läufers zurück. Ein dunkler Fleck verschandelte die Holzdielen auf dem Fußboden.

Eine Taube landete draußen auf dem Dach. Ihr Gurren klang laut in dem ruhigen Raum.

Die Welt schien sich um ihn zu drehen. Dann hob er den Kopf und schaute sie gerade heraus an. »Warum hast du mir nicht gesagt, dass dein Cousin hier ermordet wurde?«

Sie hob ihr Kinn. »Weil er nur mit den Boxershorts bekleidet war, die er an dem Nachmittag von mir gekauft hatte.« Ihre Stimme klang kämpferisch.

Etwas Kaltes bohrte sich mitten durch ihn. Er ließ den Teppich zurückfallen und stand auf. »Warst du mit ihm verabredet?« Er musste sich zwingen, die Worte herauszubringen.

Sie biss die Zähne so fest zusammen, dass die Muskeln in ihrem Gesicht hervortraten. »Nein, ich hatte keine Verabredung mit meinem kostbaren Cousin, Garini. Er plante eine Überraschungs-Verführung.«

»Du hast nichts davon geahnt?«

»Absolut nichts.«

»Warum hast du es getan?«

»Warum habe ich was getan?« Sie verschränkte die Arme vor der Brust.

»Warum hast du die Leiche bewegt?« Wut erfüllte ihn. Sie hatte versucht, ihn an der Nase herumzuführen.

»Das war nicht ich. Es war die Familie.«

»Natürlich.«

Sie schluckte. »Ich wurde ausgeschickt, um dich zu rufen.«

»Ach, sag bloß, sie wollten mich haben?« Seine Stimme war voller Sarkasmus.

»Ja, das wollten sie.« Carlina zuckte mit den Schultern. »Weil sie erwarteten, dass du dich der Familie gegenüber loyal verhalten würdest.«

Er schnaufte. »Nur wegen unserer Beziehung?«

»Ja.«

»Das würde ich nicht mal im Entferntesten tun.«

»Weiß ich. Habe ich ihnen auch gesagt.«

Er schüttelte den Kopf und schob sich, völlig perplex, eine Hand durchs Haar. »Warum hast du mir nicht die Wahrheit gesagt?«

»Weil ich nicht wollte, dass alle über dich lachen.«

»Über mich lachen?« Er traute seinen Ohren nicht. »Warum sollten sie über mich lachen?«

»Weil ... weil du einen Fall untersuchen musst, in dem der Cousin deiner Freundin in einer sehr delikaten Situation aufgefunden wurde. Sie werden alle davon ausgehen, dass ich dich betrogen habe.«

Er holte tief Luft. »Darum hast du nach meinem Alibi gefragt.«

»Ja.«

Garini wandte sich ab. Was für ein totales Chaos. Sie hatte natürlich recht. Die ganze Stadt würde lachen. Im ersten Schock, dass Valentino hier ermordet worden war, hatte er nur an Carlinas Teil in der Geschichte gedacht.

Die Taube gurrte noch einmal, dann flog sie weg.

»Stefano?«

»Was?«

»Glaubst du mir?«

Er wandte sich ihr wieder zu. »Was soll ich dir glauben?«

»Glaubst du mir, dass ich dich nicht betrogen habe?«

Er wollte es glauben, aber erst musste er Ruhe zum Nachdenken haben. Jeder Instinkt in ihm schrie danach, auf Distanz zu gehen, sich erst einmal Zeit zu nehmen, um die Lage in Ruhe zu erfassen, aber er wusste, dass das ein Luxus war, den er sich nicht erlauben konnte. Er konnte alle Aussagen von heute Vormittag vergessen. Ein ganzer Tag verloren. Wut kochte in ihm hoch. Jedes einzelne Mitglied der Mantoni-Familie hatte ihn auf den Holzweg geführt, sogar die Leute, von denen er gedacht hätte, dass man sich auf sie verlassen konnte – Leopold Morin und Onkel Teo. Jeder Einzelne. Sogar Carlina. Das schmerzte am meisten.

»Garini?« Ihre Stimme klang dünn.

Er presste die Lippen zusammen. »Ich bin richtig sauer darüber, dass deine Familie mir das Blaue vom Himmel heruntergelogen hat, und ich weiß noch nicht genau, wie ich darauf reagieren soll.«

Sie starrte ihn bewegungslos an.

»Ich denke, es ist am besten, wenn wir unsere Beziehung für die Dauer der Untersuchung unterbrechen.« Die Worte waren draußen, bevor er sie durchdacht hatte. Sie kamen aus seinem Innersten, aus dem Gefühl heraus, dass sein Vertrauen missbraucht worden war. Vor allem, weil die Familie so leicht davon ausgegangen war, dass er zu ihnen gehörte, dass er ihre Betrügereien decken und bei ihren wahnsinnigen Plänen mitmachen würde, egal was sie sich noch ausdachten. Sogar Carlina hatte mitgemacht und erwartete von ihm, dass er sich damit abfand. *Nur über meine Leiche.* Wenn die Mantonis glaubten, dass sie ihn korrumpieren konnten, würden sie umdenken müssen.

Carlina war blass geworden.

Er zwang sich, wegzusehen. »Lass uns nach unten gehen.«

»Was meinst du?«

Er schob den Riegel zur Seite und hielt die Tür für sie auf. »Ich habe das dringende Bedürfnis, mit deiner Familie zu sprechen.«

Kapitel 6

I

Benedettas Küche roch nach warmer Butter, Salbei und einem Hauch Knoblauch. Sie war prall gefüllt mit Mantonis, die gerade alle begonnen hatten, die frisch gemachten Ravioli mit Ricotta-Spinat-Füllung in sich hineinzuschaufeln.

Als Garini durch die Tür kam und Carlina am Arm hielt wie eine Gefangene, wurde es schlagartig still im Raum.

Garini ließ sich Zeit. Er schaute von einem zum anderen und blickte bewusst jedem in die Augen, bevor er zum Nächsten überging. Der Ausdruck auf ihren Gesichtern war identisch – Furcht kombiniert mit einer gewissen Aggressivität, die entstand, wenn man in eine Ecke gedrängt wurde. Benedetta saß am Ende des Tisches neben Leopold Morin. Garini fühlte die Wut in sich aufbrodeln, als er in das Gesicht des Franzosen blickte. Sie alle hatten sich gegen ihn zusammengetan, sogar diejenigen, denen er vertraute. Ernesto und Annalisa saßen nebeneinander, ihre Haare flammend rot. Neben Ernesto saß Rafaele Altori. Er schien im Moment fast bei den Mantonis eingezogen zu sein. Am anderen Ende des Tisches erblickte er Fabbiola. Sie war die Einzige, auf deren Teller sich etwas Unappetitliches befand. Es sah aus wie alte Linsensuppe. An Fabbiolas rechter Seite saßen Emma und Lucio, mit denen er noch nicht gesprochen hatte. Zweifellos hatten sie ihre Lügen schon für ihn vorbereitet. Gegenüber war Onkel Teo, sein Rücken kerzengerade, die buschigen Augenbrauen zusammengezogen. *Mit dir habe ich noch ein Hühnchen zu rupfen.* Garinis Blick wanderte weiter. Neben

Teo saßen die beiden Zirkuskünstlerinnen – Maria und Simonetta. Sie schienen häufig als Paar aufzutauchen.

Das Schweigen wurde mit jeder Sekunde unangenehmer. Aus irgendeinem Grund war die Wut in Garini gleichzeitig glühend heiß und so kalt, dass ihn ein Schauer überlief.

»Bevor ich den nächsten Schritt in der Morduntersuchung von Valentino Canderini mache, möchte ich gern eine offizielle Aussage treffen.« Seine Stimme schnitt durch den Raum, scharf und präzise. Er stellte sicher, dass er so sachlich klang, als ob er einem Richter seinen Bericht präsentierte. »Ich bin nicht mehr mit Carlina zusammen, also zählt nicht darauf, dass ich der Mantoni-Familie gegenüber irgendwelche Loyalität zeige. Ich werde diesen Fall genauso behandeln, wie ich jeden anderen Fall behandle.«

Fabbiola sprang auf. »Du hast es ihm verraten! Ich habe dir doch gesagt, dass du den Mund halten sollst, Carlina!«

Carlina zuckte zusammen.

Garini fühlte es, denn er hielt immer noch ihren Arm. »Da irren Sie, *signora* Mantoni-Ashley.« Er nannte sie bewusst ganz förmlich bei ihrem vollen Namen. »Sie selbst haben es mir gesagt.«

»Das habe ich nicht getan!« Fabbiola richtete sich zu ihrer vollen Größe auf. »Wie können Sie es wagen zu behaupten, dass -«

»Sie haben sich verraten, als Sie versucht haben, mich davon abzuhalten, in Carlinas Wohnung zu gehen. Der Rest war einfach. Wenn Sie das nächste Mal etwas zu verbergen versuchen, wählen Sie ein passenderes Farbschema. Der Teppich sprang einem ja förmlich ins Auge.«

Fabbiola öffnete den Mund, dann schloss sie ihn wieder. »Aber -«

»Bitte lassen Sie mich aussprechen.« Er unterbrach sie, ohne zu zögern. »Sie haben sich zusammengeschlossen, alle gemeinsam, sicher in dem Glauben, dass ich schon mitmachen würde. Doch da haben Sie die Rechnung ohne den Wirt gemacht.«

»Wir haben es nur gut gemeint«, widersprach Fabbiola. »Sie werden doch von allen in der Stadt ausgelacht werden, wenn herauskommt, dass Valentino halb nackt in Carlinas Wohnung umgebracht wurde.«

Carlina zuckte wieder zusammen.

Er ließ ihren Arm fallen, sodass er ihre Reaktion nicht mehr spüren konnte. »Das lassen Sie mal meine Sorge sein.«

Eine unangenehme Stille senkte sich über den Raum.

Onkel Teo stand auf. »Sie müssen noch etwas wissen, *commissario*.«

Die gesamte Familie sprang auf.

»Tu's nicht!« Benedetta schnappte sich seinen Arm und versuchte, ihn zurückzuziehen. »Es macht die Dinge nicht besser.«

»Sei still, Onkel Teo!« Annalisa warf ihrem Großonkel einen warnenden Blick zu.

»Ich denke wirklich, es wäre besser, nichts zu sagen.« Leopold Morin schaute Onkel Teo mit so etwas wie Mitleid im Blick an.

Garini verengte die Augen. »Möchten Sie vielleicht unter vier Augen mit mir sprechen, *signor* Mantoni?«

Onkel Teo schüttelte den Kopf. »Das ist nicht nötig.«

Fabbiola beugte sich nach vorne. »Hör sofort auf zu reden, Teo! Das wird uns nur noch tiefer in Schwierigkeiten bringen.«

»Ich finde, sie hat recht!« Emma ballte die Fäuste. »Du machst die Sache nur unnötig kompliziert, Onkel Teo. Lass ihn doch alles selbst herausfinden.« Sie machte eine Kopfbewegung Richtung Garini.

Onkel Teo ignorierte sie alle. »Die Wahrheit, *commissario*, ist die: Jeder Einzelne von uns hatte ein starkes Motiv, Valentino umzubringen.«

»Ich nicht!« Simonetta sprang vor Empörung fast von ihrem Stuhl.

Annalisa warf ihr einen Blick voller Abneigung zu.

Onkel Teo neigte den Kopf. »Ich meinte, jeder, der permanent in diesem Haus lebt.«

»Warum?« Garinis Frage schoss wie eine Kugel hervor.

»Weil ich eine Hypothek auf dieses Haus aufgenommen habe und das Geld Valentino gab, sodass er es investieren konnte. Er hat jedoch alles verloren, und die Bank stand kurz davor, uns alle rauszuwerfen.«

Garini war für einen Augenblick sprachlos. Dann fing er sich. »Also ist das Motiv Rache?«

»Nein.« Onkel Teos Schultern sackten nach vorne. »Das Motiv ist seine Lebensversicherung. Als wir die Hypothek vereinbarten, hat die Bank darauf bestanden, dass er eine Lebensversicherung abschließt, sodass ihr Risiko selbst dann abgedeckt ist, wenn Valentino plötzlich und gewaltsam sterben sollte. Die Prämie deckt die Hypothek und die Zinsen ab.«

Garinis Blut gefror. Das war ja noch viel schlimmer als erwartet. Kleine Familienstreitigkeiten waren eine Sache, aber das hob den Fall auf ein völlig unvorhergesehenes Niveau. Er warf einen Blick auf Carlina. Sie hatte die Hände vor der Brust geballt, den Kopf gesenkt. Ihre dunklen Locken waren nach vorne gefallen und bedeckten ihr Gesicht. Sie sah aus, als ob sie alle Hoffnung verloren hätte. *Verdammt.* »Also haben Sie sich alle zusammengetan und ihn ermordet?«

»Nein!« Ausnahmsweise einmal waren die Mantonis einer Meinung.

»Wir wissen nicht, wer ihn umgebracht hat«, sagte Fabbiola voller Würde. »Aber wir dachten uns, dass es nicht weiterhilft, wenn Sie Valentino in Carlinas Wohnung finden.«

»Ja, das habe ich verstanden.« Garinis Stimme war trocken.

»Es war eine wirklich dumme Wahl.« Fabbiola presste die Lippen zusammen. »Denn es war ja völlig klar, dass Sie uns nicht unterstützen würden, wenn Sie denken, dass Carlina Sie betrügt. Der Mörder ist offensichtlich nicht ganz richtig im Oberstübchen. Vielleicht kann er Sie auch einfach nur nicht leiden. Jedenfalls hat er dafür gesorgt, dass Sie sich von Carlina getrennt haben, und das bringt uns im Moment überhaupt nicht weiter, weil wir Ihre Unterstützung brauchen. Wenn ich diesen Idioten in die Finger bekomme, dann -«

»Dann wirst du ihn mit deinem selbst gemachten Brot füttern«, schob Emma ein. »Das ist Strafe genug.«

Fabbiola wurde rot vor Wut. »Emma!«

Garini hatte Mühe, seine Stimme zu finden. Wenigstens klang Fabbiolas Aussage dieses Mal ehrlich, wenn sie auch wenig schmeichelhaft war. »Wie viel von dem, was Sie mir alle heute im Laufe des Tages erzählt haben, ist die Wahrheit gewesen?«

Die Mantonis schauten betreten zur Seite.

»Eine Menge«, antwortete Emma schließlich.

»Mit dir habe ich doch überhaupt noch nicht gesprochen.«

»Du kannst es jetzt aber tun.«

Lucio runzelte die Stirn und legte einen schützenden Arm um Emmas Schultern.

Warum er immer glaubt, dass seine Frau beschützt werden muss, übersteigt echt mein Vorstellungsvermögen. Sie braucht so viel Schutz wie ein Barrakuda. Garini nahm das Aufnahmegerät heraus. »Normalerweise ziehe ich es vor, mit jedem einzeln zu reden, aber in diesem Fall sind wir vielleicht schneller, wenn ich mit allen gemeinsam spreche. Sie haben die Details vermutlich eh schon alle miteinander abgesprochen.«

Benedetta verzog beleidigt den Mund. »Ich weiß wirklich nicht, warum du das sagst, Stefano. Wenn du so voller Vorurteile bist, sollte der Fall vielleicht einem anderen *commissario* gegeben werden.«

»Super Idee.« Garini steckte das Aufnahmegerät wieder in seine Jackentasche. »Ich gehe sofort zur Polizeistation und bitte meinen Kollegen, den Fall zu übernehmen.« Obwohl es mehr als unwahrscheinlich war, dass er Erfolg haben würde. Wenn er bloß kein Alibi hätte. Carlina hatte recht. Wenn er selbst verdächtig wäre, müsste Cervi ihn von dem Fall abziehen. Aber so wie die Lage im Moment war, würde Cervi sich keinen Millimeter vom Fleck bewegen.

Carlina hob den Kopf und starrte ihn mit weit aufgerissenen Augen an.

Der Schmerz in ihren Blick ging wie ein scharfer Stich durch ihn hindurch. Er schaute weg.

»Bist du denn völlig wahnsinnig geworden, Benedetta?« Fabbiola legte beide Hände auf den Tisch und beugte sich nach vorne, sodass ihr Gesicht kurz vor dem ihrer Schwester schwebte. »Wir sollten diese Sache innerhalb der Familie lassen!«

»Er ist weder Teil dieser Familie«, sagte Benedetta und presste ihre roten Lippen für einen Augenblick zu einem festen Strich zusammen,

»noch ist es wahrscheinlich, dass er es je werden wird. Das hat er ja gerade gesagt.«

Fabbiola schnaufte auf. »Männer. Hast du denn nicht gesehen, wie er sie ansieht? Er -«

»Das reicht.« Garini knallte das Aufnahmegerät auf den Tisch und stellte es an. Wenn er nicht achtgab, würde er sie in Kürze erwürgen. »Ich möchte jetzt die richtigen Antworten haben und sonst gar nichts. Ist das klar?«

»Können wir die Ravioli weiteressen?«, fragte Ernesto mit bittendem Blick.

»Ja«, fauchte Garini.

Ernesto lächelte etwas unsicher und schaufelte sein Essen weiter in sich hinein.

»Wer hat die Leiche gefunden?«

»Ich.« Simonetta seufzte. »Aber ich -«

»Das reicht. Ich möchte nur Antworten auf meine Fragen haben. Wann haben Sie die Leiche gefunden?«

Sie warf ihm einen verletzten Blick zu. »Gegen halb acht.«

»Nicht um acht?«

»Nein.«

»Ist es richtig, dass du ihn zuletzt lebend gesehen hast, Benedetta? So gegen achtzehn Uhr?«

Sie neigte den Kopf, während sie nervös zu Leopold schaute. »Ich bin nicht sicher, ob ich die Letzte war, die ihn sah. Aber ich traf ihn gegen achtzehn Uhr vor der Tür zu Teos Wohnung.«

Garini schaute sich um. »Gibt irgendjemand zu, Valentino noch später als achtzehn Uhr gesehen zu haben?«

Alle schüttelten die Köpfe.

»Also geschah der Mord zwischen achtzehn und neunzehn Uhr dreißig. Das sind anderthalb Stunden.« Er schaute zu der Opernsängerin. »Was geschah, nachdem Sie ihn gefunden haben, Simonetta?«

»Sie schrie«, antwortete Fabbiola mit zufriedener Stimme. »Und was für ein Schrei das war. Sie -«

»Onkel Teo und ich hörten den Schrei«, unterbrach Carlina. Ihre Stimme klang kontrolliert und flach. »Ich war gerade erst von Temptation zurückgekommen und sprach mit Onkel Teo an der Haustür. Ich rannte die Treppe hoch und stieß auf Emma, die auch aus ihrer Wohnung stürzte. Wir kamen gleichzeitig bei meiner Wohnung an. Sie ging zuerst hinein, dann ich. Ich sorgte dafür, dass Simonetta wieder mit rauskam. Dann kam Onkel Teo, und zum Schluss erschienen Benedetta und *mamma* gemeinsam.«

»Ein echtes Familienevent.« Seine Stimme klang trocken.

Sie wurde rot. »Ich verließ das Haus, um dich anzurufen. Dann stieß noch Maria zu den anderen dazu. Sie haben die Leiche vor die Haustür gelegt.«

»Und wie habt ihr das mit so vielen Nachbarn und Touristen überall geschafft?«

»Regenschirme.« Carlina schloss den Mund mit Nachdruck.

»Wie bitte?« Er traute seinen Ohren nicht.

»Wir hielten Regenschirme hoch, und Onkel Teo hat auf dem Balkon Wache gehalten, ob die Luft rein war.« Emmas Stimme war voller Triumph. »Es hat super funktioniert.«

Garini schaute den Patriarchen fassungslos an. Die ganze Familie war völlig verrückt. Er war wahnsinnig, dass er überhaupt darüber nachdachte, sich mit ihnen in irgendeiner Form zu verbinden.

»Warum habt ihr ihn angezogen?«

»Na, ihm wäre ja ohne Klamotten kalt geworden.« Annalisa lachte perlend auf.

»Annalisa!« Ihre Mutter sah sie geschockt an. »Wir haben ihn angezogen, weil es sonst unanständig gewesen wäre. Er trug nur ein Paar seidene Boxershorts, als wir ihn fanden.«

Garini ignorierte das Druckgefühl in seiner Brust. »Zum Messer – vermisst jemand ein Messer?«

Für einen Augenblick war es so still, dass man hören konnte, wie Rafaele seine Ravioli kaute.

Wie in Zeitlupe spießte Ernesto zwei Ravioli auf seine Gabel und warf seiner Mutter einen schnellen Blick zu, aber er sagte nichts.

»Benedetta?« Garini schaute sie so grimmig an, wie er nur konnte. Er hatte die Nase voll von ihren Lügen. »Fehlt dir ein Messer?«

Sie verschränkte die Arme. »Woher weißt du das?«

»Wann hast du es zuletzt benutzt?«

Benedetta zuckte mit den Schultern. »Ich erinnere mich nicht genau. Es ist ein Messer, das ich selten nutze, weil es ein wenig zu groß für meine Hände ist. Vielleicht Weihnachten, für den großen Braten.«

Vor über drei Monaten. Das hilft ja richtig weiter. Er unterdrückte einen genervten Seufzer. »Hast du es wiedererkannt?«

Unwillig nickte sie. »Ja.«

»Gut. Und was ist mit der Ledertasche, die Valentino trug. Hat jemand sie gefunden?«

Emma runzelte die Stirn. »Eine Ledertasche?«

Benedetta nickte. »Valentino trug eine schwere Ledertasche, als er das Haus um achtzehn Uhr verließ. Wir wissen nicht, was drinnen war.«

»Hat jemand sie gesehen?«, wiederholte Garini.

Alle schüttelten die Köpfe.

Er rieb sich die Stirn. Hatte die Ledertasche etwas mit dem Mord zu tun? Was war in ihr gewesen? Er würde es im Hinterkopf behalten müssen. »Okay.« Er wollte jetzt nur noch weg, wollte Zeit haben, nachzudenken und seine Gefühle zu sortieren. »Ich werde jetzt die Aussagen wiederholen. Wenn irgendein Detail falsch ist, bitte ich darum, mich sofort zu korrigieren. Um Zeit zu sparen, werde ich nicht die Spaziergänge einschließen, die so viele von Ihnen angeblich gestern machten.« Seine Stimme troff vor Ironie.

Er wandte sich an Carlinas schöne rothaarige Cousine. »Annalisa, du warst -«

Benedetta setzte sich gerade hin. »Warum beginnst du mit meiner Tochter?«

»Ich beginne mit ihr, weil sie ein sogenanntes unwiderlegbares Alibi durch eines der vielen Familienmitglieder zweiten Grades hat.« Wenn sie ihn noch einmal unterbrachen, würde er durch die Decke gehen.

Annalisa funkelte ihn böse an. »Ich war beim Friseur.«

»Genau. Und die Friseuse ist zufälligerweise eine Cousine zweiten Grades.«

»Aber das ist doch nicht schlimm!« Benedetta sprang zur Verteidigung ihrer Tochter ein.

»Natürlich nicht.« Garini biss die Zähne zusammen. »Ich bitte darum, nicht mehr unterbrochen zu werden, es sei denn, ich sage etwas, was nicht korrekt ist.«

Nun schaute ihn die ganze Familie bitterböse an.

»Annalisa war von achtzehn bis einundzwanzig Uhr beim Friseur. Carlina kam um neunzehn Uhr dreißig von Temptation. Fabbiola besuchte Rafaeles Mutter und kam um Viertel vor acht zurück. Benedetta verließ das Büro um siebzehn Uhr, ging zum Haushaltswarengeschäft, dann zum Käsegeschäft und kam gleichzeitig mit Fabbiola wieder hier an. Wo haben Sie sich übrigens getroffen?«

»Ach, wir stießen am Ende der Straße zufällig aufeinander«, sagte Fabbiola.

Ausnahmsweise einmal klang es nicht so, als ob sie es erfunden hatte.

Garini fuhr fort: »Onkel Teo verbrachte den Abend zu Hause. Ernesto fuhr mit dem Auto seiner Mutter in der Stadt umher und ging um neunzehn Uhr ins Internetcafé, wo er Rafaele traf, der zuvor nicht zu Hause gewesen war. Simonetta, ich gehe davon aus, dass Sie Ihre Aussage korrigieren möchten? Ich denke mal, Sie sind nicht den ganzen Abend spazieren gegangen?«

»Ich war in Fabbiolas Wohnung.« Sie klang trotzig. »Und habe Stimmübungen gemacht.«

»Und warum sind Sie in Carlinas Wohnung gegangen?«

»Weil Fabbiola mich darum gebeten hatte, einige Behältnisse von Carlina auszuleihen, sodass sie mehr Brot backen konnte.«

»Das ist aber ewig her«, unterbrach Fabbiola. »Ich glaube, ich habe sie am Montag darum gebeten.«

Garini hob die Augenbrauen. Offensichtlich erstreckte sich die Mantoni-Loyalität nicht bis zu Simonetta. Andererseits hatte Simonetta ja auch deutlich gemacht, dass sie in keiner Form mit ihnen in Verbindung gebracht werden wollte.

»Ich habe dir doch gesagt, dass ich nicht sofort die Zeit gefunden habe, nach den Behältnissen zu suchen.« Simonetta klang aggressiv. »Außerdem wollte ich warten, bis Carlina zu Hause war, und ich dachte, ich hätte sie nach oben gehen gehört.«

Fabbiola riss ihre Augen weit auf. »Vielleicht hast du den Mörder gehört! *Madonna*, du hast Glück gehabt, dass du nicht auch ermordet worden bist!«

Simonetta wurde blass. »Daran habe ich noch gar nicht gedacht.«

Garini fuhr fort: »Hast du auch den ganzen Nachmittag zu Hause verbracht, Emma?«

»Ja.« Emma nickte. »Ich kam so gegen fünfzehn Uhr nach Hause und schaute gerade fern, als ich Simonetta schreien hörte.«

Garini wandte sich an ihren Mann. »Und was ist mit dir, Lucio?«

»Ich kam ziemlich spät von der Arbeit. Ein ungeplantes Meeting.« Lucios Antwort war kurz.

»Was hast du noch mal für einen Job?«

»Ich bin Bauingenieur.«

»*Signor* Morin?« Garini schaute den Franzosen an. »Ich vermute, dass Ihre erste Aussage richtig war? Sie gingen raus, um etwas Luft zu schnappen, und kamen circa dreißig Minuten später wieder, als die Leiche schon nach draußen gebracht worden war?«

Der schmale Franzose neigte den Kopf. »Das stimmt.«

»Das muss ein ganz schön knappes Timing gewesen sein, denn nach allem, was ich hörte, habe die Mantonis ungefähr dreißig Minuten gebraucht, um diese Komödie aufzubauen.«

Leopold Morin wurde rot. »Das stimmt.«

Garini entschied sich, das Thema fallen zu lassen. Manchmal

geschahen eben unwahrscheinliche Dinge im Leben. »Maria? Was ist mit Ihnen?«

»Ich habe es Ihnen schon gesagt. Ich war zu Hause.« Marias Stimme klang leise. Sie schaute auf ihre Hände, die gefaltet auf dem Tisch lagen.

»Und warum sind Sie dann später am Abend hierher zurückgekommen? Sie sind ja, kurz nachdem die Leiche entdeckt wurde, oben zu den anderen gestoßen, richtig?«

»Ja. Benedetta hatte gesagt, dass ich zum Abendessen kommen kann.« Maria schluckte. »Aber als ich zur Tür hereinkam, hörte ich die Stimmen oben auf dem Treppenabsatz von Carlinas Wohnung, und da bin ich natürlich hochgegangen, um herauszufinden, was passiert war.«

»Wer hat Carlinas Wohnung geputzt?«

Maria schaute unglücklich. »Das war ich. Also, die anderen haben das Wasser und das Putzmittel gebracht und die Handtücher entfernt, aber ich habe den Boden geschrubbt.«

»War das Blut getrocknet oder noch flüssig?«

Maria wurde so blass, dass es aussah, als ob sie ohnmächtig werden würde. »Ich ... es war eine Pfütze.« Sie schluckte erneut. »Am Rand war es trocken, aber nicht in ...« Sie verbarg ihr Gesicht in den Händen.

»Ist das wirklich nötig, *commissario?*« Ernesto stand auf und legte eine Hand auf Marias zitternde Schulter.

Also mag Ernesto Maria. »Deine Familie hat es nötig gemacht.« Garini bemühte sich, betont neutral zu klingen. »Wenn ihr alles gelassen hättet, wie es war, hätte ich mir selbst ein Bild machen können.« Er schaute die Familie an. »Wer hat ihn angezogen?«

»Das war ich.« Emma klang kämpferisch.

»Natürlich. Du hast ja Erfahrung darin, nicht wahr?« *Verdammt.* Er musste Abstand halten, sonst wäre er bald in echten Schwierigkeiten.

»Können Sie Ihren Kommentar vielleicht näher erläutern, *commissario?*« Lucios Gesicht wurde rot, während er einen schützenden Arm um seine Frau legte.

»Nein.« Garini wollte den Fall jetzt nicht noch verzwickter machen, indem er den Mord an Emmas Großvater vor einigen Monaten in die Erinnerung aller zerrte. »Wo hast du seine Kleider gefunden, Emma?«

»Sie waren hinter dem Sessel.«

»Einfach hingeworfen oder sorgfältig gefaltet?«

Emmas Augen weiteten sich. »Versuchst du herauszufinden, ob es eine Verführung gab? Aber Carlina war doch noch in Temptation!«

»Bitte beantworte einfach nur meine Frage.«

Ein berechnender Ausdruck trat in Emmas Augen.

»Und bitte erfinde nichts, um Carlina oder sonst jemanden zu beschützen«, fuhr Garini fort. »Ihr habt schon genug Ärger verursacht.« Bewusst ließ er eine gewisse Schärfe in die Worte fließen. Mit Freundlichkeit kam man hier nicht weiter.

Emma presste die Lippen zusammen.

»Antworte einfach nur ehrlich auf die Fragen, Liebling.« Ihr Mann schaute sie voller Sorge an. »Glaube mir, das ist besser für uns alle.«

Sie warf ihm einen ungeduldigen Blick zu, dann hob sie eine Schulter und ließ sie wieder fallen. »Sein Jackett und seine Hose waren zusammengelegt und hingen über der Lehne des Sessels. Den Rest hatte er auf die Erde geworfen.«

»Wie genau lag er?«

»Er lag auf dem Rücken, die Arme weit auseinander. Sein Kopf war neben Carlinas Lieblingssessel, dem mit dem Leopardenbezug.«

»Was ist mit Valentinos direkter Familie, seiner Mutter? Ist sie informiert worden?«

Alle schüttelten den Kopf.

»Das ist ein wenig ungewöhnlich, oder?«

»Wir können sie nicht erreichen.« Onkel Teo wirkte müde.

»Warum nicht? Was ist mit ihrem Mobiltelefon?«

»Sie hat kurz vor der Reise ein neues Telefon gekauft und hat vergessen, uns die neue Nummer zu geben.« Fabbiola spreizte die Finger in einer entschuldigenden Geste.

Garini runzelte die Stirn. »Aber sie könnte über das Schiff erreicht werden.«

»Sie hat uns den Namen des Schiffes nicht mitgeteilt.« Fabbiola zuckte mit den Schultern. »Und auch sonst nichts. Sie war ziemlich auf Distanz die letzten Monate und wurde jede Minute arroganter.«

Ich muss sie erreichen. Es war zwar nicht wahrscheinlich, dass sie eine große Hilfe sein würde, aber man wusste ja nie. »Gibt es sonst noch etwas, das ich wissen müsste? Bitte denken Sie gut nach.« Garini schaute jeden der Reihe nach mit hartem Blick an. »Ich möchte nicht, dass später noch weitere Überraschungen auftauchen.«

Die Familie sah ihn mit Gesichtern an, die blank waren wie eine Mauer.

Der Feind. Ich bin der Feind. Garini bemühte sich, ein ungewohntes Gefühl von Bedauern abzuschütteln und ging zur Tür. »Ich komme wieder.«

II

Als Garini das Familienhaus der Mantonis verließ, wollte er etwas gegen eine Wand werfen. Hart. Es würde eine Menge Krach machen, und es würde in tausend Stücke zersplittern müssen, um ihm auch nur ein wenig Befriedigung zu verschaffen. *Was für ein verdammtes Durcheinander.* Er fühlte sich missbraucht, für fremde Zwecke eingespannt, in die Irre geführt, und er wusste nicht, ob er auf Carlina wütend sein sollte, einfach nur weil sie Teil dieser Familie war, oder ob er auf alle anderen wütend sein sollte. War ja auch egal, denn für sie hatte die Familie ja eh immer die allerhöchste Priorität. Er ballte die Faust und stieg auf sein Motorrad, dann startete er es mit einem unnötig starken Tritt. Warum hatte sie ihm nicht vertraut? Warum hatte sie sich dazu bereiterklärt, ihn im Kreis zu führen?

Plötzlich sprach eine leise Stimme in ihm, die, die immer Carlinas Seite einnahm. *Weil sie wusste, was es für eine schwierige Situation für dich werden würde. Sie hat sich nicht dafür entschieden, die Leiche zu verstecken.*

Er konnte nicht anders, er musste der inneren Stimme einfach widersprechen. »Aber immerhin hatte sie die Wahl, und sie hat sich dafür entschieden, den Mund zu halten und an der Scharade mitzuwirken.« Er war weit über der Geschwindigkeitsbegrenzung, als er um die Kurve der Piazza di Santa Croce fegte.

Hättest du nicht dasselbe getan?

Er zog es vor, auf diese Frage nicht zu antworten. *Verdammt.* Er vermisste sie jetzt schon. Sie schien so niedergeschlagen, besiegt auf allen Ebenen. Würde die Familie ihr wieder Vorwürfe machen? Er würde ihre Mutter mit Freude mit blanken Händen erwürgen.

Du bist ein toller commissario, sagte die Stimme böse in ihm. *So kühl und gefasst. Gib's zu – du bist jetzt, wo du weißt, dass er halb nackt in Carlinas Wohnung herumsprang, in einer schwierigeren Situation als zuvor.*

Garini drehte den Motor so auf, dass er brüllte. Sein Chef würde ein Fest feiern. Verdammt, verdammt, verdammt. Was um alles in der Welt sollte er in den Bericht schreiben? Konnte er es weglassen? Einen Tag lang – vielleicht zwei. Aber nicht für immer. Normalerweise hielt er seine Berichte kurz und knapp. Er hasste es, seine Zeit mit Bürokratie zu verschwenden. Vielleicht sollte er der alten Regel folgen, die er mal von einem Manager gelernt hatte: Wenn die Zahlen, die du präsentieren musst, nicht so sind, wie du sie gern hättest, und wenn du sie nicht fälschen kannst, dann verstecke sie unter einer Million unnötiger Details, sodass keiner die hässliche Wahrheit mehr entdecken kann. Vielleicht musste er so vorgehen. Wenn er genügend nervige Abschweifungen einbaute und sich in unnötiger Länge über jedes einzelne Alibi ausließ und den Fundort der Leiche nur so ganz nebenbei irgendwo einbaute, in einem Halbsatz am Ende des Berichtes, dann wäre Cervi vielleicht schon eingeschlafen, bevor er zu den saftigen Stückchen vordringen konnte.

Er biss die Zähne zusammen. Aber noch nicht. Noch würde er gar nichts sagen. Er würde dieser Sache auf den Grund gehen, komme, was da wolle, und wenn die ganze Familie gesammelt ins Gefängnis musste, dann war es eben so.

Er raste um eine Straßenecke, an einem Zeitungskiosk vorbei, der über und über mit Zeitungen behangen war. Der Besitzer, ein schwarzhaariger Mann mit einem großen Schnurrbart, hing gerade ein Magazin mit einer knalligen Überschrift auf. »Prinzessin will Scheidung!« Garini schaute weg. Er wollte gar nicht darüber nachdenken, wie die Schlagzeilen ausfallen würden, wenn dieser Fall an die Öffentlichkeit drang. Er fuhr weiter durch die engen Straßen, viel zu schnell. Das Geräusch des Motors hallte von den historischen Häuserwänden laut wider. Endlich kam er in die Via de' Tornabuoni und fegte an Temptation vorbei. Was für eine absolute Frechheit von Valentino, ein Paar Boxershorts von Carlina zu kaufen und dann zu versuchen, sie damit zu verführen. Er hätte wissen müssen, dass ihn das nicht ans Ziel bringen würde.

Garini runzelte die Stirn und stockte. Glaubte er das wirklich?

Er prüfte seine Gefühle noch einmal. Ja. Er vertraute Carlina mehr, als er jemals jemandem vertraut hatte. Wenn sie ihm sagte, dass sie Valentino nicht haben wollte und alles getan hatte, um seine Annäherungsversuche abzuweisen, dann glaubte er das ohne den Schatten eines Zweifels.

Weil du es glauben willst, sagte etwas in ihm. *Du bist ein Idiot.*

Nein. Weil du weißt, dass du ihr absolut vertrauen kannst. Die beharrliche Gegenstimme in ihm war völlig überzeugt. *Sie ist eben anders als alle anderen.*

Kapitel 7

I

»Es ist ja wohl völlig klar, dass dieser Mann nicht gut genug für dich ist.« Fabbiola verschränkte die Arme vor der Brust, sobald Garini Benedettas Küche verlassen hatte.

Die Worte taten Carlina fast physisch weh. Sie fühlte sich schon völlig durchlöchert von den ganzen Emotionen und wollte sich nur noch in ein Schneckenhaus zurückziehen und nie wieder herauskommen. Wenn bloß Valentino nicht in ihrer Wohnung ermordet worden wäre. Der Mörder hatte ihren Rückzugsort entweiht, und jetzt fühlte sie sich wie eine Maus in Panik, weil der Eingang zu ihrem Mauseloch verschlossen war.

»Was für ein Loser.« Annalisa schüttelte ihr rotes Haar. »Er hätte wirklich wissen müssen, dass du viel zu gradlinig bist, um direkt vor seiner Nase eine Affäre anzufangen.« Irgendwie klang es wie eine Beleidigung, als ob Carlina zu einfach gestrickt wäre, um etwas so Abenteuerliches zu wagen.

Carlina schluckte, aber sie unternahm keinen Versuch zu antworten.

»Das verstehe ich übrigens gar nicht.« Benedetta runzelte die Stirn. »Ich meine, ihr habt so glücklich gewirkt, und dann bekommt er einen Anfall, nur weil Valentino in deiner Wohnung gefunden wurde. Das ist doch wohl nicht dein Fehler, oder? Ich finde, er hat völlig überreagiert.«

Ernesto warf seiner Mutter einen entsetzten Blick zu. »*Mamma*, bist du verrückt geworden? Jeder Mann würde wild werden, wenn er hört, dass ein halb nackter Typ in der Wohnung seiner Freundin erstochen wurde.«

Rafaele nickte in seiner langsamen Art. »Stimmt. Ich meine … nur natürlich.«

»Und den Teil mit dem Champagner kannte er ja noch nicht mal, oder?«, fuhr Ernesto fort. »Wenn er das gehört hätte, hätte er keine einzige Minute lang geglaubt, dass Valentino dort in völlig unschuldiger Mission unterwegs war.«

»Seine Mission, wie du es nennst, war alles andere als unschuldig«, unterbrach ihn Carlina. Ihre Stimme klang rau. »Aber ich war es. Es war nicht mein Fehler, dass er sich auf einmal auf mich konzentrierte, und ich habe wirklich alles getan, um ihn loszuwerden. Ich habe ihm sogar den dreifachen Preis für diese dämlichen Boxershorts abgeknöpft. Ich hatte keine Ahnung, dass er auf mich wartete.«

Emma klatschte in die Hände. »Gut gemacht, Carlina!«

Maria starrte Carlina an. »Du meinst du … du hast gar nicht …?«

Carlina schlang die Arme um ihren Körper. »Ja, genau das meine ich. Und ob ihr es glaubt oder nicht, ist völlig egal, denn das Einzige, was zählt, ist Garinis Meinung über mich. Ich habe keine Ahnung, wie ich ihn vom Gegenteil überzeugen kann.« Plötzlich liefen Tränen über ihr Gesicht.

»Wir werden dir alle helfen«, sagte Fabbiola. »Obwohl ich nicht denke, dass er dich verdient, wenn er dir noch nicht mal ein kleines bisschen vertraut.«

»Die Fakten sprechen ja eine ziemlich deutliche Sprache.« Carlina klang bitter.

Rafaele nickte wieder. »Kein Wunder, dass er's missverstanden hat. Nur logisch.«

»Es tut mir leid, Carlina.« Onkel Teo senkte den Kopf. »Es war mein Fehler.«

»Ja, das war es«, sagte Fabbiola. »Aber das ist jetzt auch egal, denn immerhin ist Valentino jetzt tot, und das ist schon mal ein guter Anfang. Den Rest bekommen wir auch noch hin.«

Ein Schauer durchlief Carlina. »Und wie willst du den Rest hinbekommen, *mamma?*«

Fabbiola richtete sich auf. »Ich werde eine Falle stellen. Eine Mörderfalle. Ich bin schon total genervt von dem Mörder, weil er dich in diese unmögliche Lage gebracht hat. Aus irgendeinem Grund möchte er, dass du dich von dem *commissario* trennst, aber obwohl wir das wissen, bringt es uns im Moment nicht weiter. Jetzt wird er es aber mit mir zu tun bekommen.« Sie zeigte mit dem Daumen auf ihre Brust. »Du wirst schon sehen. Ich werde dem *commissario* den Mörder auf einem Silbertablett servieren, und dann werden wir mal sehen, was er zu sagen hat!«

II

»Hier spricht Abdallah Mahmoud El Arcantiff.« Die kultivierte Stimme klang höflich, aber distanziert. »Sie baten um meinen Rückruf, *commissario?*«

»Ja, vielen Dank.« Garini zog seinen Stuhl näher an den Tisch und schnappte sich einen Bleistift. »Ich muss Sie einige Dinge zu Ihrem Angestellten Valentino Canderini fragen.«

»Unser ehemaliger Angestellter.« Herr El Arcantiff unterbrach ihn mit einem strengen Unterton in seinem britisch angehauchten Englisch.

»Ihr ... ehemaliger Angestellter? Ich dachte, er arbeitet noch für Sie.«

»Oh nein, *commissario*.« Die höfliche Stimme klang geduldig. »Bei der Golden Crown Middle-East Banking Corporation arbeiten keine Halunken.«

Garini hob die Augenbrauen. »Was ist geschehen?«

»Herr Canderini hat eine Menge Charme, und wir haben große Hoffnungen in ihn gesetzt, dass er unser Geschäft voranbringen würde, doch unglücklicherweise zog er es vor, in die eigene Tasche zu arbeiten.«

»Was genau hat er getan?«

»Er hat Firmengelder unterschlagen.« Die höfliche Stimme klang trocken.

»Wann haben Sie das herausgefunden?«

»Ungefähr sechs Monate nachdem wir ihn eingestellt hatten.«

»Und wie lange ist das her?«

»Letzten Donnerstag.«

Letzten Donnerstag! Heute war Dienstag, und er hatte Valentino auf Ernestos Geburtstagsparty am Sonntag getroffen. »Er muss das Land ja sofort verlassen haben.«

»Das ist keine Überraschung. Als wir die Zusammenarbeit beendeten, haben wir ihn höflich gebeten, innerhalb von drei Tagen auszureisen.«

»Sie haben ihn gebeten, das Land zu verlassen?« Garini runzelte die Stirn. *Haben Sie denn das Recht dazu?*

»Ja, das taten wir. Ich weiß, dass die Dinge in Europa ein wenig anders laufen, aber wir sind hier eine eng verwobene Gemeinschaft, und wir haben einen Ruf, den wir erhalten möchten. Also war es ganz normal, dass sein Visum in dem Augenblick beendet wurde, in dem wir das Arbeitsverhältnis aufgelöst haben.« Herr El Arcantiff räusperte sich leise. »Sehen Sie, der Bruder unseres Geschäftsführers hat eine wichtige Position im Ministerium inne.«

Wie praktisch. Garini war froh, dass er diese Familie nicht in einem Mordfall vernehmen musste. Obwohl das auch nicht viel schlimmer als bei den Mantonis sein konnte. Ein bitteres Gefühl stieg von seinem Magen aus in ihm hoch. Mit Mühe konzentrierte er sich wieder auf das Gespräch. »Haben Sie Ihr Geld zurückbekommen?«

»Ja.« Wieder dieses leise Räuspern. »Nach einigen Transfer-Geschäften war wieder alles in Ordnung.«

Er wünschte, er wüsste mehr über die Finanzwelt. »Was meinen Sie mit ›Transfer-Geschäften‹?«

»Ich bedauere es sehr, *commissario*, aber ich kann diese Themen nicht am Telefon besprechen. Könnten Sie mir vielleicht erst sagen, warum Sie mich angerufen haben?«

»Valentino Canderini wurde erstochen.«

»Wirklich?« El Arcantiff klang ganz entspannt. »Wie ausgesprochen ... passend. Es überrascht mich nicht.«

»Kennen Sie jemanden, der den Wunsch gehabt haben könnte, Herrn Canderini zu töten?«

»Basierend auf der kurzen Zeit, in der ich ihn erleben durfte, könnte ich mir gut vorstellen, dass es eine größere Anzahl von Leuten gibt, die Herrn Canderini gern umgebracht hätten.« Er klang präzise und emotionslos. »Aber ich bezweifle, dass sie ihm bis nach Italien gefolgt sind.«

»Könnten Sie mir einige Namen nennen?«

»Ich fürchte, nein.«

Garini zögerte. Er wusste, dass er wenig Chancen hatte, am Telefon weitere Informationen zu erhalten, aber er musste es wenigstens versuchen. »Den betroffenen Personen haben keine Schwierigkeiten zu befürchten, wenn sie unschuldig sind. Ich möchte nur herausfinden, ob jemand, der Valentino Canderini aus Dubai kannte, zeitlich passend ins Land gekommen ist.«

»Ich verstehe durchaus, dass das Ihre Absicht ist, *commissario*, aber meine Antwort ändert sich dadurch nicht.«

»Möchten Sie denn nicht herausfinden, wer Herrn Canderini umgebracht hat?« Garini stellte sicher, dass seine Stimme ruhig und ausgeglichen klang.

»Aber ganz und gar nicht, *commissario*. Ich finde, es ist ausgezeichnete Arbeit gewesen.« Zum ersten Mal klang es, als ob er lächeln würde. »Falls Sie den Mörder finden, möchte ich Sie bitten, meine herzlichsten Glückwünsche zu übermitteln.«

Garini hatte kaum aufgelegt, immer noch den Kopf schüttelnd, als die Tür sich öffnete und Roberto ins Büro hüpfte. Garini beäugte den Pathologen misstrauisch. Er fühlte sich gerade nicht in der Stimmung, Robertos unumstößlich gute Laune auszuhalten.

»Ich wusste, dass ich dich hier finden würde!« Roberto schaute ihn missbilligend an. »Es ist jetzt Zeit, zum Mittagessen zu gehen. Eigentlich ist es schon viel zu spät, darum sind alle anderen schon weg, aber ich war gerade mit deinem kleinen Projekt durch und dachte mir, ich locke dich nach draußen und erzähle dir meine Neuigkeiten bei einem schönen Teller Pasta.«

Garini seufzte. »Warum um alles in der Welt bist du eigentlich Pathologe geworden, Roberto? Du liebst es doch, zu reden und herumzualbern. Beides brauchst du in deinem Beruf nicht.«

Roberto grinste. »Du meinst, ich hätte eher Profi-Clown werden sollen?« Er schwenkte die Arme durch die Luft. »Das ist nichts für mich, mein Freund. Ich habe noch eine andere, größere Leidenschaft. Ich nehme gern Dinge auseinander.«

Garini stand auf und nahm seine Lederjacke. Vielleicht war Mittagessen gar keine so schlechte Idee. Es würde ihn wenigstens von Carlina ablenken. »Verstehe. Also, was hast du mir zu erzählen?«

Roberto folgte ihm aus dem Büro und sprach weiter, ohne auch nur einmal Luft zu holen. »Nichts Spektakuläres, leider. In der Tat bin ich ganz schön enttäuscht von dir. Ich hatte auf etwas gehofft, was ein wenig ungewöhnlicher, raffinierter ist, wie der vergiftete Großvater vor einigen Monaten. Aber in diesem Fall hier ist alles so normal, offensichtlich und einfach, dass es himmelschreiend langweilig ist.«

Sie verließen die Polizeistation und überquerten die *piazza*. Garini fühlte die warmen Strahlen der Frühlingssonne auf seinem Gesicht und holte tief Luft. Es war frisch und kühl, und die Luft roch nach den Mimosen, die in einem blühenden Terrakottatopf standen, an dem sie vorbeigingen. Bald würde er seine Lederjacke in den Schrank hängen können. *Gott sei Dank.* Er hatte sich auf den Frühling gefreut, hatte geplant, mit Carlina zur Küste zu fahren, nur sie zwei, auf seinem Motorrad. Er versuchte, den Gedanken zur Seite zu schieben.

»Also, hier sind die langweiligen Fakten.« Roberto hatte nicht gemerkt, dass Garinis Gedanken weit weg gewandert waren. »Das Messer wurde in einem Winkel gehalten, der leicht von oben kam, und es wurde mit großer Kraft gestoßen.«

»Das klingt, als ob der Mörder größer war als das Opfer.«

»Das ist nicht schwer, wenn das Opfer klein ist.«

Garini nickte. »Es ist komisch, aber als ich ihn traf, ist mir nicht aufgefallen, dass er so klein war.«

»Ich bin sicher, dass Napoleon tot noch viel kleiner wirkte als zu Lebzeiten. Es ist ziemlich faszinierend zu sehen, dass die echte Größe eines Menschen wenig damit zu tun hat, wie er wahrgenommen wird.« Roberto richtete sich gerade auf, sodass er bis an Garinis Schulter reichte. »Jeder weiß, dass kleine Männer Macht haben, und daher bleibt eher dieser Umstand hängen als die nackten Tatsachen.« Roberto ging mit stolzgeschwellter Brust weiter. »Das Messer traf das Brustbein mit so viel Kraft, dass ein Stück abgetrennt wurde. Dadurch änderte es den Kurs und traf direkt ins Herz.«

»Glaubst du, dass anatomische Grundkenntnisse nötig waren, um das Messer zu genau diesem Punkt zu führen?«

»Nicht wirklich.« Roberto warf im Gehen seine Beine nach vorne, als ob er sich gerade vorstellte, Napoleon während einer Festparade zu sein. »Jedes Kind weiß, wo das Herz sitzt. Der Rest ist einfach, wenn du nah genug dran bist. Er ist fast auf der Stelle gestorben.«

»Aber es war nur ein einziger Stich.«

Roberto zuckte die Schultern. »Möglichkerweise war der Mord gar nicht das Ziel. Vielleicht hatte das Opfer einfach nur ein wenig Pech, weil der Mörder den perfekten Punkt traf.«

»Wenn man jemandem ein Messer genau ins Herz sticht, sollte man allerdings nicht überrascht sein, dass diese Person tot umfällt. Ich würde das nicht als Glücksfall bezeichnen, sondern als logische Konsequenz.«

»Wie auch immer.« Roberto schien das Interesse zu verlieren. »Habt ihr denn Fingerabdrücke auf dem Messer gefunden?«

»Nein. Jemand hatte es sorgfältig gereinigt.« Sie hatten sogar seine Schuhe abgewischt, nachdem sie sie ihm angezogen hatten. Die Mantonis überließen nichts dem Zufall.

»Schade.« Roberto bewegte die Ellenbogen zackig vor und zurück, als ob er immer noch auf der Militärparade sei. »Ich habe dir schon gesagt, dass der Tod ungefähr eine Stunde bevor wir ihn fanden eintrat, oder?«

»Ja.« Damit blieb nur eine halbe Stunde Zeit, bevor die Mantonis ihn gefunden hatten. Der Mörder hatte mit dem ganzen Haus voller Leute ein hohes Risiko auf sich genommen.

»Hast du zwischenzeitlich herausgefunden, wo er wirklich ermordet wurde?«

Garini zögerte, dann entschloss er sich zu einer Lüge. »Nein.«

»Er stand übrigens, als er erstochen wurde. Das konnte ich an den Druckstellen an seinem Hinterkopf erkennen. Es kann sein, dass er rückwärts stolperte und dann hinfiel.«

»Sonst noch etwas, was ich wissen sollte?«

Roberto schüttelte den Kopf. »Nein. Ich wünsche dir viel Glück. Es scheint ja so, als ob das Opfer nicht wirklich vermisst werden würde, oder?«

Garini drehte sich zu ihm um und runzelte die Stirn. »Woher weißt du das?«

Roberto grinste. »Hat Sergio mir gesagt. Ganz schön blöd, die Familie der eigenen Freundin untersuchen zu müssen, oder?«

»Hmm.« Garini war nicht in der Stimmung, das Thema zu diskutieren. Er suchte noch nach einem Themenwechsel, als sein Telefon klingelte. »Entschuldige bitte, Roberto.« Erleichtert fischte er sein Handy aus der Tasche und schaute aufs Display. Vielleicht war es ja Carlina? *Nein.* Er unterdrückte einen Seufzer. Sein Assistent Piedro. *Na endlich.* »Sprich, Piedro.«

»Sind Sie das, *commissario?*«

»Ja.« *Wer sollte denn sonst am Telefon sein?*

»Ich komme gerade von diesem Rechtsanwalt zurück, den ich besuchen sollte.«

»Ja?«

»Soweit der Anwalt weiß, hat Valentino Canderini kein Testament gemacht.«

»Und du bist sicher, dass du mit dem richtigen Anwalt gesprochen hast, dem, der die Familienangelegenheiten erledigt?«

»Ja. Ich habe ihn extra gefragt, und er sagte, er habe alle Angelegenheiten übernommen, die mit der Familie Canderini zu tun haben, aber er hat Valentino nicht gesehen, seit er vor etwa einem Jahr nach Dubai gegangen ist.«

»Und wer ist sein Erbe?«

»Seine Mutter. Sein Vater starb vor langer Zeit.«

»Und seine Mutter ist immer noch irgendwo auf einem Schiff, unerreichbar. Klasse.« Garini runzelte die Stirn, als er auflegte. Eine weitere Sackgasse. Er konnte sich nicht vorstellen, dass Alberta Canderini ihren einzigen Sohn getötet hatte. Sie hatte eine scharfe Zunge und war beim Rest der Familie nicht allzu beliebt, aber ganz abgesehen davon, dass sie Tausende von Kilometer entfernt auf einer Kreuzfahrt war, fehlte ihr auch jegliches Motiv. Da waren die Mantonis, die Gefahr liefen, aus ihrem Haus vertrieben zu werden, sehr viel verdächtiger.

»Du siehst gefährlich aus, wenn du die Stirn runzelst«, sagte Roberto. »Schlechte Nachrichten?«

»Nein.« Garini hatte keine Lust, die Situation zu erklären.

»Aber -«

Garinis Telefon klingelte erneut. »Tut mir leid, Roberto.« Wieder schaute er prüfend auf das Display. Sein Herzschlag beschleunigte sich. »Carlina?«

»Ja.« Ihre Stimme klang flach. »Es gibt Neuigkeiten. Könntest du bitte sofort in meine Wohnung kommen?«

Kapitel 8

»Danke, dass du so schnell gekommen bist.« Carlina öffnete die Tür zu ihrer Wohnung und ließ Garini herein. *Wie böse er aussieht.* Sie fühlte sich völlig verloren, als er sie nicht berührte, nicht lächelte.

Seine hellen Augen scannten den Raum, als erwartete er, dass jemand mit einer Waffe aus einer versteckten Ecke auf ihn zuspringen würde.

»Ich kam zum Mittagessen bei Benedetta nach Hause und schaffte es, Tomatensoße auf meine Bluse zu kleckern. Also ging ich nach oben, um mich umzuziehen, aber als ich meine Handtasche auf den Beistelltisch fallen ließ, fiel mein Portemonnaie heraus, und die Münzen rollten unter den Sessel dort, der mit der Decke im Leopardenfellmuster.«

Er schaute sie aufmerksam an. »Und?«

»Also ging ich auf die Knie und fing an, sie einzusammeln. Aber hinter dem Sessel, halb darunter geschoben, fand ich etwas.« Ihr Hals schmerzte. Alles schmerzte, wenn sie mit ihm reden musste, als wäre er ein Fremder. »Ich habe es nicht angefasst.«

Mit zwei großen Schritten war er hinter dem Sessel und beugte sich nach unten. »Die fehlende Ledertasche.«

»Ich habe sie noch nie zuvor gesehen«, sagte Carlina. »Aber ich denke, dass es die Tasche ist, die Onkel Teo und Benedetta erwähnt haben, die, die Valentino mit sich herumtrug, als sie ihn zuletzt sahen. Vielleicht ist sie dahinten hingeschoben worden, als sie ...« Sie schluckte, dann fuhr sie mit zusammengebissenen Zähnen fort: »Als sie die Leiche weggeschafft haben. Aber sie hatten ja gesagt, dass die

Tasche so aussah, als ob sie prall gefüllt sei, und jetzt sieht sie ganz zusammengefallen aus.«

Garini nahm ein Taschentuch aus seiner Jacke und zog die Tasche vorsichtig zu sich. Dann öffnete er sie und schaute hinein. »Ja, sie ist leer«, bestätigte er. »Hast du eine Ahnung, was sich darin befunden haben könnte?«

Carlina antwortete nicht.

Er schaute hoch. »Was ist? Du weißt mehr, oder?«

Sie holte tief Luft. »Ich glaube, ich weiß, was drinnen war.«

Er hob die Augenbrauen und richtete sich langsam auf. »Ja?«

Carlina schluckte. »Er ... ich ... ich glaube, er brachte eine Flasche Champagner und einen Sektkühler mit.«

Sein Gesicht wurde hart wie eine hölzerne Maske. »Ach ja? Und wo sind diese interessanten Accessoires jetzt?«

»Die ... die Flasche war mit Blutspritzern übersät.« Carlina fühlte sich, als ob jedes Wort einen Nagel in ihren Sarg schlagen würde. »Sie stand da drüben auf dem Fußboden. Also hat die Familie sie natürlich entsorgt.«

»Natürlich.« Seine Stimme klang trocken. »Wo haben sie sie denn entsorgt?«

»Sie haben sie ausgetrunken, und dann hat *mamma* die Flasche noch am gleichen Abend in einen Glascontainer geworfen.«

»Es war eine geschäftige Nacht für euch alle.«

Sie entschied sich, das zu überhören. »Und den Sektkühler haben sie zurück in Onkel Teos Küche gebracht, nachdem sie ihn gewaschen hatten. Da kam er ursprünglich auch her.«

Sein Blick war hart. »Wusstest du, dass Valentino dich an dem Abend besuchen würde?«

»Nein.« Ihre Stimme klang brüchig. »Das habe ich dir schon gesagt. Ich hatte keine Ahnung. Ich mochte ihn nicht, und das hatte ich ihm auch ausdrücklich gemacht. Aber er war dickhäutig wie ein Rhinozeros.« Ein Gefühl der Hilflosigkeit überschwemmte sie. »Ich bin mir schon im Klaren, dass das alles total unglaubwürdig klingt, aber es ist die reine Wahrheit.«

»Warum bist du an dem Abend nicht mit mir essen gegangen?«

Carlina presste die Lippen zusammen.

»Carlina?«

Sie schlang sich die Arme um den Körper und wandte den Blick ab. »Ich hatte Angst davor, was meine Familie tun würde, und wollte sie im Auge behalten.«

Er hob eine Augenbraue. »Bitte sag mir nicht, dass sie seinen Tod geplant haben.«

Carlina starrte auf ihre Fußspitzen. Die Anrufe des Nachmittags schossen wie Fetzen durch ihren Kopf. *Wir könnten ihn versehentlich vergiften ... Ich werde mich von ihm verführen lassen, und das Messer wird einfach herunterfallen ...* Sie holte tief Luft. »Na ja, du kennst sie ja.«

»Du meinst, sie haben es wirklich geplant?«

Sie nickte.

»*Madonna.*« Er fuhr sich mit der Hand durchs Haar. »Weißt du, wer ihn umgebracht hat, Carlina? Bitte lüg mich nicht an. Bitte.« Sein Blick hielt sie fest.

»Nein, ich weiß es nicht.« Ausnahmsweise einmal war sie froh, antworten zu können. »Ich habe wirklich keine Ahnung. Ich wünschte, ich wüsste es.« Sie straffte die Schultern. »Ich glaube allerdings nicht, dass es *mamma* war.«

»Warum nicht?«

»Weil sie total wütend über den Ort war, den der Mörder wählte. Sie sagte wieder und wieder, dass es eine völlig dämliche Idee war, den Mord in meiner Wohnung zu begehen, weil wir ... deine Unterstützung bräuchten und ... und sie nicht bekommen würden, wenn du denkst, dass ich dich betrogen habe.«

»Du meinst, sie hätte absolut nichts gegen den Mord einzuwenden gehabt, wenn der Mörder Valentino nur irgendwo anders umgebracht hätte?« Seine Stimme klang trocken.

»Oh ja.«

»Großartig.« Er schüttelte den Kopf.

»Das Gleiche gilt übrigens für alle anderen Familienmitglieder«, sagte Carlina. »Es war ein wirklich dämlicher Ort, um Valentino umzubringen.«

Er schaute sie spöttisch an. »Es sei denn, jemand wollte zwei Fliegen mit einer Klappe schlagen.«

»Wie meinst du das?«

»Na, um nicht nur den unerwünschten Cousin loszuwerden, sondern gleichzeitig auch den unerwünschten Freund.«

Ein eisiges Gefühl durchfuhr Carlina. »Nein ... das ... das hätte nicht funktioniert. Der Mörder hätte wirklich wahnsinnig eingebildet sein müssen, um damit durchzukommen. Nein, wirklich, Stefano. Ich glaube nicht, dass jemand so weit gedacht hat. Sie haben sich alle darauf verlassen, dass du uns hilfst.«

»Du meinst, sie hätten den praktischeren Ansatz gewählt, indem sie mich akzeptieren, solange sie mich brauchen, und wären mich dann später in Ruhe losgeworden?«

Das ist ein Albtraum. Eine Welle der Müdigkeit überkam Carlina. Sie ließ sich in einen Sessel fallen und vergrub das Gesicht in den Händen.

»Ich kann mir auch noch ein anderes Szenario vorstellen.« Er schaute sie fest an. »Was ist, wenn deine Familie einen professionellen Killer angeheuert hat und das Briefing leider nicht ganz eindeutig war?«

»Nein.« Carlina schüttelte den Kopf. »Niemals. Das würden sie niemals tun.«

»Es sei denn, man hat einen Profikiller in der Familie. Dann würde die Sache ganz anders aussehen, oder?«

»Wir haben aber keinen Profikiller in der Familie!« Sie sprang wieder auf.

Sein Blick durchbohrte sie. »Willst du, dass der Mörder gefunden wird, Carlina?«

Sie ballte die Fäuste. »Ja, das will ich.«

»Selbst wenn es jemand aus deiner engsten Familie ist?«

Sie rieb sich die Arme, aber die Kälte ging nicht weg. »Ich ... ja. Ich glaube, dass das besser ist, als in der Luft zu hängen, und davon abgesehen ...« Ihre Stimme versagte.

»Ja?«

Sie schaute ihn direkt an. »Unsere Beziehung ist dem Tode geweiht, wenn wir den Mörder nicht finden.«

»Richtig.« Sein Gesicht verriet keinerlei Gefühl.

Ihre Stimme zitterte. »Vielleicht ist sie nach Valentinos Stunt in meiner Wohnung sowieso schon Geschichte. Ich meine ... es sieht schon verdächtig aus, und ich mache dir keinen Vorwurf, dass du kein Wort von dem glaubst, was ich sage, aber -«

»Ich glaube dir.«

Ihr Herz setzte einen Schlag aus. »Wirklich?« Sie schluckte schwer. Eine winzige Flamme der Hoffnung flackerte in ihr auf, aber sie war sich unsicher, ob sie überleben würde. »Danke.«

»Ich verstehe nur nicht, warum du mir nicht von Anfang an genug vertraut hast, um mir die Wahrheit zu sagen.«

»Aber das habe ich doch schon erklärt ...« Carlina breitete die Arme aus. »Alle werden dich auslachen, alle werden denken, dass ich dich hintergangen habe und -«

Ein Schrei hallte durch das Haus. Er war hoch und voller Panik.

Die Haare in Carlinas Nacken richteten sich auf. Sie drehte sich zur Tür und rannte los.

Kapitel 9

I

Garini überholte sie auf den Stufen.

»Es kommt aus der Wohnung von *mamma!*« Carlina bekam vor Angst kaum Luft. Was war geschehen? Der Schrei klang genauso wie der, als Valentino entdeckt worden war. Hatte Simonetta Fabbiola tot aufgefunden? *Oh nein. Nein, nein, nein. Bitte Madonna, nicht mamma.*

Sie raste die Stufen hinab, immer zwei auf einmal nehmend. Die Tür zur Wohnung ihrer Mutter war geschlossen. Mit zitternden Fingern zog sie ihren Schlüssel hervor und versuchte, ihn ins Schloss zu stecken, doch ihre Hand bebte zu sehr.

Garini bedeckte ihre Hand mit seiner, warm und fest, und half ihr.

Der Schrei explodierte fast in ihren Ohren, als die Tür aufsprang. Von unten hörte man rennende Schritte, ängstliche Stimmen, Fragen. Carlina stürmte in die Küche ihrer Mutter, direkt auf den Fersen von Garini.

Simonetta stand in der Mitte des Raumes, ihren Blick auf die grob gewebten Säcke gerichtet, die in der Ecke lagen. Ihr Zeigefinger war ausgestreckt, und ihr ganzer Körper bebte. »Dort, dort!«

Carlina musste ihren ganzen Mut zusammennehmen, um hinzusehen. War ihre Mutter in einem dieser Säcke, tot? Ihr Magen drehte sich um.

Garini nahm Simonettas Arm in einen festen Griff. »Ruhe!« Seine Stimme war laut und entschieden.

Simonetta schluckte und starrte ihn mit weit aufgerissenen Augen an. »Ich …« Sie holte zitternd Luft.

Carlina riss sich zusammen und öffnete den Sack.

Er war halb gefüllt mit Korn.

Unschuldige, kleine, braune Weizenkörner.

Nichts Ungewöhnliches.

Sie schaute hoch, ihr Gesicht vor Überraschung blank. »Was ist denn bloß los?«

Simonetta machte einen Schritt zurück. »Es ist so eklig.«

Carlinas Blick traf auf Stefanos. Sie konnte sehen, wie ungeduldig er war, weil Simonetta so ein Theater machte, und für eine Sekunde fühlte es sich wieder an, als ob sie ein Paar wären.

»Erzähl uns, was geschehen ist, Simonetta.« Ihre Stimme klang ruhig.

»Ich habe den Sack geöffnet, um mehr Korn herauszuholen, damit wir es für das Brot morgen mahlen können, und ... und ich fand ...«

Carlina hielt die Luft an. »Was hast du gefunden?«

Simonetta schüttelte sich. »Käfer.«

»Käfer?« Carlina traute ihren Ohren nicht. »Das ist ja wohl nicht dein Ernst.«

»Oh doch.« Simonetta zeigte auf den Sack. »Schau doch mal genau hin. Sie sind klein und glänzend und schwarz. Es sind Tonnen!«

Carlina schaute in den Sack. Sie sah gar nichts. Vorsichtig schüttelte sie die Körner ein wenig zur Seite und zuckte zurück. Tatsächlich, ein schwarzer Käfer krabbelte durch das Korn. »Igitt.«

Fabbiola brach wie ein Orkan durch die Tür. »Was ist hier los?«

Simonetta zeigte wieder anklagend auf den Sack. »Käfer!« Ihre beeindruckende Stimme füllte das ganze Haus. »Wir haben Käfer im Korn!«

Fabbiola presste die Hand aufs Herz. »Oh nein.« Mit gerunzelter Stirn schaute sie in den Sack, den Carlina ihr hinhielt. »Davon habe ich schon gelesen. Das ist nicht gut. Gar nicht gut. Was sollen wir bloß tun?«

Ernesto schlitterte durch die Tür. »Was ist passiert?« Seine Augen waren weit geöffnet. Hinter ihm steckte Rafaele den Kopf in den Raum.

»Simonetta hat schwarze Käfer in den Körnersäcken gefunden.« Carlina unterdrückte ein nervöses Kichern.

Ernestos Mund blieb offen stehen. »Was?« Er schaute Simonetta vorwurfsvoll an. »Und deshalb schreist du Zeter und Mordio? Nur wegen ein paar Käfern?«

»Sie sind eklig.« Simonetta hob das Kinn.

»Ach.« Ernesto warf seinem besten Freund einen Blick zu, der Bände sprach.

Rafaele bewegte sich mit seiner typisch langsamen Art auf den Sack zu und schaute hinein. »Sieht wie'n Kornkäfer aus. Hatte meine Mutter schon mal.«

»Was hat sie gemacht, um sie loszuwerden?«, fragte Fabbiola.

»Schreien hat nicht geholfen.« Rafaele runzelte nachdenklich die Stirn.

Carlina unterdrückte ein Lachen. Rafaele hatte noch nicht mal ironisch geklungen.

Simonetta richtete sich zu ihrer vollen Größe auf. »Ich habe nicht geschrien, um die Käfer zu verjagen.«

»Nein?« Rafaele zuckte mit den Schultern. »Ich dachte, das sei der Grund gewesen.«

»Hast du genauso geschrien, als du Valentino gefunden hast?«, fragte Ernesto neugierig.

»Ja«, antwortete Carlina. Die Sache fing an, ihr Spaß zu machen. »Genau so.«

»Du solltest vielleicht an deinen Schreien arbeiten«, riet Rafaele Simonetta. »Ist ja klar, dass du die Leute verwirrst, wenn du genau gleich schreist, egal ob Käfer oder Mord.«

Carlinas Blick traf auf den von Garini. Sie schüttelte sich vor unterdrücktem Lachen. Er rollte die Augen.

Fabbiola schaute von ihrer Tochter zu Garini und schien ihn jetzt erst zu bemerken. »Was machen Sie denn hier, *commissario*?«

»Ich habe mit Carlina gesprochen«, antwortete er.

»Worüber?«

»Ihr müsst das Korn waschen«, sagte Rafaele.

Fabbiola zuckte zusammen. »Das Korn waschen? Warum?«

»Um die Käfer loszuwerden. Sie ertrinken dann.«

»Aber wir haben drei Säcke voller Korn!« Fabbiola war entrüstet. »Wie um alles in der Welt sollen wir das denn alles waschen?«

»Im Badezimmer.« Rafaele klang wie ein Käfer-Experte. »Und dann müsst ihr die Käfer umbringen, die versuchen davonzuschwimmen.«

Fabbiola fielen fast die Augen aus dem Kopf. »Was?«

Rafaele schien ihre Reaktion nicht zu bemerken. Er war offenbar schwer mit einem Gedanken beschäftigt und starrte vor sich hin wie jemand, der sich an eine besonders wichtige Sache erinnern muss.

»Ich glaube, es ist besser, wenn du alles wegwirfst«, sagte Carlina.

Fabbiola sprang ihr fast ins Gesicht. »Bist du wahnsinnig geworden, Carlina? Auf der ganzen Welt verhungern Menschen, und du willst perfekte Körner wegwerfen?«

»Sie sind nicht perfekt«, sagte Carlina. »Sie sind von Ungeziefer befallen.«

Fabbiola ließ die Schultern hängen. »Es ist fürchterlich.«

Simonetta, die ohne Erfolg versucht hatte, ein Wort in die Unterhaltung zu quetschen, nutzte die entstandene Pause. »Ich kann nicht auf Kommando schreien.«

»Kannst du nicht?« Rafaele beäugte sie überrascht. »Dachte, du bist Opernsängerin. Ist das Schreien auf Kommando denn nicht dein Beruf?«

»Wir müssen Maria um Hilfe bitten.« Fabbiola klatschte entschieden in die Hände. »Und dann waschen wir das Korn gemeinsam.«

Rafaele schaffte es, sich wieder auf die Körner-Problematik zu konzentrieren, und nickte langsam. »Jetzt erinnere ich mich. Ihr müsst es trocknen. Nach dem Bad, meine ich.«

»Das Korn?« Fabbiola starrte ihn an.

»Natürlich. Was denn sonst? Auf großen Bettlaken.« Rafaele nickte wieder.

»Vielleicht sollten wir schwarze Laken nehmen.« Carlina konnte sich die Bemerkung nicht verkneifen. »Dann merken wir wenigstens nicht, wenn die Käfer wiederkommen. Natürlich nur, falls sie sich nicht bewegen.«

»Igitt.« Simonetta verzog das Gesicht. »Wie ekelhaft.«

»Ihr müsst die Körner auch von Zeit zu Zeit wenden«, fuhr Rafaele fort. »Um Schimmel zu vermeiden.«

»Das klingt ja nach nem Vollzeitjob.« Ernesto schaute die Säcke mit wachsendem Respekt an.

»*Mamma*, ich weiß, dass Menschen hungern, aber meinst du nicht, es ist besser, wenn wir das Ganze sofort loswerden?« Carlina schaute ihre Mutter an. »Ich möchte kein Ungeziefer im Haus haben.«

Fabbiola nahm die Schultern zurück. »Ich weigere mich, etwas so Unmoralisches zu tun. Man wirft Lebensmittel nicht einfach weg.« Sie beugte sich über die anderen Säcke. »Außerdem wissen wir ja noch gar nicht, ob alle drei Säcke betroffen sind oder ob es nur einer ist.«

Eine Hand griff nach Carlina und zog sie unauffällig zur Seite.

Überrascht schaute sie auf.

Garini machte mit dem Kopf eine Bewegung Richtung Tür.

Sie lächelte und folgte ihm nach draußen.

Er nahm sie bei den Schultern. »Deine Familie ist nicht normal.«

»Ich weiß.« Sie grinste. »War es nicht großartig? Ich dachte, ich falle tot um, als Simonetta ›Käfer‹ sagte. Ich hatte etwas absolut Unaussprechliches erwartet.«

»Ich habe schon gesehen, dass du dich amüsiert hast.« Seine Stimme klang trocken. »Versprich mir eines.«

Ihr Herz schlug schneller. »Ja?«

»Versuche nicht mehr, die Wahrheit vor mir zu verbergen.«

Sie öffnete den Mund, aber bevor sie antworten konnte, stürzte Fabbiola aus der Wohnung.

Carlina stampfte mit dem Fuß auf.

»Da sind Sie ja, *commissario*!« Sie stemmte die Hände in die Hüften. »Sie haben immer noch nicht meine Frage beantwortet. Warum wollten Sie mit Carlina sprechen?«

»Wir haben einige Tatsachen festgehalten.«

Fabbiola runzelte die Stirn. »Tatsachen? Was meinen Sie damit?«

»Nun, zum Beispiel haben wir herausgefunden, dass es niemanden im Mantoni-Clan gibt, der sich auf bezahlten Mord spezialisiert hat.«

Fabbiolas Brust hob sich vor Empörung. »Also wirklich, ich muss schon sagen ...«

Carlina fühlte, wie die Geduld sie verließ. Sie hatte die Nase gestrichen voll davon, dass ihre Mutter sie ständig unterbrach. Sie war nun wirklich alt genug, um ihr eigenes Leben zu leben, und sie wollte Garini nicht für immer verlieren. »Ich muss Ihnen noch etwas sagen, *commissario.*« Sie sprach bewusst förmlich. »Meine Mutter hat sich entschieden, dem Mörder eine Falle zu stellen.«

Er hob die Augenbrauen. »Tatsächlich, *signora* Mantoni-Ashley?«

Fabbiola hob ihr Kinn. »Ja. Und ich verrate Ihnen gar nichts. Das ist mein Geheimnis.«

»Du bist verrückt, *mamma.*« Carlina schüttelte den Kopf. »Dies ist kein Spiel. Es kann sehr gefährlich werden.«

»Dessen bin ich mir durchaus bewusst«, sagte Fabbiola würdevoll. »Aber offensichtlich muss hier jemand mal etwas tun, denn die Polizei schafft ja gar nichts. Und meine Falle wird zuschnappen. Ganz bald.«

Garini schaute sie scharf an. »Spielen Sie nicht mit Mördern, *signora* Mantoni-Ashley. Das ist extrem gefährlich, und Sie könnten das nächste Opfer sein.«

Fabbiola schnippte mit den Fingern. »Püh.«

II

Carlina hatte es eilig, in ihr Geschäft zu kommen. Sie erhöhte die Geschwindigkeit der Vespa und fuhr um die Kurve, ihre Augen auf den Zeitungsstand an der Ecke gerichtet. Seit ihrem Fast-Unfall winkte ihr der Verkäufer immer zu, wenn sie vorbeisauste und sie winkte zurück.

Es gab ihr das Gefühl, willkommen zu sein. Heute war der Stand zwar geöffnet, aber sie entdeckte ihn nirgendwo.

Als sie schon fast vorbei war, sah sie eine schmale Frau am Straßenrand, die ihren Bauch hielt und gekrümmt dastand, als ob sie heftige Schmerzen hätte. Sie wirkte irgendwie vertraut. Carlina fuhr einen Bogen und hielt neben ihr an. »Maria!« Carlina sprang von der Vespa. »Was ist passiert? Bist du krank?«

Maria schüttelte den Kopf. Ihre hellbraunen Locken waren ihr ins Gesicht gefallen und verdeckten es fast. »Oh, Carlina.« Ihre Stimme klang schwach. »Ich bin so froh, dass du da bist.«

Carlina umarmte sie. *Wie klein sie ist, ich kann die Knochen ihrer Schultern fühlen.* »Kann ich dir irgendwie helfen?«

»Nur einen Augenblick.« Maria holte tief Luft. »Ich brauche nur einen Augenblick.« Sie richtete sich langsam auf und schaute Carlina mit tränenerfüllten Augen an. »Ich ...« Sie schluckte heftig. »Ich ... ich habe eine Leiche gefunden.«

»Was?« Carlinas Mund blieb offen stehen. »Wann? Wo? Wie?«

»Es ... es ist der Zeitungsverkäufer.« Ein Schluchzen schüttelte Maria. »Ich wollte den Quotidiano für meinen Vater kaufen, und ... und zuerst dachte ich, er sei gar nicht da. Also habe ich mich weggedreht, doch dann hat eine Schlagzeile mein Interesse geweckt und ich habe mich näher darübergebeugt und dann sah ich plötzlich, drinnen in dem Stand ...« Ihre Stimme versagte und sie schüttelte sich. »Ich sah ein Knie. Das war alles. Ich ... ich habe mich auf die Zehenspitzen gestellt.« Sie drückte sich Trost suchend an Carlina. »Ich glaube, er ist tot.«

»Du glaubst, er ist tot?« Carlina blinzelte. »Du meinst, du hast es nicht überprüft?«

»Ich ... oh nein.« Marias Zähne klapperten. »Mir war so schlecht, und dann ich zur Seite gegangen, weil alles sich drehte, und dann kamst du, also -«

»Setz dich hin.« Carlina schob sie zur Bordsteinkante. »Setz dich hier hin und beweg dich nicht.« Sie wartete, bis Maria gehorcht hatte, dann rannte sie zu dem Zeitungsstand. Ihr Magen fühlte sich wie ein harter Ball an. Sie schaute über die Auslagen hinweg, und es war, wie Maria gesagt hatte: Eine zusammengekrümmte Gestalt lag auf dem Boden. Vielleicht hatte er einen Herzinfarkt. Sie rannte um den Stand herum nach hinten und suchte den Eingang. Nichts. Jeder Zentimeter war mit Zeitungen gepflastert, und sie sah keine Tür oder Öffnung. Endlich entdeckte sie eine Klinke, halb versteckt unter einem Hochglanzmagazin. Sie drückte sie herunter und eilte nach drinnen, dann beugte sie neben dem Mann in die Hocke. Es war dunkel in dem Stand, aber sie erkannte doch ihren Freund mit dem Schnurrbart. Ihre Kehle wurde eng. Sie hatte keine Ahnung, was sie jetzt tun sollte. Mund-zu-Mund-Beatmung? Das hatte sie erst ein einziges Mal geübt, als sie vor vielen Jahren den Führerschein gemacht hatte. Ihr war schlecht. Es roch nach Druckerschwärze und nach einer anderen Sache, einer, die sie nicht sofort zuordnen konnte. Es war ... ihr Gehirn verband den Geruch in dem Augenblick mit einem Wort, als ihr Blick auf seine Brust fiel.

Blut. Das dunkelblaue Hemd des Mannes hatte einen Fleck in der Mitte und war ganz nass. Ihr Herz zog sich zusammen. Sie beugte sich nach vorne, bis sie seinen Mund fast mit ihrer Wange berührte. Atmete er noch? Sie war sich nicht sicher. Oh *Madonna*. Sie berührte sein Gesicht. Es war kühl.

Wieder brachte sie ihre Wange ganz nah an seinen Mund heran. Würde sie seinen Atem fühlen?

»Alana.« Es war nur ein Flüstern.

»Wie bitte?« Was hatte er gesagt?

Seine Wimpern flatterten. Ein Schauder durchlief ihn. Er seufzte, dann schien er zu schrumpfen.

Ein Gefühl von Panik packte Carlina an der Kehle und presste sie zu. Mit zitternden Fingern holte sie ihr Telefon hervor und drückte die Taste für Garini. Sobald er abhob, sagte sie: »Stefano, komm bitte sofort zum Zeitungsstand an der Ecke von Borgo de' Greci und Via dei Leoni. Ein Mann wurde erstochen, und ich bin nicht sicher, ob er tot ist. Bring einen Arzt mit. Bitte komm schnell.«

Sie steckte das Telefon weg und nahm die schlaffe Hand des Mannes, hielt sie ganz fest. Vielleicht würde er ja fühlen, dass er nicht alleine war. Wo war Maria? Saß sie immer noch auf dem Bürgersteig, zu geschockt, um sich zu bewegen? Carlina traute sich nicht, den Mann alleine zu lassen.

Die Tür hinter ihr öffnete sich.

Carlina drehte sich um. »Bist du das, Maria?«

»Nein, ich bin's, Simonetta.« Es wurde eng im Zeitungskiosk. »Ich sah Maria auf dem Bürgersteig sitzen. Sie sagte mir, dass dem Zeitungsverkäufer etwas passiert sei. Kann ich helfen?«

»Ich glaube, er wurde erstochen.« Carlinas Stimme zitterte. »Ich weiß nicht, was ich tun soll. Ich meine ... ich bin nicht sicher, ob er tot ist.«

»Lass mich mal sehen.« Simonetta kniete sich neben das Opfer und fühlte nach seinem Puls. »Ich ... ich fühle gar nichts.« Sie schaute Carlina unsicher an.

»Meinst du, eine Mund-zu-Mund-Beatmung würde helfen?« Carlina schluckte.

»Mit einer Messerwunde in der Brust?« Simonetta schüttelte den Kopf. »Ich glaube nicht.« Ein Schauder überlief sie. »Wir müssen die Polizei anrufen – und einen Krankenwagen.«

»Habe ich schon gemacht.«

»Gut.« Simonetta starrte auf den leblosen Mann am Boden. »Das ist so schrecklich.«

»Ja.« Carlina war kalt. »Er war nett, weißt du? Er hat mir immer zugewunken, wenn ich vorbeigefahren bin.«

Simonetta entgegnete nichts.

»Was macht Maria?«

»Nicht viel. Sie sitzt auf dem Bürgersteig und hält sich an sich selbst fest.«

»Verstehe.«

»Willst du rausgehen und mit ihr reden?«

Carlina zögerte. Aus irgendeinem Grund fühlte sie, dass sie die Hand des Zeitungsverkäufers weiter festhalten musste. »Nein.«

Bevor Simonetta antworten konnte, hörten sie das schrille Jaulen eines Krankenwagens, das rasch näher kam. Es stoppte, und eine Sekunde später hörten sie rennende Schritte. Die Tür flog mit einem Knall auf. »Machen Sie Platz.« Zwei Männer standen im Eingang.

Carlina schnappte sich Simonettas Arm und zog sie nach draußen. *Vielleicht ist Garini ja schon gekommen.* Sie wollte seine Arme um sich fühlen. *Du wirst nicht in seinen Armen liegen,* sagte eine bissige Stimme in ihr. *Vergiss nicht, dass er eure Beziehung auf Pause gesetzt hat.* Sie spürte, wie sie von Kopf bis Fuß zitterte.

Garinis Motorrad kam mit brüllendem Motor um die Ecke und hielt direkt vor ihr. Er schaute sie einmal prüfend an, dann, anscheinend zufrieden mit dem Ergebnis, drehte er sich auf dem Absatz um und rannte zum Kiosk.

Carlina ließ sich auf die Bordsteinkante neben Maria sinken. »Wie geht es dir?«

»Gut.« Marias Lippen waren weiß. Ihre Fäuste waren geballt, und sie zitterte so sehr, dass es deutlich sichtbar war. »Ist er ... ist er tot?«

»Ich weiß nicht.« Carlina ließ den Kopf in die Hände sinken. »Ich hoffe nicht.«

Simonetta setzte sich auf die andere Seite von Maria. »Mann, was für eine schreckliche Sache. Wie ist das bloß passiert, Maria?«

»Ich habe keine Ahnung.« Maria schüttelte den Kopf. »Ich ... ich habe nur sein Knie gesehen, und das hat mich so geschockt, dass mir ganz schlecht geworden ist, und dann war auch schon Carlina da. Ich weiß gar nichts!«

»Und wann war das ungefähr?«, erklang Garinis Stimme hinter ihnen.

Sie fuhren alle drei herum.

Maria zuckte zusammen. »Ich ... ich habe wirklich keine Ahnung. Ich habe nicht auf die Uhr geschaut.«

»Es muss kurz nach zehn gewesen sein«, sagte Carlina. »Ich erinnere mich, dass ich dachte, ich komme zu spät zur Arbeit, und das war kurz bevor ich Maria sah.«

Sein Blick ruhte prüfend auf ihr. »Warum hast du angehalten?«

»Sie sah krank aus. Sie stand ganz gekrümmt da. Als ich sie fragte, ob alles in Ordnung sei, sagte sie mir, dass sie den Zeitungsverkäufer auf dem Boden gefunden hat, und da bin ich zu ihm hingegangen, um zu sehen, wie es um ihn steht.«

Garini verengte die Augen kritisch. »Wieso haben Sie keinen Krankenwagen gerufen, Maria?«

Maria starrte ihn entsetzt an. »Daran habe ich nicht gedacht. Ich war zu geschockt, um überhaupt zu denken. Es ... es tut mir leid, wenn ich einen Fehler gemacht habe. So etwas ist mir noch nie zuvor geschehen, und ich ... ich wusste nicht, was ich tun sollte. Mir war schlecht, und alles drehte sich.« Ihre Stimme rutschte eine Oktave höher. »Ich wollte nur noch weg!«

Simonetta legte einen Arm um Marias Schultern. »Ist schon gut.« Sie warf Garini einen bösen Blick zu. »Machen Sie ihr keine Vorwürfe.«

»Ich mache ihr keine Vorwürfe.« Garinis Stimme klang kühl. »Ich stelle nur Fragen.« Er wandte sich an Carlina. »Was geschah als Nächstes?«

»Ich bin in den Kiosk hineingegangen. Zuerst habe ich angenommen, dass er vielleicht einen Herzinfarkt hatte, und dachte, ich könnte vielleicht eine Mund-zu-Mund-Beatmung versuchen, obwohl ich das noch nie wirklich gemacht habe, aber dann ... dann bemerkte ich den Geruch.«

»Was für einen Geruch?«

»Von dem Blut.« Carlina schluckte. »Ich hatte keine Ahnung, was ich tun sollte, um ihm zu helfen, und habe versucht herauszufinden, ob er noch lebt, aber ich war mir nicht sicher. Und dann dachte ich, er hätte etwas gesagt.«

Schlagartig war die Luft voller Spannung.

»Er hat etwas gesagt?«, fragte Simonetta. »Bist du sicher? Was denn? Hat er uns verraten, wer der Mörder ist?«

»Ich bin nicht sicher, ob ich ihn richtig verstanden habe. Er sagte ›Alana‹ oder ›Alanna‹ oder so etwas.«

»Nirvana?«, fragte Maria mit einem verwirrten Stirnrunzeln.

Carlina zuckte mit den Schultern. »Vielleicht Nirvana. Ich weiß es nicht. Wie gesagt, es war nur ein Flüstern.« Sie schaute zu Garini. »Dann habe ich dich angerufen.«

»Ich bekam deinen Anruf um elf Minuten nach zehn.«

Sie nickte und schaute zum Kiosk. »Sind sie dort noch ... beschäftigt?«

Garini schüttelte den Kopf. »Nein. Es tut mir leid. Er ist tot.«

Ein seltsames Gefühl erfasste Carlina. Einen Augenblick lang war es, als würde sie schwimmen. Die Welt fing an, sich in Kreisen um sie zu drehen.

Eine Hand legte sich auf ihre Schulter – fest und warm - und schüttelte sie sanft. »Du kannst jetzt nicht ohnmächtig werden, Carlina.«

Sie riss sich zusammen. »Ich werde nicht ohnmächtig.«

»Gut.« Garinis Stimme klang ironisch, aber sein Blick ruhte zärtlich auf ihr.

»Ich bin kurz danach gekommen«, sagte Simonetta. »Ich sah Maria wie eine Quetschkartoffel auf der Bordsteinkante sitzen und habe sie gefragt, was los ist. Als sie es mir sagte, ging ich in den Kiosk hinein, aber ich konnte da auch nichts mehr ausrichten.«

»Ist euch irgendetwas Ungewöhnliches im Kiosk aufgefallen?«

Alle schüttelten die Köpfe.

»Es war ja ganz dunkel«, antwortete Carlina. »Ein winziger Raum, vollgestopft mit Zeitungsstapeln und Zeitschriften und Kisten und allem Möglichen.«

»Aber nichts Ungewöhnliches?«

»Nein.«

»Habt ihr ein Messer gesehen oder irgendetwas, was als Messer hätte benutzt werden können?«

Simonetta und Carlina sahen sich an. »Nein.«

»Kanntet ihr das Opfer?«

Alle drei schüttelten den Kopf.

»Er winkte mir immer zu, wenn ich vorbeifuhr«, sagte Carlina. »Wir haben einmal ein paar Worte gewechselt, als ich hier an der Ecke fast einen Unfall hatte.«

»Einen Unfall?« Er runzelte die Stirn. »Wann war das?«

»Vor einigen Tagen. Ich erinnere mich nicht an den genauen Tag.« Sie dachte angestrengt nach. »Ich glaube, es war der Tag, an dem Valentino ermordet wurde.«

»Erzähl mir mehr von diesem Fast-Unfall.«

Sie zuckte mit den Schultern. »Es war zur Mittagszeit. Ich war auf dem Rückweg zu Temptation, und ein Mann lief direkt vor mir über die Straße. Wahrscheinlich einer der Touristen, der nicht geschaut hat, wo er hinlief. Ich bin ihm ausgewichen, um ihn nicht zu überfahren, und dabei bin ich fast gestürzt. Der Zeitungsverkäufer hat es gesehen und hat gesagt, dass der Tourist nicht ganz bei Trost gewesen sein kann. Das war's.« Sie neigte den Kopf zur Seite. »Du glaubst doch nicht, dass das in irgendeiner Beziehung zu unserem Fall steht, oder?«

»Ich weiß es nicht.« Sein Gesichtsausdruck war ernst.

»Der Zeitungsverkäufer sagte, dass er *mamma* kennt.«

Garini schaute sie für eine Sekunde direkt an. »Wirklich?«

Carlina schloss die Augen. Vielleicht sollte sie nicht mit ihm sprechen, ohne vorher nachzudenken. Hatte sie ihre Mutter jetzt irgendwie belastet? »Ich glaube, sie kaufte Zeitschriften bei ihm und plauderte dabei immer ein wenig. Keine enge Beziehung, soweit ich das verstanden habe.«

»Verstehe.« Sein Gesicht verriet keinerlei Gefühl. »Und was ist mit dir?« Garini schaute Maria an. »Kanntest du das Opfer?«

»Nein.« Maria schüttelte den Kopf. Sie war immer noch so blass, dass sie fast durchscheinend wirkte.

»Ich kannte ihn auch nicht«, sagte Simonetta. »Ich glaube, ich habe hier noch nie was gekauft.« Sie wandte sich an Maria. »Lass uns nach Hause gehen, Maria. Fabbiola wollte heute das Korn waschen. Das wird uns helfen, auf andere Gedanken zu kommen.«

Maria nickte und stand auf.

»Ich gehe zu Temptation.« Carlina schaute Garini an. Sie wollte von ihm geküsst werden, wollte seine Arme tröstend um ihre Schultern spüren. Nach den Ereignissen des Morgens fühlte sie sich zerbrechlich und unausgeglichen, als ob sie bei der kleinsten Kleinigkeit in Tränen ausbrechen würde. Sie straffte den Rücken. Keine Zeit, Wunden zu lecken. Sie zwang sich, Garini anzulächeln und ging zu ihrer Vespa.

Garini sah Carlina nach und spürte ihr Weggehen wie einen körperlichen Verlust. *Wenn sie doch bloß nicht zu dieser verrückten Familie gehören würde, die ständig in Schwierigkeiten gerät.* Sie war bis ins Mark erschüttert, und er wollte in ihrer Nähe sein, wollte sie beschützen. *Keine Chance.* Er hatte einen Job zu erledigen.

Mit zusammengebissenen Zähnen wandte er sich wieder dem Kiosk zu. Der Experte von der Spurensicherung und der Fotograf waren gerade angekommen, wie auch der Pathologe Roberto, der ihm fröhlich zuwinkte, bevor er sich durch den schmalen Eingang quetschte. Garini folgte ihm und prüfte die Papiere des Opfers. Giorgio Pulo, siebenundsechzig Jahre alt, wohnhaft im Norden von Florenz, geboren in Sizilien. Das Schlimmste lag noch vor Garini – er musste der Familie die traurige Nachricht mitteilen. Er rief im Büro an und bat Piedro, so viele Hintergrundinformationen wie nur möglich über Giorgio Pulo zu recherchieren, dann fuhr er in das Randgebiet der Stadt, wo das Opfer in der Erdgeschosswohnung eines heruntergekommenen Wohnblocks gelebt hatte. Garini drückte auf die Klingel und wappnete sich innerlich.

Die Tür öffnete sich mit einem Quietschen und ein Geruch nach Reinigungsmittel und gebratenen Zwiebeln kam ihm entgegen. Eine stark gefärbte Blondine stand vor ihm. Ihr Haar war mit so viel Haarspray aufgebauscht, dass es wie Zuckerwatte aussah und ihr Make-up war so dick, dass es die meisten Falten in ihrem Gesicht zudeckte.

»*Signora* Pulo?«, riet Garini.

»Ja. Was wollen Sie?« Sie kaute hektisch ein Kaugummi. »Ich will nichts kaufen.«

Er holte seinen Ausweis hervor. »Ich bin von der Polizei. Ich muss Ihnen leider mitteilen, dass Ihr Mann einen Unfall hatte.«

Sie starrte ihn mit weit aufgerissenen Augen an. »Das soll wohl ein Scherz sein?«

»Leider nein.«

Sie blickte kritisch auf seinen Ausweis, dann trat sie einen Schritt zurück. »Kommen Sie rein.« Ohne ein weiteres Wort führte sie ihn in ein vollgestopftes Wohnzimmer. Nur wenig Tageslicht fiel in den Raum, weil schwere Samtvorhänge die Fenster verdeckten. »Setzen Sie sich.«

Garini setzte sich neben sie auf ein rotes Plüschsofa, das schon bessere Tage gesehen hatte. Die Wand war mit mehreren Bildern bedeckt, die alle einen Clown mit einem riesigen, roten Mund inmitten eines weiß geschminkten Gesichtes zeigten. Auf anderen Bildern war ein Zirkuszelt, ein Wohnwagen, und ein Zirkusdirektor mit einem roten Zylinder auf dem Kopf. Jemand hatte mit einem dicken Filzstift quer über eine Ecke »für Beppo« geschrieben.

Sie schaute ihn mit hartem Blick an, ihr Kiefer ständig in Bewegung. »Jetzt reden Sie schon.« Es klang völlig neutral, als ob sie es gewohnt war, Anweisungen zu geben.

Garini entschied sich, direkt zur Sache zu kommen. Sie sah nicht so aus, als ob man ihr die Wahrheit löffelweise einflößen müsste. »Ihr Mann wurde heute Morgen in seinem Zeitungskiosk erstochen. Er starb fast sofort.«

Ihr Kiefer kaute automatisch weiter. Sie zuckte nicht zusammen. Ihre Augen blieben trocken. »Idiotischer Dummkopf.«

Garini blinzelte. »Wie bitte?«

»Ich meine Giorgio.« Sie sprang auf und drehte eine Runde in dem Zimmer, obwohl das schwierig war, weil zwischen Sofa und Wand nur wenig Platz blieb. Nach zwei Runden baute sie sich vor ihm, die Hände in den Hüften, und spießte ihn mit ihrem dunklen Blick förmlich auf. Ihre Augen waren verengt, als ob sie ihn einschätzen würde.

Garini gab den Blick sprachlos zurück. Er hatte noch nie zuvor so eine seltsame Reaktion von der Frau eines Mordopfers erlebt.

Endlich schien *signora* Pulo zu einer Entscheidung zu kommen. Mit einem entschlossenen Gesichtsausdruck ließ sie sich wieder auf das

Sofa fallen und drehte sich zu Garini um. »Ich habe schon länger damit gerechnet, dass er's übertreibt, aber er konnte ja nie genug bekommen.«

»Was meinen Sie?«

Sie beugte sich nach vorne. »Er war ein Erpresser. Ich sage Ihnen das, weil ich davon nichts halte.«

Garini starrte sie an, völlig aus dem Konzept gebracht, und fragte sie das Erste, was ihm durch den Kopf schoss. »Hat er sie auch erpresst?«

Sie lächelte ihn grimmig an und zeigte dabei einige schiefe Zähne. »Nein. Ich war zu schlau.«

Dieses Gespräch lief ganz eindeutig nicht in normalen Bahnen. Ein Teil von Garini war erleichtert, dass er nicht den herzzerreißenden Kummer einer Witwe miterleben musste, aber der andere Teil schüttelte den Kopf über ihre kühle Reaktion. Es fühlte sich an, als ob er in einem schlechten Film gelandet sei. Wieder verließ er sich auf seinen Instinkt. »Wenn Sie nicht einverstanden waren, warum haben Sie sich dann nicht scheiden lassen?«

»Es gab Gründe ...« Sie vollführte eine vage Bewegung mit der Hand, und die Ringe an ihren Fingern glitzerten. »Aber das ist im Moment nicht so wichtig.«

Er runzelte die Stirn. »Können Sie mir mehr über die Menschen sagen, die er Ihrer Meinung nach erpresst hat?«

»Ganz und gar nicht, *commissario*.« Sie schüttelte den Kopf. »Verstehen Sie, er hat mir nie davon erzählt. Ich habe es alles ganz alleine herausgefunden. Er hatte ein separates Konto und war öfter mal für einige Wochen weg, um in Saus und Braus zu leben. Mir erzählte er, er würde alte Freunde besuchen.« Sie schnaufte. »Ha. Das hätte ich aber gewusst.« Sie warf ihm noch einen Blick zu. »Ich sehe schon, Sie glauben mir nicht. Warten Sie mal nen Moment.« Sie ging zu dem dunklen Schrank an der Wand und fing an, in der untersten Schublade zu kramen. »Giorgio hat seine geheimen Bankinformationen hier aufbewahrt.«

»Aber das ist doch viel zu riskant. Sie hätten doch jederzeit Zugang gehabt.«

»Ganz hinten in der Schublade ist ein Geheimfach.« Sie zog die Schublade heraus, bis sie auf dem Teppich lag, dann presste sie ihren Finger gegen die hinterste Holzleiste. »Es ist nicht groß, und Giorgio hatte keine Ahnung, dass ich davon Wind bekommen hab.« Ein Teil der Holzleiste fiel heraus. *Signora* Pulo fischte ein Sparbuch aus dem Fach und gab es Garini. »Da ist es. Haben Sie Spaß damit, und spenden Sie es für einen guten Zweck. Ich will damit nichts zu tun haben.«

Garini hob eine Augenbraue. »Ach nein?«

Sie kaute wie eine aufgebrachte Kuh. »Sie brauchen mich gar nicht so arrogant anzusehen, *commissario*. Ich bin vielleicht keine elegante Lady, aber ich weiß, was richtig und was falsch ist.«

»Warum haben Sie ihn nicht damit konfrontiert?«

Sie schüttelte den Kopf. »Ich weiß schon, was gut für meine Gesundheit ist.«

Garini schaute sie prüfend an. Ihre Geschichte klang mit jeder Minute weniger glaubwürdig. »Sie sind ja sehr geradeheraus mit Ihren Informationen. Ich muss zugeben, dass ich Ihre Reaktion ein wenig ... ungewöhnlich finde.«

»Weil ich nicht heule und rumschreie?« Sie zuckte mit den Schultern. »Glauben Sie mir, *commissario*, ich habe in meinem Leben genug erlebt. So schnell schockt mich nichts. Außerdem hat er es wirklich verdient. Ich bin sogar irgendwie ... erleichtert.«

»Warum haben Sie nicht die Scheidung eingereicht?«

»Das haben Sie mich eben schon gefragt.« Sie zuckte wieder mit den Schultern. »Es wäre zu anstrengend gewesen. Giorgio war eh mehr und mehr weg, sodass ich ganz glücklich war mit unserem Arrangement.«

»Können Sie mir sagen, wer sonst noch von seinem Tod profitiert, abgesehen von den Erpressungsopfern, deren Namen Sie nicht kennen?« Er konnte nicht anders, seine Stimme klang ironisch.

»Abgesehen von mir?« Sie kicherte. »Ich sehe schon, ich schaufle mir hier mein eigenes Grab ...«

Garini entschied sich, deutlicher zu werden. »Ja, das tun Sie. Ich habe noch niemals eine Ehefrau erlebt, die nicht mit der Wimper zuckt, wenn sie von dem Tod ihres Mannes erfährt, und die mir darüber hinaus auf einem Silbertablett innerhalb von einer Minute ein Mordmotiv für eine Unmenge von Leuten liefert. Das wirkt nicht echt, um es mal milde auszudrücken.«

Sie schnaufte. »Die Polizei. Immer das Gleiche. Wenn du lügst, schlucken sie alles wie ein Baby, aber wenn du die Wahrheit sagst, glauben sie, es sei alles gelogen.« Sie zog am Kragen ihrer schwarzen Bluse, die ein zerklüftetes Dekolleté zeigte. »Glauben Sie doch, was Sie wollen. Ich sage die Wahrheit, und dabei bleibe ich.«

»Was haben Sie heute Vormittag zwischen acht und elf gemacht?«

Sie rollte die Augen. »Ich war hier, zu Hause. Na los, beweisen Sie mir das Gegenteil, wenn Sie's können.« Sie schüttelte den Kopf. »Vielleicht hätte ich doch ein Tränchen oder zwei herausquetschen sollen. Aber Sie sahen vernünftig aus, als ob Sie mit der Wahrheit umgehen könnten.« Ihr Mund verschob sich zu einer zynischen Grimasse. »Hab Sie wohl überschätzt.«

»Erzählen Sie mir bitte mehr vom Leben Ihres Mannes.«

»Was woll'n Se denn wissen?«

»Alles.«

Sie seufzte. »Er war von Beruf Clown.« Sie zeigte auf die Bilder. »So hab ich ihn kennengelernt. Wir haben fünf Jahre zusammengearbeitet und haben nach dem ersten Jahr geheiratet. Ich habe die Buchhaltung und die ganzen Papiere im Zirkus gemacht. Zuerst war ich ganz bezaubert von seinem Charme. Er konnte sehr charmant sein, wenn er es wollte. So hat er die Geheimnisse anderer Leute herausbekommen.« Sie schüttelte den Kopf. »Wahnsinn, dass ich ihm verfallen bin. Ich war zuvor noch nie verheiratet, wissen Sie, und ich glaube, ich wollte einfach mal wissen, wie sich das anfühlt. Alter schützt vor Torheit nicht, sagt man.« Sie zuckte mit den Schultern. »Er war schon zwanzig Jahre lang beim Zirkus. Eines Tages sagte er mir, dass er etwas Geld von einem Onkel geerbt habe und dass wir den Zirkus verlassen könnten. Er sagte, es sei immer sein Traum gewesen, einen eigenen Zeitungskiosk zu haben, im Herzen von Florenz. Ich habe die Sache mit der Erpressung erst herausgefunden, als wir vor einem Jahr hierhergezogen sind.«

»Wer passte denn auf den Stand auf, wenn er nicht da war?«

»Ach, manchmal holte er sich irgendeinen Studenten. Und manchmal schloss er ihn auch komplett, meistens im Winter, wenn weniger Touristen da waren.«

»War er in irgendeiner Form anders in den letzten Wochen? Oder heute Morgen?«

»Nein.« Entschieden schüttelte sie den Kopf. »Er war genauso wie immer.«

Garini schaute auf die Bilder. »Wie hieß der Zirkus?«

Sie lächelte. »Zirkus Bellezzi. Wir hatten sogar einen Tiger.« Sie klang sehnsüchtig. »Ich könnte jetzt zurückgehen.«

»Sagt Ihnen der Name Mantoni irgendetwas?«

Sie hob eine gezupfte Augenbraue. »Mantoni? Nein.«

»Was ist mit Valentino Canderini?« Er beobachtete sie wie ein Falke, bereit, die leiseste Bewegung eines Muskels zu registrieren.

Sie runzelte die Stirn. »Ist der nicht umgebracht worden? Hab ich in der Zeitung gelesen. Gut aussehender junger Mann. Eine Schande ist das.«

»Ist das alles, was Sie über den Fall wissen? Hat Ihr Mann Ihnen gegenüber das Thema je erwähnt?«

Sie schaute verwirrt. »Nein. Nie. Aber er wusste, wie man Geheimnisse für sich behält. Das konnte Giorgio wirklich.«

Garini holte ein Bild von Carlina und Emma hervor. Es war auf Emmas Hochzeit im letzten Jahr gemacht worden. »Kennen Sie diese Frauen?« Vielleicht sollte er in Zukunft besser ein ganzes Fotoalbum mit den Bildern aller Mantonis mit sich herumschleppen.

Sie griff nach dem Foto, und ihre blutroten Fingernägel bedeckten die Hälfte.

Er widerstand der Versuchung, es ihr sofort wieder zu entreißen.

»Nö.« Sie schüttelte den Kopf. »Die hab ich noch nie gesehen.«

Gut. Die Erleichterung, die ihn durchflutete, machte ihn ganz wütend. Für den Fall wäre es viel besser gewesen, wenn die Morde in irgendeiner Art miteinander verbunden wären. Aber so wie es aussah, waren zwei völlig getrennte Fälle in seinen Schoß gefallen. *Sei doch kein Idiot*, sagte eine Stimme in ihm. *Es mag vielleicht noch keinen Beweis geben, aber du weißt doch ganz genau, dass das hier kein Zufall ist. Du musst nur einfach tiefer graben.* Wann hatte er das letzte Mal an eine Zirkusvorstellung gedacht? Es war noch nicht lange her ... Richtig, das Jonglieren! Maria und Simonetta hatten am Abend von Ernestos Geburtstag wie Profis jongliert.

»Haben Sie je von Simonetta Andretta gehört?«

»Nein.« Sie schüttelte den Kopf so energisch, dass die Zuckerwatte-Frisur ins Schwanken geriet.

»Maria Focasciu?«

»Nö.«

Sie schien sich sehr sicher zu sein. Garini ließ für den Augenblick die Verbindung zu den Mantonis fallen. Er musste noch eine Sache herausfinden. Was war noch das Wort, das ihr Mann im letzten Moment gesagt hatte? Jetzt fiel es ihm wieder ein. »Kommt Ihnen der Name Alana oder Alanna bekannt vor?«

»Alana?« Sie runzelte die Stirn. »Weiß nicht. Könnte ich schon mal gehört haben.«

»Nirvana?«

Sie schaute ihn an, als ob er den Verstand verloren hätte. »Sie sprechen jetzt aber nicht vom Paradies, oder?«

»Das wage ich zu bezweifeln.« Garinis Stimme war trocken. »Es war das letzte Wort, das Ihr Mann sprach.«

Sie schnaufte. »Das wäre typisch für ihn. Er erwartete trotz allem das Paradies. Aber das andere Wort, das Sie sagten ... Was war das noch? Alana? Das erinnert mich an was ...«

»Denken Sie in Ruhe nach.« Garini sah sie scharf an. »Es könnte wichtig sein.«

Sie schaute auf die Ringe an ihren Fingern, dann schüttelte sie langsam den Kopf. »Nein. Tut mir leid. Ich habe das Gefühl, dass ich es wissen müsste, aber ich komme gerade nicht darauf.«

Er gab ihr seine Karte. »Rufen Sie mich in dem Augenblick an, in dem es Ihnen wieder einfällt.«

Mit einem Seufzer der Erleichterung entkam er aus dem überheizten Apartment von *signora* Pulo und kehrte ins Büro zurück. Ohne eine weitere Minute zu verlieren, rief er Roberto an. Vielleicht hatte der Pathologe ja mittlerweile einige Ergebnisse. »Roberto, ich bin's. Bist du fertig?«

»Ja, bin ich, schnell wie immer.« Roberto klang wie ein glücklicher Spatz, sorglos und entspannt. »Und ich habe eine Überraschung für dich.«

»Eine Überraschung? Soll ich mich freuen oder Angst bekommen?«

»Das ist jetzt aber unfair!« Robert klang verletzt. »Es ist natürlich eine schöne Überraschung!«

»Ah?«

»Ich habe das Messer gefunden.«

»Echt? Das ist in der Tat eine gute Neuigkeit. Wo?«

»In der Leiche.«

Garini runzelte die Stirn. »Erklär das mal.«

»Das Messer drang mit so viel Macht in den Körper, dass es komplett darin verschwand. Es ist extrem scharf und dünn, ein Stiletto, und auch ziemlich kurz.«

»Kannst du Ähnlichkeiten zu dem Mord an Valentino Canderini entdecken?«

»Ja, absolut. Rechtshänder, leicht von oben, ein Stoß, der mit großer Kraft ausgeführt wurde. Genau die gleiche Art. Es sieht so aus, als ob du in beiden Fällen einen Kerl mit einer lockeren Messerhand suchst.«

Garini seufzte. »Das habe ich mir schon gedacht, aber bis jetzt habe ich noch nicht mal den Hauch einer Verbindung zwischen dem Zeitungsverkäufer und den Mantonis finden können.«

»Mach dir keine Sorgen, das kommt schon noch«, sagte Roberto.

»Wenn jemand das herausfindet, dann bist du das. Wie geht's dem Mädel?«

»Welchem Mädel?«

»Na, der niedlichen Kleinen, die die Leiche als Erste gefunden hat. Sie wirkte ganz schön durcheinander.«

»Keine Ahnung, aber sie ist in guten Händen.« Die Mantonis würden Maria schon aufpäppeln. »Ich glaube, sie wäscht jetzt Korn.«

»Sie tut was?« Roberto klang ganz entsetzt.

»Ach, nichts. Nur so'n Ausdruck. Hast du dir das Messer etwas näher angesehen?«

»Das Messer? Natürlich nicht.« Roberto machte einen unzufriedenen Laut in der Kehle. »Ich bin Pathologe, kein Schmied.«

»Aber du sagst, es sei ein Stiletto. So eines, das man in jedem Supermarkt bekommt?«

»Das wäre ein seltsamer Supermarkt«, sagte Roberto. »Ich denke eher nicht.«

»Können wir es auf Fingerabdrücke untersuchen?«

»Es ist ziemlich verschmiert. Außerdem sieht es so aus, als ob der Griff ganz ziseliert ist, sodass du sicherlich nicht so leicht Fingerabdrücke nehmen kannst.«

»Verdammt.« Garini runzelte die Stirn. »Ich sende dir Piedro, damit er es abholt. Er kann es in die Zeitungen setzen lassen. Vielleicht erkennt es ja jemand.«

»Zwei sehr verschiedene Messer sind für diese Morde verwendet worden«, sagte Roberto. »Eines ganz groß, das andere ganz klein. Wenn der Mörder auf Symmetrie Wert legt, wird er als Nächstes ein mittelgroßes wählen.«

Garini biss die Zähne zusammen. »Es wird keinen dritten Mord geben. Nicht, wenn ich etwas zu sagen habe.«

Er hängte auf und rief Piedro an, um ihm zu erklären, was er in der Zeitung veröffentlichen lassen sollte. Piedro informierte ihn, dass er noch keine spannenden Neuigkeiten über Giorgio Pulo herausgefunden hatte, und schaffte es, so zu klingen, als ob er während der Nachforschungen eingeschlafen sei. Vielleicht war es ja so. Garini fragte sich, ob er je einen anderen Assistenten bekommen würde.

Tief in Gedanken rieb er sich die Stirn, aber bevor er entscheiden konnte, welche Schritte er als Nächstes unternehmen sollte, öffnete sich die Tür und sein Chef marschierte ins Büro. Garini warf Cervi einen kurzen Blick zu und wusste sofort, dass er einige unangenehme Minuten vor sich hatte.

»Was höre ich da?« Cervi klatschte beide Hände flach auf Garinis Schreibtisch und schob sein rotes Gesicht nach vorne. »Es ist noch ein Mann erstochen worden?«

»Ja.«

»Warum teilen Sie mir das nicht mit? Warum muss ich das von meinem Sohn erfahren?«

Ich muss Piedro wirklich mal beibringen, was Diskretion heißt. »Ich war gerade auf dem Weg zu Ihnen.« Garini stellte sicher, dass seine Stimme ruhig und ausgeglichen klang. »Aber ich habe meinen Bericht noch nicht fertig.« Noch nicht angefangen, wäre der bessere Ausdruck.

»Bericht!« Cervi machte eine ungeduldige Bewegung mit der Hand und knallte sie dann wieder auf den Tisch zurück. »Ich frage mich wirklich, was in Sie gefahren ist, Garini. Literarische Ambitionen? Ihre Berichte sind viel zu lang geworden. Fassen Sie sich in Zukunft um Himmels willen kurz!«

Garini neigte den Kopf. *Nie im Leben.*

»Und jetzt erzählen Sie mir mal von diesem neuen Mord.«

»Der Name des Opfers ist Giorgio Pulo. Er ist ein Clown in Rente und kaufte vor einem Jahr einen Zeitungsstand. Seine Witwe war eher glücklich über seinen Tod. Es scheint, als ob er im Nebenerwerb ein paar lukrative Bestechungen durchführte, und damit war sie nicht einverstanden.«

Cervi schnaufte. »Und das sollen wir glauben?«

Das verwelkte Gesicht von *signora* Pulo erschien vor Garinis innerem Auge. Ihre Geschichte hatte in der Tat sehr fadenscheinig geklungen – aber dennoch hatte sie es irgendwie geschafft, ihn zu überzeugen. Trotz der zuckerüberstreuten Oberfläche hatte Garini eine hart arbeitende, ehrliche Frau in ihr entdeckt – eine Frau, die an ihren Grundsätzen festhielt. »Es ist zwar eine unwahrscheinliche Geschichte, aber wir haben schon verrücktere Dinge erlebt.«

»Was planen Sie als Nächstes?«

»Ich suche eine Verbindung zwischen den beiden Morden.«

Cervi schaute ihn an, als ob er einen Volkshochschulkurs in Stepptanz als nächsten Schritt vorgeschlagen hätte. »Was? Sind Sie sicher, dass Sie nichts genommen haben, das Ihre Wahrnehmung der Wirklichkeit verdreht? Erst diese endlosen Berichte und jetzt das ...« Er machte eine alles umfassende Handbewegung.

»Roberto sagte, die Morde tragen die gleiche Handschrift. Beide erstochen, der gleiche Winkel, die gleiche Kraft.«

»Zufall.« Cervi schüttelte den Kopf.

»Das glaube ich nicht. Außerdem ist es nur zwei Straßen vom Haus der Mantonis entfernt passiert, und drei Frauen, die sich beim letzten Mal in der Nähe des Tatortes befanden, standen an dem Kiosk, als ich eintraf.«

»Drei Frauen?«

»Ja. Simonetta Andretta, eine Opernsängerin; Maria Focasciu und Caroline Ashley.« Er stählte sich innerlich für die unvermeidbaren Kommentare über Carlina. Er hatte sie mit ihrem offiziellen Namen genannt, um die Verbindung weniger persönlich erscheinen zu lassen, doch Cervis Reaktion überraschte ihn.

»Haben Sie ›Focasciu‹ gesagt? Meinen Sie etwas *den* Focasciu?«

Garini runzelte die Stirn. »Den Focasciu?«

»Andrea Focasciu.« Cervi schaute ihn ungeduldig an. »Der Geschäftsführer von Pelle di Toscana. Jetzt sagen Sie mir bloß nicht, dass Sie noch nie von ihm gehört haben.«

Natürlich kannte Garini Pelle die Toscana. Es war einer der größten Arbeitgeber in der Region, und sie stellten hochwertige Lederprodukte her, die die begehrte Prägung »Made in Italy« trugen. Sie fertigten Lederaccessoires für alle großen Luxusmarken dieser Welt an.

»Andrea Focasciu ist nicht nur der reichste Mann der Stadt, er ist auch der aktuelle Präsident der Industrie- und Handelskammer und der diesjährige Leiter des Rotary Clubs.«

Garini blinzelte. Warum arbeitete seine Tochter dann als Putzfrau?

»Ich glaube nicht, dass sie seine Tochter ist. Vielleicht verarmte Verwandtschaft. Sie putzt bei den Mantonis.«

Cervi verlor sofort das Interesse an Maria. »Wer war noch da? Sagten Sie ›Caroline Ashley‹?«

Garini biss die Zähne zusammen. »Ja.«

»Ich warne Sie, Garini.« Cervi schob sein Gesicht noch weiter nach vorne. »Ich erwarte, dass Sie diesen Fall lösen, ohne einen Skandal hervorzurufen. Hören Sie mich?«

Garini erwiderte seinen Blick und zuckte nicht mit der Wimper.

»Sind Sie immer noch mit dieser Frau zusammen?«

Garini stand auf.

»Was machen Sie da?«

»Ich gehe.«

»Das sehe ich. Aber Sie haben meine Frage noch nicht beantwortet. Wie können Sie es wagen, einfach mitten in unserer Unterhaltung zu gehen?« Cervis Gesicht färbte sich bedrohlich rot.

»Wenn Sie darauf bestehen, Caroline Ashley als ›diese Frau‹ zu bezeichnen, werde ich die Selbstbeherrschung verlieren, und das könnte in einer sehr unangenehmen Szene enden. Darum gehe ich lieber. *Arrivederci, signor Cervi.*« Garini schloss die Tür mit einem leisen Geräusch hinter sich, bevor Cervi antworten konnte.

Diese Frau. Wie konnte Cervi nur so dreist sein? Garinis Wut sorgte dafür, dass er die Treppe hinunterstürmte, als ob er auf einer eiligen Mission sei.

»Hallo!«

Garini hielt nicht an.

»Stefano! Hallo!«

Er wandte den Kopf.

Gloria, die Rezeptionistin, winkte ihm zu.

Garini unterdrückte einen Seufzer. Sie fand immer einen Vorwand, um ihn aufzuhalten, und gab ihm dabei jede Menge Gelegenheit, einen Blick in ihr Dekolleté zu werfen. Manchmal fragte er sich, ob sie Melonen in ihren BH stopfte. »Nicht jetzt, Gloria. Ich hab's eilig.«

»Ich habe eine Nachricht für dich.« Sie winkte mit einem Papier. »Und man hat mir auch gesagt, dass es eilig sei.«

Er musste sich wirklich zusammennehmen, um neben ihr stehen zu bleiben. »Ja?«

»Ich habe es aufgeschrieben. Es ist von deiner Freundin.« Sie schaute ihn wissend an.

»Danke.« Er streckte die Hand Richtung Papier aus. *Warum ruft Carlina mich nicht auf meinem Handy an, wenn sie eine Nachricht hinterlassen will?*

Als ob sie seine Gedanken gehört hätte, sagte Gloria: »Sie sagte mir, dass dein Handy nicht funktioniere. Irgendwas mit dem Netz.«

Wie komisch. »Danke.« Er schnappte sich das Papier und drehte sich weg, während er die Nachricht auseinanderfaltete.

Triff mich heute Abend zum Essen in der Cantinetta Alfredo. 20 Uhr. Erwähne dies nirgendwo. Rufe mich unter gar keinen Umständen an.

Er drehte sich auf dem Absatz um und starrte Gloria an. »Hat sie das wirklich gesagt?«

Gloria grinste. »Jedes Wort. Sie hat es mir diktiert und hat es sich dann noch einmal vorlesen lassen. Ich fand es auch ein wenig seltsam, dass sie mir eine so offensichtlich private Nachricht vorliest, aber vermutlich hat sie sich gedacht, dass ich mit niemandem darüber reden darf. Berufsgeheimnis, zur Verschwiegenheit verpflichtet und so.«

Er hob eine Braue. »Aber das ist doch so, oder?«

Gloria rollte mit den Augen. »Na ja, schon.«

»Wie klang sie?«

»Deine Freundin?«

Warum sagte sie das wie eine Beleidigung? »Caroline Ashley.« Er hielt seine Stimme ganz neutral.

Gloria zuckte mit den Schultern und beugte sich nach vorne. Die Melonen drohten aus dem T-Shirt zu rutschen. »Wie sollte sie schon klingen? Ich habe noch nie vorher mit ihr geredet, daher kann ich nicht sagen, ob sie anders als sonst war.«

»Schien sie aufgeregt zu sein? Ängstlich?«

»Nö.« Gloria schüttelte den Kopf und schob eine Haarsträhne hinter ihr Ohr. »Ganz normal. Nix Besonderes. Aber sie bestand darauf, dass du kommst. Es sei ganz wichtig.«

»Hmm.« Garini runzelte die Stirn. Das klang ganz und gar nicht nach Carlina. Was für eine verrückte Idee, eine vertrauliche Nachricht über die Rezeption zu senden. »Wann kam der Anruf rein?«

»Vor zehn Minuten.«

Er zog sein Handy aus der Tasche und prüfte das Display. Es sah alles ganz normal aus – kein Anruf in Abwesenheit, keine SMS.

Die Cantinetta Alfredo war ein Restaurant, das über zwei Ebenen ging, eine im Erdgeschoss und eine im Untergeschoss. Es hatte viele kleine Ecken mit schwacher Beleuchtung, die einem mehr Privatsphäre als die meisten anderen Restaurants boten, und daher war die Cantinetta Alfredo berühmt als Platz für Paare, die nicht entdeckt werden wollten. Es gab gute toskanische Küche, hausgemacht von Alfredo und seiner Frau – in der Tat war die fettucine al limone in der ganzen Stadt bekannt. Er war einmal mit Carlina dort gewesen, am Anfang ihrer Beziehung, als sie niemandem aus der Familie versehentlich über den Weg hatten laufen wollen.

Garini fühlte, wie sich seine Schultern verspannten. Er hatte ein seltsames Gefühl bei diesem Treffen. Carlina war normalerweise transparent und offen. Sie spielte keine Versteckspiele. Die Cantinetta Alfredo war auch deshalb so beliebt, weil sie einen versteckten Seiteneingang hatte, der kurz hinter der Piazza della Repubblica lag. Zentral und doch diskret. Aber die Seitenstraße war auch dunkel und einsam. Irgendetwas stimmte hier nicht. Ganz und gar nicht.

»Ist alles in Ordnung?« Glorias Augen funkelten in Erwartung eines kleinen Skandals.

»Natürlich. Danke, dass du mir die Nachricht weitergeleitet hast.« Er verließ das Gebäude und ging um die Ecke. Er hatte schon sein Telefon in der Hand, um Carlina anzurufen und zu fragen, ob die Nachricht wirklich von ihr gekommen war, als er Simonetta sah, die die Straße vor ihm überquerte. Er beeilte sich, sie einzuholen. »Simonetta!«

Sie machte einen Satz und fuhr mit weit aufgerissenen Augen herum. »Was?« Erleichtert legte sie die Hand auf die Brust, als sie Garini erkannte. »Ach, Sie sind es.«

Er runzelte die Stirn. »Wovor hatten Sie denn solche Angst?«

»Vor gar nichts.« Sie nahm ihre breiten Schultern zurück. »Ich habe nur nicht damit gerechnet, dass sich jemand von hinten anschleicht.« Sie ging die Straße weiter entlang und machte einen Bogen um ein Aufstellschild, das »Heute frische Pasta« ankündigte.

Ich habe mich nicht angeschlichen. Garini sprach seinen Gedanken nicht aus, während er neben ihr herlief. Er warf ihrem entschlossenen Profil einen Blick zu und entschied sich, ohne weitere Umschweife direkt zu des Pudels Kern vorzustoßen. »Haben Sie jemals in einem Zirkus gearbeitet, Simonetta?«

Sie blieb abrupt stehen. »Was?«

»Haben Sie jemals in einem Zirkus gearbeitet?« Er wiederholte die Frage so geduldig, wie er konnte.

Sie blinzelte. »Also haben Sie in meinem Lebenslauf herumgewühlt.« Ihre Augen verengten sich. »Ich bin eine Verdächtige, richtig? Nur weil ich nicht aus Florenz bin, suchen alle nach einem Opferlamm, aber das werde ich nicht -«

Garini hielt die Hand hoch. »Alle sind Verdächtige. Ohne Ausnahme. Und glauben Sie mir, ich mache keine Ausnahmen für die Mantoni-Familie. Ganz und gar nicht.«

Sie schnaufte verächtlich.

Er biss die Zähne zusammen. »Bitte beantworten Sie meine Frage.«

»Natürlich habe ich in einem Zirkus gearbeitet. Aber das wussten Sie ja schon, oder?« Ihre Worte klangen wie eine Beleidigung.

Er zwang sich, ruhig zu bleiben. »Ich kann Sie auch mit auf die Polizeistation nehmen, um Sie zu befragen. Ist Ihnen das lieber?«

Sie sog scharf die Luft ein. »Ich habe ein Jahr lang für den Zirkus Goldini gearbeitet, direkt nach der Schule.«

»Was haben Sie da getan?«

»Am Anfang habe ich in erster Linie hinter den Kulissen gearbeitet, aber am Ende durfte ich jonglieren und singen.«

»Singen? Ist das nicht ziemlich ungewöhnlich?«

Simonetta schaute ihn böse an. »Na und? Ich bin eine gute Sängerin. Davon haben sie profitiert. Als ich gegangen bin, musste die Nummer gestrichen werden.«

»Gab es dort auch Clowns?«

Sie rollte die Augen. »Natürlich. Haben Sie je von einem Zirkus gehört, der keine Clowns hat? Das ist die günstigste aller Nummern, und man muss keine besondere Ausbildung haben, sondern nur einige gute Ideen, die man von anderen klauen kann.«

Garini versuchte, sich nicht ablenken zu lassen. »Können Sie sich noch an die Namen der Clowns im Zirkus Goldini erinnern?«

Der Mund blieb ihr offen stehen. »Die Namen der Clowns? Sie machen wohl Witze.«

Er antwortete nicht.

Sie breitete die Hände aus und hob die Schultern. »Das ist Ihr Ernst, oder? Aber wie sollte ich mich daran erinnern? Das ist Jahre her. Außerdem hatten sie alle Künstlernamen, und wir hatten uns daran gewöhnt, sodass wir uns bei diesen Namen riefen. Ich kannte ihre richtigen Namen kaum.«

»Was war Ihr Show-Name?«

»Stella. Fängt auch mit S an, darum habe ich ihn ausgewählt.«

»Haben Sie jemals von einem Clown namens Beppo gehört?«

Sie fing an zu lachen. »Sie heißen alle Beppo. Das ist so ne Art Tradition. Das ist ungefähr so, als ob man … in einem katholischen Gebiet eine Frau mit dem Namen Maria sucht.«

Na super. Er fühlte sich vollkommen dämlich. »Kennen Sie den Zirkus Bellezzi?«

»Nie gehört.«

»Wie kann ich mit jemandem vom Zirkus Goldini in Kontakt treten?«

»Um Zeugen für meine Story zu finden?« Simonetta grinste. »Tut mir leid, *commissario*. Der Zirkus Goldini ging bankrott, und die Künstler wurden in alle vier Winde zerstreut. Ich bin mit keinem in Kontakt geblieben.«

III

»Bitte unterschreiben Sie hier.« Der Kurier war kaum durch die Tür von Temptation gekommen, als er auch schon ein elektronisches Empfangsgerät unter Carlinas Nase hielt und ihr einen schweißnassen Plastikstift in die Hand drückte.

Sie unterschrieb wie befohlen und nahm den Umschlag entgegen, den er ihr hinhielt.

»Danke.« Er schoss durch die Tür hinaus und rannte zu seinem Motorrad.

Der hatte es ja eilig. Carlina drehte den Umschlag in der Hand. Er war weiß und schlicht, ein billiges Kuvert, wie man es im Dutzend in jedem Supermarkt kaufen konnte. Wer schickte ihr denn bloß einen Brief per Kurier? Ihr Name war mit einem Laserdrucker in kleinen Buchstaben vorne auf den Umschlag geschrieben worden. Caroline Ashley. Nicht Carlina. Wie seltsam. Sie öffnete den Umschlag mithilfe ihres Fingernagels und zog das einfache Blatt Papier heraus.

Triff mich heute zum Abendessen um 20 Uhr in der Cantinetta Alfredo. Sprich mit niemandem darüber. Nimm keinen Kontakt zu mir auf, bevor du mich im Restaurant siehst. Vertraue mir. Stefano.

Sie blinzelte. Das Cantinetta Alfredo. Romantisch, mit versteckten Nischen. Sie konnte sich an jede Minute des Abends erinnern, den sie mit Stefano dort verbracht hatte. War dies ein Friedensangebot, ein Zeichen, dass er sich versöhnen wollte? Aber warum so heimlich? Hatte es etwas mit dem Fall zu tun? Normalerweise rief er an, wenn sie eine Verabredung trafen.

Sie las die Nachricht noch einmal. Warum hatte sie so ein seltsames Gefühl, als ob in Kürze etwas Schlimmes geschehen würde? Sie schüttelte es ab. Vielleicht wollte Garini mit ihr sprechen, ohne dass die Familie ihn ständig unterbrach. Das war keine schlechte Idee. Sie würde der Einladung nachkommen, so viel stand fest. Ihre Beziehung war im Moment schon zerbrechlich genug, ohne dass sie das genaue Gegenteil von dem tat, worum er sie gebeten hatte.

Carlina schaute auf die Uhr. Halb sechs. Sie konnte problemlos in Temptation bleiben und dann direkt zum Restaurant fahren. Dann musste sie auch keine neugierigen Fragen ihrer Familie beantworten. Ihre Stimmung hob sich, und sie fing an zu summen. Sie freute sich darauf, Garini bald zu sehen, ohne dass eine frische Katastrophe ihre Beziehung belastete.

Anderthalb Stunden später hämmerte Garinis Herz, obwohl er versuchte, ganz entspannt auszusehen, als er sich vor der Cantinetta Alfredo gegen sein Motorrad lehnte. Er hatte den ganzen Abend versucht, sie zu erreichen, doch sie ging an keines ihrer Telefone. Vielleicht war es ja eine romantische Geste von ihr? Verrückt genug war sie dafür. Wenn ja, würde er sie heute sehen, würde Zeit mit ihr verbringen, weit weg von ihrer Familie, von dem Druck seiner Arbeit. Selbst wenn es nur für eine kurze Zeit war, würde er in ihre grünen Augen blicken, die ihn so sehr an die einer Katze erinnerten, würde die leichten Sommersprossen auf ihrer Nase betrachten können. Er vermisste sie, und er wollte nichts lieber, als diesen Fall zu beenden und dann dort weiterzumachen, wo sie aufgehört hatten, bevor dieser dämliche Mord dazwischengekommen war. Er hoffte nur, dass sie ihn nicht gebeten hatte, in dieses Restaurant zu kommen, um ein Geständnis zu machen, das er nicht hören wollte.

Da war sie! Sie hielt ihre Vespa neben einer Straßenlaterne an, setzte den Leopardenhelm ab und schüttelte die Locken. Garini lächelte und richtete sich auf, um zu ihr zu gehen, als er einen Schatten bemerkte, der sich hinter ein Auto duckte. Was um Himmels willen ging hier vor?

Er schlenderte auf Carlina zu, alle Sinne hellwach, seinen Blick auf dem Auto, hinter dem der Schatten verschwunden war.

»Stefano!« Carlina winkte ihm zu.

Er hob die Hand, um ihren Gruß zu erwidern, rannte dann aber die letzten Schritte an ihr vorbei, um hinter das Auto zu sehen. Nichts. Die Person musste sich, gedeckt durch das Auto, in die Seitenstraße verzogen haben, die zum Hintereingang des Restaurants führte. Sein Gefühl, dass etwas nicht in Ordnung war, wurde intensiver.

»Stefano?« Carlina starrte ihn an. Sie stand im hellen Licht der Laterne, und ihr Mantel flatterte in einem plötzlichen Windstoß.

Er nahm sie am Arm und zog sie aus dem Lichtkegel heraus, sodass sie keine so gute Zielscheibe mehr abgab.

»Du benimmst dich ziemlich merkwürdig«, sagte Carlina. »Was ist denn bloß los?«

»Ich sah einen Schatten dort hinter dem Auto verschwinden.« Garini zeigte in Richtung der Seitenstraße. »Und ich hatte den starken Eindruck, dass diese Person nicht von dir gesehen werden wollte.«

Sie fuhr herum und starrte in die Dunkelheit. »Wirklich?«

»Ja. Aber er ist jetzt weg.«

»Hast du die Person erkannt?«

Garini runzelte die Stirn. Nur einen kurzen Augenblick lang war ihm der Schatten vertraut vorgekommen, aber er konnte ihn nicht zuordnen. »Nein. Aber ich glaube, dass es jemand ist, den ich kenne.«

Sie biss sich auf die Lippe. »Klingt irgendwie gruselig.«

»Es gefällt mir nicht.« Er schaute sie an. »Warum hast du dieses Restaurant gewählt? Gab es einen besonderen Grund?«

Ihre Augen weiteten sich. »Ich habe doch das Restaurant nicht gewählt. Das warst du.«

Der Schock brannte sich wie Feuer durch ihn hindurch. Jemand hatte sie hier herbestellt. Irgendetwas würde gleich geschehen, und er hatte keine Ahnung, was oder warum. Das seltsame Gefühl war von

Anfang an richtig gewesen. Er nahm ihren Arm. »Sag mir alles, schnell. Warum bist du hier?«

»Ein Kurier brachte mir eine getippte Nachricht in den Laden.« Sie warf einen ängstlichen Blick über die Schulter. »Ich fand es schon komisch, dass du mich gebeten hast, mit niemandem darüber zu sprechen, aber ich dachte mir, dass du schon einen Grund gehabt -«

»Nicht jetzt.« Er zog sie weiter weg, tiefer in den Schatten eines kleinen Lieferwagens.

»Heißt das, du hast mich gar nicht gefragt, ob wir zusammen essen gehen sollen?« Ihre Stimme klang sehnsüchtig.

»Nein.« Er schaute sie an.

Ihr Mund zitterte ein wenig, und er konnte einfach nicht anders, er musste rasch mit seinen Lippen über ihre streichen. Sie fühlten sich weich und verführerisch an, und für einen Augenblick wollte er alles um sich herum vergessen. Dann schaffte er es mit Mühe, sich wieder zu konzentrieren. »Ich bekam eine Nachricht, sie wurde am Empfang der Polizeistation abgegeben. Es schien mir ein wenig seltsam zu sein, aber ich habe es trotzdem geschluckt. Ich habe auch versucht, dich anzurufen, aber ich habe dich nicht erreicht.«

»Ich hatte mein Handy heute zu Hause vergessen.«

Er biss die Zähne zusammen. »Jemand möchte, dass wir jetzt in diesem Augenblick hier sind, zusammen.«

Ihr Blick jagte über seine Schulter, und ein Schauer schüttelte sie. »Warum?«

Er zog sie näher an sich. »Ich weiß es nicht. Lass uns verschwinden.«

»Nein, warte.« Sie widerstand dem Druck seines Armes. »Wenn jemand möchte, dass wir hier sind, hat er oder sie bestimmt einen guten Grund.«

»Ja. Vielleicht möchte jemand, dass wir eine gute Zielscheibe abgeben, und ich finde, darauf sollten wir nicht warten.«

Sie runzelte die Stirn. »Oder vielleicht wollte jemand, dass wir heute nicht zu Hause sind, damit er in Ruhe irgendetwas aushecken oder einen wilden Plan in die Tat umsetzen kann.«

Er versuchte, in ihrem Gesicht zu lesen. »Weißt du von irgendwelchen Familienplänen heute Abend?«

»Nein. Aber das hätten sie dann natürlich auch geheim gehalten.«

»Wirkten sie verrückter als sonst?«

Sie hob eine Augenbraue. »Nett formuliert, Garini. Die Antwort lautet nein.«

Er grinste, obwohl er die Anspannung immer noch spürte. »Es wäre das Vernünftigste, wenn wir uns umgehend aus dem Staub machen.«

»Ich würde lieber hierbleiben und herausfinden, was passiert.«

»Es wird vermutlich kein hübsches Feuerwerk sein.«

Sie lachte. »Ein Abendessen würde mir reichen. Ich habe Hunger.«

Er schaute auf die Sommersprossen in ihrem Gesicht. Wie gut es sich anfühlte, sie im Arm zu halten. Wenn er darauf bestand, dass sie gingen, würden sie sich wieder trennen müssen. Außerdem wäre es wirklich möglich, dass sie mehr herausfänden, wenn sie blieben. Aber es könnte gefährlich werden, und er wollte nicht riskieren, dass Carlina etwas geschah.

»Ich habe mich entschieden.« Sie löste sich aus seinen Armen und ging zum Eingang des Restaurants. »Ich werde hier essen, egal was passiert.«

Er warf einen schnellen Kontrollblick in die dunkle Nacht. Nichts. Er holte tief Luft, dann zuckte er mit den Schultern und folgte ihr. »Na gut. Aber halte die Augen offen, ja?«

»Klar.«

Er bat den Kellner um eine Nische direkt neben dem Seitenausgang, sodass sie im Notfall schnell verschwinden konnten. Dann setzte er sich mit dem Rücken zur Wand hin. So konnte er alles überblicken, was im Restaurant geschah. Carlina saß im rechten Winkel zu ihm, ihr Rücken von einer Holzwand geschützt.

»Bemerkst du irgendetwas Ungewöhnliches?«, flüsterte sie, sobald der Kellner einen Korb mit frischem Brot und das Besteck vor sie gelegt hatte und mit ihren Bestellungen wieder verschwunden war.

»Noch nichts. Du?«

Carlina schüttelte den Kopf. »Nein.« Sie nahm ein Stück Brot und brach es entzwei. Dann schaute sie hoch. »Ich habe dich vermisst.«

Seine Kehle wurde eng. »Ich dich auch.«

Sie lächelte.

Er konnte sich in diesem Lächeln verlieren, aber das war gefährlich. Mühsam riss er sich von ihr los und blickte prüfend durch das Restaurant.

»Hast du noch etwas Neues über den Kioskbesitzer gehört?« fragte sie.

Garini schaute sie schnell an. Wie viel konnte er ihr sagen, ohne indiskret zu werden? Auf der anderen Seite hatte er immer noch keine Verbindung zwischen den beiden Morden gefunden, und Carlina konnte ihm vielleicht dabei helfen. »Er hieß Giorgio Pulo.«

Sie nickte. Der Name sagte ihr offensichtlich nichts.

»Früher hat er als Clown beim Zirkus Bellezzi gearbeitet.«

»Wie interessant.« Carlina lächelte. »Ich kann mir gut vorstellen, dass er als Clown arbeitete. Er war so freundlich.«

»Das allerdings könnte irreführend gewesen sein. Seine Frau, die nicht gerade vor Gram gebeugt wirkte, als sie die Nachricht seines Todes erhielt, sagte mir, dass er ein Erpresser war.«

Ihre Augen weiteten sich. »Ein Erpresser? Wirklich?«

»So sagte sie.«

»Glaubst du ihr das?«

Garini zögerte. »Ich weiß es noch nicht.«

Carlina runzelte die Stirn, während sie ihr Brot in eine kleine Schale mit Olivenöl tunkte. »Ich habe *mamma* heute Nachmittag nach ihm gefragt.«

Jetzt hatte sie seine volle Aufmerksamkeit. »Was hat sie gesagt?«

»Sie sagte, es täte ihr leid zu hören, dass er gestorben sei, aber sie sagte auch, dass er ganz schön neugierig war.«

Garinis Augenbrauen schossen in die Höhe.

Carlinas Blick hielt seinen fest, während sie langsam ihr Brot kaute. »Anscheinend war er nett und immer bereit zu plaudern, aber wann immer man mit ihm ins Gespräch kam, fand er auch Dinge über dich und deine Familie heraus ... und er vergaß nie etwas. Er war ganz scharf auf Details. Ich erinnere mich, dass ich überrascht war, weil er sofort wusste, wer ich war, als ich meinen Fast-Unfall hatte, und *mamma* meinte, sie hätte mich nur einmal nebenher erwähnt. Also schien er wirklich gut zuzuhören und sich jede Kleinigkeit zu merken.«

»Was an sich ja keine schlechte Sache ist.«

»Nein.« Carlina lächelte etwas schief. »Aber es ist auch die perfekte Voraussetzung für einen Erpresser.« Sie starrte vor sich hin. »Ich hoffe sehr, dass er keine Verbindung zu meiner Familie hat. Soweit ich weiß, hat nie jemand von uns beim Zirkus gearbeitet.«

»Aber Ihr habt eine ehemalige Zirkusmitarbeiterin im Haus.«

»Was?« Carlina starrte ihn an. »Wen denn?«

»Simonetta. Erinnerst du dich nicht an die Jonglier-Vorstellung zu Ernestos Geburtstag?«

»Doch, schon, aber viele Leute können jonglieren.«

Er wollte Carlina in diesem Augenblick keine weiteren Informationen über Simonettas Vergangenheit im Zirkus geben, daher wechselte er lieber das Thema. »Mein Boss war übrigens ganz fasziniert, als er Marias Namen hörte. Anscheinend gehört sie zu einer sehr einflussreichen Familie in Florenz.«

Carlina nickte. »Ja, das ist richtig. Ihr Vater ist der Besitzer von Pelle di Toscana. Ein fürchterlicher Mensch.«

»Ist das der Grund, warum sie als Putzfrau arbeitet? Als Cervi mir sagte, dass Andrea Focasciu so reich ist und so viel Einfluss hat, habe ich angenommen, dass Maria zu einem ganz anderen Zweig der Familie gehört.«

»Oh nein.« Carlina schüttelte den Kopf. »Ich gebe zu, die ganze Geschichte kenne ich nicht. Sie spricht nicht gern darüber. Anscheinend ließen sich ihre Eltern scheiden, als sie zwei war. Es war keine freundschaftliche Trennung, und sie wuchs bei ihrer Mutter auf, bis sie zwölf war. Dann starb die Mutter, und von da an musste sie bei ihrem Vater leben. Er ist erzkonservativ.« Carlina brach ein weiteres Stück

Brot ab und wendete es zwischen den Fingern. »Und ein schrecklicher Macho. Ich frage mich, wie er es geschafft hat, sich den Fehlschlag seiner Ehe wegzuerklären.«

»Hat er je wieder geheiratet?«

»Nein. Er lebt nur für seine Firma, zumindest sagte Maria mir das. Arbeitet wohl bis Mitternacht und so. Anscheinend reicht ihm die schlechte Erfahrung mit der ersten Ehe für den Rest seines Lebens.«

»Und sie kommt nicht mit ihm aus?«

»Ganz und gar nicht. Sie hasst ihn und wartet nur auf ihren nächsten Geburtstag, an dem ihr ein Vermögen, das bis jetzt fest für sie angelegt ist, zugänglich gemacht wird. Dann wird sie umgehend verschwinden.«

»Und in der Zwischenzeit putzt sie bei euch?«

Carlina zuckte mit den Schultern. »Ich glaube, sie mag die Atmosphäre bei uns, weil sie so anders als bei ihr zu Hause ist. Sie sagt, es sei lustig und entspannt.«

»Und verrückt.«

»Und verrückt.« Carlina grinste und beugte sich über den Tisch. »Manche Leute finden das anziehend, Garini.«

Er erwiderte ihr Lächeln. »Wenn du's sagst ...«

Carlina richtete sich wieder auf. »Jedenfalls sagt sie, dass sie gern ihr eigenes Geld verdient, damit sie etwas hat, wovon ihr Vater nichts weiß. Und sie ist gern mit den Jungs zusammen, ich meine Rafaele und Ernesto, und ist mittlerweile auch eine gute Freundin von Rafaeles Schwester Sofia.«

»Weißt du, ob sie jemals in einem Zirkus gearbeitet hat?«

Carlina lachte. »Kannst du dir vorstellen, dass die Tochter von Andrea Focasciu in einem Zirkus arbeitet? Ich -« Sie brach ab und starrte quer durch den Raum.

Er fuhr herum. »Was ist los?«

»Ich ... ich glaube, ich habe gerade *mamma* gesehen.«

»Deine Mutter?« Er sprang auf. »Wo?«

»Da drüben. Sie ging zur Toilette.«

Er setzte sich wieder. »Die Toilette hat keine Fenster. Sie muss diesen Weg wieder zurückkommen.«

Carlina ließ das Stück Brot in ihrer Hand fallen. »Ich gehe mal hin und finde heraus, ob sie's wirklich ist.«

Garini griff quer über den Tisch und hielt sie am Handgelenk fest. »Das wirst du keinesfalls tun.«

»Warum nicht?«

»Weil es gefährlich sein könnte, und weil ich dir nicht in die Toilette folgen werde, wenn wir einfach hier sitzen bleiben und warten können. Falls sie es wirklich war. Hast du ihr Gesicht gesehen?«

Carlina schüttelte den Kopf. »Nein, und ich habe auch das Kissen nicht gesehen.«

»Das berühmte Kissen, das sie immer mit sich herumschleppt.« Seine Stimme bekam einen leicht sarkastischen Unterton.

Sie zuckte zusammen. »Ich weiß, dass es ein wenig eigen ist.«

»Wenn du weder ihr Gesicht noch ihr Kissen gesehen hast, wie kommst du dann auf die Idee, dass es deine Mutter war?«

Sie schaute ihn entsetzt an. »Meinst du, dass ich einen Verfolgungskomplex entwickelt habe?«

Er lächelte. »Ich hoffe nicht.«

Carlina runzelte die Stirn. »Ich ... ich weiß nicht, warum ich dachte, dass es *mamma* sei. Ich glaube, es war ihr Gang. Sie schwingt immer so die Hände, wenn sie läuft. Ich glaube, das war's.«

»Okay.« Er nickte. »Wir werden es gleich herausfinden.«

Aber als die Frau endlich von der Toilette zurückkam, musste er zweimal hinsehen, um sie zu erkennen. Ihr Haar war zu einem blonden Bob geschnitten, und ihre ganze Silhouette wirkte anders. Tatsächlich sah Fabbiola aus, als ob sie über Nacht zehn Kilo zugenommen hätte. Er versuchte, die Haare und die zusätzlichen Gewicht in der Mitte auszublenden und konzentrierte sich auf das Gesicht. Kein Zweifel. Es war Fabbiola.

Kapitel 10

I

»*Mamma!*« Carlina sprang auf. Sie hatte das Gefühl, dass ihre Mutter so langsam die Grenzen dessen überschritt, was man noch als exzentrisch bezeichnen konnte, und war hin- und hergerissen zwischen Sorge und Irritation. »Was um Himmels willen machst du bloß hier? Bist du diejenige, die unsere Verabredung arrangiert hat? Warum trägst du eine Perücke? Was -«

Fabbiola schaute sich wie eine Spionin in einem schlechten Film vorsichtig um.

Verschiedene Gäste hoben den Kopf und blickten in ihre Richtung. Ihre Augen leuchteten schon in der Vorfreude auf eine kleine Szene.

»Psst. Kein Wort.« Fabbiola presste die Lippen zusammen und warf ihrer Tochter einen wütenden Blick zu. »Du zerstörst noch alles.«

Unwillkürlich blickte Carlina über ihre Schulter. *Wovor hat sie Angst?* »Aber ich -«

Garini stand auf und zog einen Stuhl hervor. »Setzen Sie sich, *signora* Mantoni-Ashley.«

Fabbiola sprang zurück, als ob er vorgeschlagen hätte, dass sie auf dem Stuhl einen Stepptanz aufführen solle. »Nein! Wenn sie mich sehen, ist alles gelaufen.«

Garini und Carlina fragten gleichzeitig. »Wer sind *sie?*«

Wieder schaute Fabbiola über ihre Schulter. Dann seufzte sie und ließ sich auf den Stuhl fallen. »Es ist eh schon zu spät. Dabei war ich so sicher, dass es funktionieren würde.« Ihre Mundwinkel hingen nach unten.

Carlina ließ sich auf den Stuhl neben ihrer Mutter sinken und warf Garini einen besorgten Blick zu. Sein Gesicht war wie immer völlig unbewegt, aber sie bemerkte, dass er die Augen etwas verengt hatte, während er sich auf ihre Mutter konzentrierte. Sie beugte sich nach vorne. »Bist du in Gefahr, *mamma?*«

»Blödsinn.« Ihre Mutter machte eine ungeduldige Bewegung mit der Hand. »Natürlich nicht. Du lässt deiner Fantasie zu sehr freien Lauf.«

Carlina unterdrückte den Impuls, mit den Augen zu rollen. *Wer von uns hat eine blühende Fantasie?*

»Bitte sagen Sie uns alles, was Sie wissen, *signora* Mantoni-Ashley.« Garini war zu seiner offiziellen Polizeistimme zurückgekehrt, flach und hart.

»Es ist so entmutigend.« Fabbiola spielte mit der Gabel, die sie vom Tisch genommen hatte. »Ich habe meine Falle heute Abend so gut aufgestellt, aber es scheint, dass sie nicht funktioniert hat.« Sie runzelte die Stirn. »Ich bin wirklich enttäuscht darüber. Ich war sicher, dass der Mörder reagieren würde und -«

»Einen Augenblick bitte.« Garini hielt die Hand hoch. »Wie genau haben Sie dem Mörder eine Falle gestellt?«

Sie schaute ihn böse an. »Das muss ich Ihnen nicht sagen, oder?«

Carlina hatte Mühe, ihre Stimme leise zu halten. »Jetzt hör mal zu, *mamma*, du läufst hier verkleidet herum, benimmst dich, als ob du verfolgt wirst, und außerdem scheinst du ja irgendwoher zu wissen, dass jemand uns hier heute Abend zusammengebracht hat, also -«

»Natürlich weiß ich, dass ihr zwei hier zusammengebracht wurdet.« Ihre Mutter schaute sie ungeduldig an. »Immerhin war es ja meine Idee.«

Carlina schnappte nach Luft. »Deine Idee?«, fragte sie. »Warum um alles in der Welt tust du so etwas?«

»Na ja, es war doch offensichtlich, dass der Mörder euch zwei auseinanderbringen wollte.«

Garini blinzelte erstaunt. »Warum war das offensichtlich?«

Fabbiola schüttelte den Kopf, als könne sie gar nicht glauben, wie dämlich er sei. »Weil der Mörder doch sonst Valentino nicht in Carlinas Wohnung umgebracht hätte. Ich meine, wie dumm ist das denn? Ich habe das schon die ganze Zeit gesagt – es ergibt ja gar keinen Sinn, wenn wir weiterhin Ihre Unterstützung haben möchten. Aber leider hat der Killer genau das bekommen, was er wollte. Es war für uns alle ganz klar ersichtlich, dass in eurer Beziehung nicht alles zum Besten steht.«

Carlina schluckte. Sie öffnete den Mund, um zu antworten, aber ein warnender Blick von Garini ließ sie innehalten.

»Bitte fahren Sie fort.«

»Also dachte ich mir, dass ihr zwei zu einem romantischen Abendessen zusammenkommen solltet und dass es alle wissen sollten.«

»Aber es war ein Geheimnis«, sagte Carlina.

Ihre Mutter lachte. »Aber ganz und gar nicht. Ich wollte nur nicht, dass ihr zwei euch vor dem Essen unterhaltet und feststellt, dass es ein gefälschtes Treffen ist, deshalb habe ich euch mitgeteilt, dass ihr mit niemandem sprechen sollt.«

Garini schüttelte den Kopf. »Und was genau haben Sie heute Abend erwartet?«

Fabbiola nahm die Schultern zurück. »Ich erwartete, dass der Mörder Schritte unternehmen würde, um das Abendessen zu stören.«

»Wie denn?« Carlina traute ihren Ohren kaum.

»Keine Ahnung.« Fabbiola breitete die Hände aus. »Das ist natürlich Sache des Mörders. Ich kann ja nicht an alles denken, oder?«

»Ist Ihnen klar, dass Sie Ihre Tochter in Gefahr gebracht haben?« Garinis Stimme klang leise und gefährlich. Er erinnerte Carlina an einen Panther, der kurz vor dem Sprung stand.

»Darum habe ich mich ja entschieden, auch zu kommen«, antwortete Fabbiola würdevoll. »Um meine Tochter zu beschützen.« Sie zeigte auf den Nebentisch hinter der Holzwand. »Ich habe die ganze Zeit dort gesessen, aber dann konnte ich leider nicht mehr warten.« Sie lächelte etwas verlegen. »Hab zu viel Wasser getrunken.« Sie rutschte auf ihrem Stuhl hin und her, als ob er zu heiß geworden sei. »Und ich vermisse mein Kissen. Ich habe es zwar mit, aber das ist ja nicht ganz das Gleiche, nicht wahr?« Sie tätschelte ihren unförmigen Bauch.

Ein leiser Klingelton kam aus Garinis Jacke. »Entschuldigung.« Er zog das Telefon heraus und nahm den Anruf an.

»Sind Sie das, *commissario*?« Die weibliche Stimme war so laut, dass alle am Tisch sie verstehen konnten.

»Ja.«

»Hier ist Angela Pulo. Jemand hat meine Wohnung durchwühlt.« Ihre Stimme zitterte. »Alles ist auseinandergerissen. Hier herrscht das totale Chaos.«

Er stand auf, während sie noch sprach. »Sind Sie verletzt?«

»Nein, nein. Ich war gar nicht zu Hause. Ich bin gerade erst zurückgekommen.«

»Wissen Sie, ob etwas fehlt?«

»Nein. Aber ich habe auch noch nicht nachgesehen. Ich wollte Sie zuerst anrufen, bevor ich sonst irgendetwas unternehme.«

»Gut gemacht. Ich bin so schnell ich kann bei Ihnen.« Er legte auf, beugte sich nach vorne und schaute Fabbiola an. »Versprechen Sie mir eine Sache: Stellen Sie dem Mörder keine Fallen mehr.«

Fabbiola zog eine Schnute. »Hat ja eh nichts gebracht.«

Er wandte sich an Carlina. »Ich rufe dich an.« Seine Hand umfasste sanft ihren Kopf, dann zog er sie an sich und strich mit seinen Lippen über ihre. »Pass auf dich auf, ja?«

Carlina nickte sprachlos. Als er weg war, fühlte sich auf einmal alles viel kälter an.

Fabbiola tätschelte wieder das Kissen. »Er ist so abrupt. Ich frage mich wirklich, was du an ihm findest.«

Carlina schaute die Perücke ihrer Mutter an und unterdrückte einen Seufzer. »Er ist normal. Das ist zur Abwechslung sehr nett.«

II

Eine halbe Stunde später stand Garini in der Mitte des Wohnzimmers von *signora* Pulo und schaute sich die Zerstörung an. Alle Bilder waren von den Wänden gerissen worden, alle Schubladen herausgezogen und der Inhalt auf dem Boden verteilt. Zerbrochenes Glas knirschte unter seinen Füßen, als er in die Küche ging. *Signora* Pulo hatte sich hingekniet und sammelte einige Porzellanscherben auf.

»Es sieht aus, als ob sie nach etwas gesucht hätten.«

»Daran gibt's keinen Zweifel.« Sie schnaufte verächtlich. »Aber zusätzlich wirkt es so, als ob sie auch alles kaputtmachen wollten, was man nur kaputtmachen kann.«

»In diesem Fall hätten sie auch die Möbel zerstört.« Garini zeigte auf die Stühle, die keine einzige Schramme abbekommen hatten.

Sie seufzte und schüttelte den Kopf. »Das hätte auch keinen großen Unterschied mehr gemacht.« Mit einem Stöhnen stand sie auf und legte eine Hand auf den Rücken. »Wenn ich bloß wüsste, wonach sie gesucht haben. Vielleicht hat einer von den Erpressten Angst gehabt, dass sein Geheimnis jetzt rauskommt. Ich wette, sie glaubten, dass Giorgio ein Tagebuch oder so was mit ihren Geheimnissen geführt hat.«

»Hat er?«

»Oh nein. Giorgio hatte ein unglaubliches Gedächtnis. Es gab mal eine Zeit, als ich davon richtig beeindruckt war.« Sie hob eine Tasse ohne Griff hoch. »Das war meine Lieblingstasse.« Ihr Mund zitterte. Der rote Lippenstift war in die tiefen Linien rund um ihren Mund gezogen.

»Es tut mir leid.« Garini wünschte, er könnte mehr Trost als ein paar stumpfe Worte bieten. »Können Sie sich abgesehen von dem Notizbuch noch eine andere Sache vorstellen, die sie vielleicht gesucht haben könnten?«

»Nein.« *Signora* Pulo zuckte mit den Schultern. »Aber es muss mit dem Mord zu tun haben. Wir hatten in dieser Gegend noch nie Einbrüche.«

»Man muss aber bedenken, dass erpresste Leute sich normalerweise nicht in den Vordergrund drängen, wenn der Erpresser tot ist. Meist sind sie erleichtert und bleiben dann auf sicherem Abstand.«

»Dieser eben nicht.« *Signora* Pulo schaute sich um. »Wenn ich bloß wüsste, was sie wollten. Wenn sie es haben, werden sie mich jetzt in Ruhe lassen und ich kann endlich mit meinem Leben weitermachen. Aber was ist, wenn sie wiederkommen?«

Es klopfte an der offen stehenden Tür, und ein Mann, der von Kopf bis Fuß in Schwarz gekleidet war, rollte herein. Durch seinen immensen Umfang sah es für einen Augenblick so aus, als ob er im Türrahmen stecken bleiben würde, doch mit einer erstaunlichen Wendung der Hüfte schaffte er es, sich durchzuquetschen. Er hatte kein einziges Haar auf seiner glänzenden Glatze und wischte sie mit einem karierten Taschentuch ab. »*Signora* Pulo! Was für eine Katastrophe! Ist alles in Ordnung?«

Signora Pulo richtete sich langsam auf. »Mir geht es gut, danke.« Ihr Ton war kalt. »Dies ist der *commissario* von der Polizei, Stefano Garini.« Sie nickte in Richtung des runden Mannes. »*Signor* Atta ist mein Nachbar, *commissario*. Er wohnt in der Wohnung gegenüber.«

Garini hob eine Augenbraue. Offensichtlich hegte sie keine besonderen Sympathien für ihren Nachbarn. »Haben Sie heute Nachmittag oder am frühen Abend etwas Ungewöhnliches bemerkt, *signor* Atta?«

Der kleine Mann nahm die Schultern zurück und wischte sich erneut über den Kopf. »Ob ich etwas Ungewöhnliches gesehen habe? *Madonna*, ja, das habe ich. Ich hätte nicht gedacht, dass es wichtig werden könnte, aber ich habe *einige* seltsame Dinge heute Nachmittag bemerkt.«

Signora Pulo rollte mit den Augen. »Ich putze dann mal weiter.« Sie drehte beiden den Rücken zu, hob einen verbeulten Espressokocher aus Aluminium vom Boden auf und schob ihn wieder ins Regal.

Garini zog sein Aufnahmegerät aus der Tasche. »Darf ich Ihre Aussage aufnehmen, *signor* Atta?«

»Aber natürlich, natürlich, *commissario*.« Er drückte die Brust heraus. »Erst mal war da dieser kleine Junge, der seinen Ball auf meinen Balkon geschossen hat. Er klingelte und bat darum, dass ich ihn wiedergab. Das habe ich gemacht, aber erst nachdem ich ihm verdeutlicht hatte, was ich von ihm halte. Er hatte Glück, denn meine Blumen wurden nicht getroffen. Das war um sechzehn Uhr.«

»Um sechzehn Uhr war ich noch zu Hause«, warf *signora* Pulo ein.

»Ah.« *Signor* Atta runzelte die Stirn. »Wann sind Sie denn gegangen?«

»Halb fünf.«

»Na gut.« Er nickte. »Um sechzehn Uhr und siebenunddreißig Minuten ganz genau -« Er unterbrach sich und lächelte Garini kurz zu. »Ich weiß das, weil meine Lieblingssendung im Fernsehen um sechzehn Uhr fünfundvierzig anfängt und ich den Anfang auf keinen Fall verpassen wollte. Die Serie heißt *Das Haus am Abbey Square*. Kennen Sie die, *commissario?*«

Stefano unterdrückte einen Seufzer und schüttelte den Kopf.

»Na, ist ja auch egal, aber Sie sollten es sich mal ansehen. Es ist die Sache wert. Wo war ich?«

»Um sechzehn Uhr und siebenunddreißig Minuten ganz genau.«

»Ach ja.« Der rundliche Mann verlagerte sein Gewicht auf die Hacken. »In diesem Augenblick klingelte es wieder an der Tür. Es war ein Mann, der für die armen Kinder in Afrika Geld sammeln wollte. Ich habe ihn mit einer geharnischten Rede davongejagt. Ich weiß, wohin das ganze Geld geht, und die armen Kinder in Afrika sehen keinen Cent davon, oh nein!«

Garini schaute auf seine Armbanduhr. Er kannte diese Art von Zeugen. Der Mann würde immer weiter und weiter und weitersprechen und eine Million unwichtige Details hervorsprudeln, ohne auch nur zu merken, dass sein Publikum davon träumte, sich davonzustehlen. Kein Wunder, dass *signora* Pulo sich entschieden hatte, mit ihrer Putzaktion fortzufahren. Wie gern wäre er jetzt bei Carlina. Ihre Lippen hatten sich so weich angefühlt. Gott, wie er sie vermisste, den Duft ihrer Haut ... Wenn bloß ihre dämliche Familien-Loyalität nicht zum Bruch zwischen ihnen geführt hätte. Mit Mühe konzentrierte er sich wieder auf *signor* Atta, der mittlerweile schon von einem weiteren Nachmittagsbesuch sprach.

»... und dann ging er die Treppe runter, aber ich habe ihn nur von hinten gesehen, denn ich hatte die Tür eine Minute zu spät geöffnet, weil ich den Müll rausbringen wollte, und er war schon bei mir vorbeigegangen, aber er hatte einen ganz schlanken Rücken, so zart und zerbrechlich, als ob er keiner Fliege was zuleide tun könnte, aber ich dachte mir sofort, dass er irgendwie komisch lief, als ob er etwas zu verbergen hätte und -«

Garini unterbrach ihn. »Bitte erzählen Sie mir mehr von diesem schmalen Mann. Haben Sie ihn je zuvor gesehen?«

Signora Pulo schnaubte. »Das war bestimmt der pickelige Fünfzehnjährige vom dritten Stock.«

Signor Atta schaute sie betrübt an. »Das denke ich nicht.« Er seufzte und wechselte das Thema. »Ich hätte niemals gedacht, dass jemand die Wohnung der lieben Pulos ausraubt, während ich direkt nebenan bin, und dass *signor* Pulo einfach mir nichts dir nichts umgebracht wird, mitten am Tag! Ich weiß wirklich nicht, was aus dieser Welt noch werden soll!«

»Ganz richtig.« Garini war froh, dass das Aufnahmegerät alles mitgeschnitten hatte. Es würde seinen nächsten Bericht wunderbar ausschmücken, und Cervi würde einen Schlaganfall bekommen. Perfekt. Er bedankte sich bei dem übereifrigen *signor* Atta und komplimentierte ihn aus der Tür, dann kehrte er in die Küche zurück.

Signora Pulo rollte die Augen. »Ich hätte nie gedacht, dass dieser neugierige Alleswisser sich jemals nützlich machen könnte.«

Garini enthielt sich jeden Kommentars.

Sie stemmte eine Hand in die Hüfte. »Ich fühle mich hier nicht mehr sicher.«

»Das kann ich gut verstehen.« Garini schaute sie an. »Kennen Sie jemanden, bei dem Sie eine Weile wohnen könnten?«

Sie presste ihre welken Lippen zusammen. »Ja, ich glaube schon. Ich muss sie anrufen. Sie ist eine gute Freundin, und sie wohnt gleich um die Ecke, sodass ich tagsüber zurückkommen kann, um das Chaos hier aufzuräumen.«

»Stellen Sie nur sicher, dass Sie nie alleine sind«, sagte Garini.

»Solange wir nicht wissen, wonach sie suchen und ob sie es gefunden haben, müssen wir vorsichtig sein.«

»Machen Sie sich keine Sorgen, *commissario*.« Ihre Stimme klang grimmig. »Ich kann auf mich aufpassen. Das habe ich immer schon gekonnt.«

III

»Jetzt hört euch das mal an.« Emma lehnte sich auf dem Toilettensitz in Fabbiolas Badezimmer zurück und schlug die Beine übereinander. Ihre teuren Nylonstrümpfe schimmerten im schwachen Nachmittagslicht.

Carlina beugte sich über die Badewanne und wischte sich eine nasse Haarsträhne aus der Stirn. »Ich dachte, du willst uns dabei helfen, das Korn zu waschen.« Mit Ekel betrachtete sie einen schwarzen Käfer, der dabei war, aus der Wanne zu krabbeln. Das nasse Korn roch seltsam.

»Ich habe gesagt, dass ich dazustoßen werde«, korrigierte Emma. »Und das habe ich getan. Nun bin ich hier und unterhalte euch, indem ich euch etwas aus der Zeitung vorlese, damit ihr vor lauter Langeweile nicht völlig wahnsinnig werdet.« Ihr Blick fiel auf den schwarzen Käfer, der es geschafft hatte, über den Rand der Badewanne zu klettern. »Igitt!« Sie schrie so laut, dass Carlina zusammenzuckte. »Lucio!«

Ihr Mann eilte durch die Tür. »Was ist geschehen?«

»Ungeziefer!« Emma zeigte mit ihrem elegant manikürten Finger auf den schwarzen Käfer.

»Ganz große Überraschung«, sagte Carlina. »Wir stecken bis zu den Ellbogen in Ungeziefer, Emma, nur für den Fall, dass du es noch nicht gemerkt hast.«

»Und Korn.« Fabbiola schoss durch die Tür wie ein General, der die Moral seiner Truppen überprüfte. »Teures, wertvolles Korn. Korn, das viele Kinder in Afrika vor dem Verhungern bewahren könnte.«

Emma rollte die Augen.

Lucio machte einen Schritt nach vorne und katapultierte den Käfer mit einem Fingerschnippen wieder ins Wasser zurück. »Ich gebe zu, dass ich das hier nicht lustig finde.«

»Wer tut das schon?«, fragte Carlina leise und rührte das Korn mit einem langen Holzlöffel um. Sie schüttelte sich, als sie sah, wie zwei weitere Käfer davonschwammen. »Das ist so eklig.«

»Aber denk doch nur daran, wieviel Gutes du tust!« Fabbiola strahlte sie an. »Denk an all das wunderbare Brot!«

Wie auf Kommando wandten Lucio, Emma und Carlina die Gesichter ab.

»Wie geht es denn den anderen so?«, fragte Carlina, um über den peinlichen Moment hinwegzukommen.

»Wir sind schon fertig«, erklang Ernestos Stimme von der Tür her. Sein rotes Haar stand vom Kopf ab, als ob er direkt aus einem Sturm käme. Neben ihm blinzelte Rafaele um die Ecke. »Ihr solltet euch besser beeilen, wenn ihr den Rhythmus unserer Arbeitskette nicht durcheinanderbringen wollt.«

»Ihr seid schon fertig?« Fabbiola runzelte die Stirn. »Seid ihr sicher, dass ihr die Laken im Wohnzimmer alle wirklich richtig ausgebreitet und das Korn gleichmäßig verteilt habt? Wenn es nicht gut verteilt ist, wird es schimmeln.«

Ernesto seufzte. »Mach dir keine Sorgen. Maria ist gerade dabei, alles mit einem Spachtel zu glätten. Sie und Simonetta sind immer noch damit beschäftigt.«

Fabbiola rannte aus dem Badezimmer, um die Sache zu überprüfen.

»Also ehrlich.« Emma raschelte mit der Zeitung. »Will denn keiner hören, was ich euch zu sagen habe?«

»Nein.« Ihr Bruder grinste sie an. »Aber das sollte eigentlich nichts Neues für dich sein.«

Sie funkelte ihn an. »Mit dir habe ich überhaupt nicht gesprochen.«

»Na, leg schon los.« Carlina fügte noch etwas Wasser hinzu und rührte das Korn erneut um.

Emma hob ihre Stimme, sodass man sie trotz des Wasserrauschens verstehen konnte. »Die Polizei bittet Sie um Ihre Mitarbeit. Falls Sie das Messer auf dem Bild erkennen sollten, nehmen Sie bitte umgehend Kontakt mit der nächsten Polizeistation auf.«

»Abgefahren.« Ernesto kam in den Raum und schaute über Emmas Schulter. »Ist es das? Sieht aus wie ein Dolch aus Tausendundeiner Nacht, aber er ist ganz schön winzig. Das wurde benutzt, um den Zeitungsmann umzubringen, oder, Carlina?«

»Ich habe keine Ahnung«, sagte Carlina. »Ich habe euch schon mehrmals gesagt, dass ich nicht das Vertrauen des *commissario* genieße.«

»Aber Fabbiola hat gesagt, dass ihr gestern ein romantisches Abendessen hattet.« Ernesto schaute seine Cousine besorgt an. »Sie sagte, dass ihr euch wieder vertragen würdet.«

Das romantische Abendessen war Brot in der Gegenwart meiner verkleideten Mutter, und dann ist Garini davongestürzt. Carlina nickte. »Ja, aber selbst wenn wir uns wieder vertragen sollten, was dich im Übrigen nichts angeht, würde ich immer noch nicht alle Polizeigeheimnisse mitgeteilt bekommen.«

Ernesto zuckte mit den Schultern. »Tschuldigung.«

Sofort tat es Carlina leid, ihn angefahren zu haben. Sie mochte ihren Cousin und schätzte seine unkomplizierte Art, die in starkem Kontrast zu dem Verhalten seiner zwei Schwestern Annalisa und Emma stand.

»Natürlich ist das das Messer, mit dem der Zeitungsmann umgebracht worden ist.« Emma faltete die Zeitung zusammen und nutzte die äußerste Ecke, um einen weiteren Käfer zurück in die Badewanne zu schubsen. »Wir wissen, dass Valentino mit *mammas* Messer umgebracht wurde, also gibt es in diesem Punkt keine Geheimnisse. Daher ist es nur logisch, dass das die andere Mordwaffe ist.«

»Bist du da drinnen, Carlina?« Maria erschien neben Rafaele in der Badezimmertür. »Da steht ein Mann an der Tür. Er will mit dir sprechen.«

Carlina richtete sich auf und trocknete sich die Hände an einem feuchten Handtuch ab. »Weißt du, wer es ist?«

»Nein.« Maria schüttelte den Kopf. »Er wollte seinen Namen nicht nennen.« Ihre Augen weiteten sich. »Meinst du, er ist vielleicht gefährlich?«

Carlina bemerkte plötzlich, dass Maria blasser als sonst war. Sie zögerte. »Ich denke nicht. Ich meine, es wäre ganz schön dämlich, hier einfach hereinzumarschieren und an der Tür zu klingeln, wenn er jemandem Schaden zufügen will.«

»Ich denke, ich werde einfach mit dir gehen«, sagte Lucio.

»Ich auch«, stimmte Ernesto mit ein.

»Und ich.« Rafaele nickte langsam.

Carlina lächelte sie an und verließ das Badezimmer als Erste. Dann blieb sie erschrocken stehen. Die Dielen des Holzfußbodens waren komplett mit weißen Laken und nassem Korn bedeckt. Der Geruch war überwältigend. Carlina atmete durch den Mund.

Ein schmaler Pfad an der Seite war noch frei, also drehte sie ihren Rücken zur Wand und bewegte sich wie eine Krabbe daran entlang, bis sie zur Tür kam. Lucio, Ernesto und Rafaele waren direkt hinter ihr.

Kapitel 11

I

»Orfeo!« Carlina starrte ihren alten Schulkameraden an. »Dich habe ich ja Jahre nicht gesehen!«

Der kleine Mann auf der Schwelle trat von einem Bein auf das andere. »Hi, Carlina.« Er stellte sich auf die Zehenspitzen und spähte über ihre Schulter. »Habt … habt ihr gerade eine Party?« Seine Stimme schwankte, und er zuckte zusammen, als ob er sich wehgetan hätte.

Carlina blickte zurück ins Zimmer.

Lucio, Ernesto und Rafaele hatten eine Wand hinter ihr gebildet, Schulter an Schulter, alle drei mit überkreuzten Armen. Ihre Brauen waren tief über ihren Augen zusammengezogen, und ihre Münder waren grimmig zusammengepresst.

Carlina grinste. *Sie sehen aus, als ob sie das einstudiert hätten.* »Ach nein. Das sind nur meine Bodyguards.«

Orfeo zuckte erneut. »Bodyguards? Warum?«

»Nur ein Scherz«, sagte Carlina.

»Wie sind Sie ins Haus gekommen?«, unterbrach Lucio.

»Ich …« Orfeo fing an zu stammeln. »Ein älterer Mann ließ mich herein. Er sagte, ich solle einfach nur hochgehen, dann würde ich Carlina im dritten Stock in der Wohnung ihrer Mutter finden. Ich glaube, es war dein Onkel Teo, Carlina. Ist das ein Problem?«

»Onkel Teo sollte wirklich vorsichtiger sein«, sagte Ernesto.

Rafaele nickte. »Kannst nicht jeden ins Haus lassen. Wer weiß, was dann passiert. Simonetta könnte wieder schreien.«

Orfeo sah aus, als ob er es schon bereute, gekommen zu sein.

»Warum sind Sie hier?« Lucio schob sein Kinn nach vorne.

»Ich ... ich wollte mit Carlina sprechen.«

»Tun Sie ja schon.« Rafaele nickte.

Orfeo warf einen wilden Blick über seine Schulter, treppabwärts, als ob er sicherstellen wollte, dass der Fluchtweg noch frei war.

Carlina runzelte die Stirn. Orfeo war immer schüchtern gewesen. Da er so klein war, war er nie erfolgreich im Sport, und weil er so zurückhaltend war, stand er auch nie im Mittelpunkt der Aufmerksamkeit, aber sie hatte ihn gemocht, und im Laufe der Zeit waren sie Freunde geworden. Allerdings nicht wirklich enge Freunde, und nachdem er den Kleinkrämerladen von seinem Vater übernommen hatte und jeden Tag lange arbeitete, wie auch Carlina, hatten sie den Kontakt verloren. »Lass uns mal in meine Wohnung hochgehen«, sagte sie. »Da können wir in Ruhe reden.«

»Erinnere dich, was letztes Mal in deiner Wohnung geschah.« Ernestos Stimme klang wie eine düstere Vorahnung.

Orfeos Augen weiteten sich. »Wieso? Was denn?«

»Da wurde der Banker umgebracht.« Rafaele ließ eine schwere Hand auf Orfeos Schulter fallen. »Also keine Fisimatenten, ist das klar?«

»Könntet ihr bitte damit aufhören?« Carlina hätte die Jungs am liebsten geschüttelt. Sie wusste, dass sie unter ihrer strengen Fassade enormen Spaß an der Sache hatten, aber wenn man ihnen zuhörte, bekam man den Eindruck, dass sie Valentino mit einer lockeren Handbewegung umgebracht hatten, nur weil er es gewagt hatte, Carlina auf die falsche Art und Weise anzusprechen.

Lucio schüttelte den Kopf. »Ganz ehrlich? Ich glaube, es ist keine gute Idee, wenn du alleine mit ihm sprichst, Carlina.«

Carlinas Geduld war am Ende. »Nun hört mal gut zu, ihr drei. Ich schätze eure Hilfe und eure Sorge sehr, aber das ist im Augenblick nicht nötig. Orfeo ist ein alter Freund.«

»Ist allgemein bekannt, dass die meisten Morde im engsten Familien- und Freundeskreis stattfinden.« Rafaele bewegte den Kopf wie ein trauriger Beagle langsam von links nach rechts.

»Dann habe ich mehr von euch zu befürchten als von ihm.« Carlina schnappte sich Orfeos Ärmel und zog ihn die Treppe hoch. Über ihre Schulter sagte sie: »Ihr könnt euch als Wachen vor meine Tür postieren, falls ihr euch dann besser fühlt. Ich lasse sie sogar offen.« Sie schob Orfeo in ihre Wohnung und zeigte auf den Sessel mit dem Überwurf im Leopardenmuster. »Setz dich«, sagte sie. »Möchtest du etwas zu trinken haben?«

»Nein, danke.« Orfeo schaute sich mit dem Gesichtsausdruck eines gejagten Hasen um. »Wurde ... wurde dein Cousin wirklich hier umgebracht?«

Carlina biss sich auf die Lippen. »Ja.« Sie ließ sich aufs Sofa fallen und blickte Orfeo offen an. »Was wolltest du mir erzählen?«

Ihr Schulfreund warf einen nervösen Blick in Richtung Haustür, die nur angelehnt war, und senkte seine Stimme. »Wusstest du, dass meine Mutter und deine Tante zu dem gleichen Friseur gehen?«

Carlina blinzelte. Das Gefühl, in einen obskuren Traum gerutscht zu sein, ergriff von ihr Besitz. »Ist das der Grund, warum du gekommen bist?«

Orfeo runzelte die Stirn. »Natürlich nicht. Aber meine Mutter hat mir gesagt, dass du mit dem *commissario* ausgehst, der für die Aufklärung des Banker-Mordes zuständig ist.«

Das Thema ist leider Geschichte. Traurigkeit erfüllte sie, aber sie wollte nicht näher darauf eingehen. »Ja?«

»Na ja ...« Orfeo verschlang die Finger ineinander und schaute sie Hilfe suchend an, als ob sie für ihn sprechen könnten. Dann brachen die Worte aus ihm hervor. »Als ich heute Morgen die Zeitung las, habe ich den Dolch erkannt, den ich verkauft habe, aber ich wollte nicht direkt zum *commissario* gehen, daher dachte ich mir, dass ich erst mal zu dir komme, denn du kennst mich, und da ist es ein wenig leichter zu erklären.«

Carlina starrte ihn an. »Was zu erklären?«

»Die ... die Situation.«

Ich verstehe kein Wort. »Was für eine Situation? Wenn du den Dolch verkauft hast, ist das super. Du musst sofort zur Polizei gehen. Sie werden sehr dankbar sein, wenn sie erfahren, an wen du ihn verkauft hast.«

»Das ist es ja gerade.« Orfeo faltete seine Hände, als ob er beten wollte, dann drehte er sie, bis die Finger alle völlig verquer aussahen.

Carlina erinnerte sich plötzlich, dass er das immer gemacht hatte, wenn er es schwer fand, sich richtig auszudrücken. Was eigentlich jedes Mal der Fall war, wenn er den Mund öffnete. Sie fragte sich, wie er es schaffte, seine Kunden im Laden zu beraten. Aber sie hatte immer noch keine Ahnung, was um alles in der Welt er ihr eigentlich mitteilen wollte. Sie lächelte ihm ermutigend zu. »Ja?«

»Es klingt wie in einem schlechten Film.« Orfeo hob die dünnen Schultern und ließ sie wieder fallen.

»Ein schlechter Film?«

»Ja.« Orfeo nickte. »Denn da war dieser Mann in meinem Laden, verstehst du.«

Carlina runzelte die Stirn. »Ja?«

»Er schaute sich im Laden um, aber ich konnte sein Gesicht nicht sehen, weil er so ne Kappe trug, wie eine Baseballkappe, aber ohne Logo, dunkelblau, und er hatte sie so weit ins Gesicht gezogen, dass man kaum was erkennen konnte, sogar ohne den Schnurrbart, aber -«

»Schnurrbart?«

»Ja, er hatte einen dicken, haarigen Schnurrbart, der ihm über den Mund hing. Seine Hände waren mit fetten Ringen bedeckt, alle aus Gold.« Orfeo holte tief Luft und sah sie flehend an. »Und er sprach mit einem russischen Akzent.«

»*Madonna.*« Carlina blinzelte. »Jetzt weiß ich, was du meinst.«

»Ja.« Orfeo seufzte. »Sie werden mich zur Tür rauswerfen. Sie werden denken, dass ich zu viele schlechte Filme gesehen habe und dass ich ausnahmsweise auch einmal im Rampenlicht stehen will.« Er schaute sie besorgt an. »Verstehst du jetzt, warum ich nicht zur Polizei gehen wollte?«

Er hatte wunderschöne Augen. Sie waren das Beste an ihm, groß und tiefbraun und von dichten Wimpern umringt. *Wenn er mich so anschaut, erinnert er mich an einen Fünfjährigen, der etwas ausgefressen hat und hofft, dass er nicht zu streng bestraft wird.* Carlina schluckte. Sie konnte sich Garinis Reaktion vorstellen, wenn er ohne Vorwarnung mit dieser Geschichte konfrontiert wurde. »Wann hast du den Dolch verkauft?«

»Am Tag bevor der Kioskbesitzer ermordet wurde.« Orfeo hob seine knochigen Hände. »Es ist natürlich möglich, dass ich mich irre, aber der Dolch war recht selten.«

»Aber wie dumm von dem Mörder, ein seltenes Messer zu kaufen. Er hätte doch wissen müssen, dass es im Handumdrehen auf ihn zurückgeführt werden kann.«

Orfeo zuckte mit den Schultern. »Vielleicht hat er auf sein Glück vertraut. Es ist nicht einfach, Messer zu finden, die so lang und dünn und scharf sind. Vielleicht musste der Mörder das Messer verstecken, bevor er es benutzen konnte. Diesen Dolch konnte man gut im Ärmel verbergen.«

»Verstehe.« Carlina nickte. »Bist du denn zu einhundert Prozent sicher, dass es dein Messer war?«

»So sicher wie ich auf Basis des Bildes nur sein kann.« Orfeo starrte auf seine Fußspitzen. »Ich denke mal, die Polizei wird mich bitten, es zu identifizieren.«

»Ja.«

Ein Schauder überlief ihn. »Das ist so eklig.«

»Wie hat der Russe bezahlt?«

»In Cash, mit kleinen Banknoten und einigen Münzen.«

Carlina seufzte. »War ja klar.«

»Also.« Orfeo schaute hoch. »Was sollen wir jetzt tun?«

»Du solltest sofort zur Polizeistation gehen.«

Er zuckte zurück. »Nein.«

»Nein?«

Orfeo schüttelte den Kopf. »Ich habe mich gefragt, ob du … ob du vielleicht …?«

»Ob ich was tun könnte?«

Wieder dieser Kleiner-Junge-Blick. »Ob du meine Geschichte nicht dem *commissario* erzählen und seine Reaktion vorab prüfen kannst.«

Das war gar nicht nötig. Sie konnte schon sehen, wie er sarkastisch eine Augenbraue hob, während seine kühlen Augen keine Sekunde lang zeigten, was er wirklich dachte. »Ich glaube, das ist keine gute Idee.«

Orfeo verdrehte die Hände, bis seine Finger blau wurden. »Aber -«

»Garini bringt mich um, wenn ich ganz alleine mit dieser Geschichte zu ihm komme.«

»Aber ... aber ihr seid doch irgendwie zusammen, oder?« Orfeo schien verwirrt.

»Irgendwie.« Sie wollte nicht ins Detail gehen. »Aber ich habe mich schon genug in diese Untersuchung eingemischt. Geh bitte alleine hin. Es ist wichtig, und es ist deine Pflicht. Wer weiß, vielleicht bist du die entscheidende Person, die dafür sorgt, dass der Mörder gefasst wird.«

Er machte ein Gesicht, als ob ihm jemand einen Zahn ziehen würde. »Das bezweifle ich. Es ist alles so lächerlich, und es war ja ganz offensichtlich eine völlig überzogene Verkleidung, die niemanden weiterbringen wird. Vielleicht sollte ich der Polizei gar nichts melden. Es wird ihnen eh nicht weiterhelfen.«

Carlina fuhr zurück. Wenn Orfeo Garini nicht die Wahrheit sagen wollte, müsste sie es tun, und das würde Garini so *richtig* glücklich machen. »Auf gar keinen Fall.« Sie beugte sich nach vorne und bemühte sich, besondere Überzeugungskraft in ihre Worte zu legen, als sie den entsetzten Ausdruck in seinen Augen sah. »Es ist deine Bürgerpflicht.« *Wie pompös ich klinge.* »Denke ich mal«, setzte sie hinzu, um die Sache etwas lockerer klingen zu lassen.

Orfeo krümmte sich. »Oh *Madonna*, Carlina, ich -« Er brach ab und starrte sie an.

Wage es nicht, mich zu fragen, ob ich mitkommen kann. Carlina erwiderte seinen Blick so hart sie konnte.

»Kommst du mit mir?«

II

Er sah sie schon von Weitem. Carlina lehnte sich an die Steinmauer, die den Arno begrenzte und schaute in das schlammig-braune Wasser, das unter der Brücke zu ihrer Linken entlangschäumte. Neben ihr stand ein dünner Mann, die Arme um seinen Körper geschlungen, als ob ihm kalt wäre. Das war verwunderlich, denn der scharfe Wind war verschwunden, und ein unerwartet frühlingshafter Tag war das Ergebnis, mit einem fast transparent blauen Himmel über ihnen. Die Stadt kam aus diesem Winter ein wenig zerzaust hervor, einige Terrakottatöpfe zerbrochen, einige Fensterläden hingen schief, mit abblätternder Farbe, aber man konnte schon spüren, wie sich alles wieder bewegte und atmete, voller Hoffnung, voller Kraft. Die Platanen zeigten ihren hellen grünen Flaum, als ob über Nacht eine Fee ihr Silbergrau verzaubert hätte. Die Spatzen zwitscherten und hüpften herum, voller Freude, dass die harte Zeit vorbei war, und frisch gepflanzte Tulpen und Narzissen gaben den Blumenkästen hinter Carlina bunte Farben.

Er fühlte den plötzlichen Drang, zu ihr hinzulaufen und sie in die Arme zu nehmen, aber er zwang sich, gemäßigten Schrittes weiterzugehen. Sie hatte gesagt, dass sie ihm etwas Wichtiges mitzuteilen hatte, etwas, das er sofort erfahren sollte. Gott allein wusste, was es dieses Mal war. Wer war der Mann neben ihr? Er hatte ihn noch nie zuvor gesehen.

Als ob sie sein Kommen gespürt hätte, fuhr sie herum und blickte ihn an. Ihre katzenähnlichen Augen wirkten ein wenig trotzig.

Er wappnete sich. »Carlina.«

»*Ciao*, Stefano.« Sie zog den Mann neben sich nach vorne, als ob er eine Puppe sei. »Das ist mein alter Schulfreund Orfeo Lino. Wir waren in letzter Zeit nicht viel in Kontakt, weil er ein Ladengeschäft besitzt und genauso wenig Zeit hat wie ich. Heute kam er zu uns nach Hause, weil er in der Zeitung die Information über das Messer gelesen hatte und -«

»Warum lässt du ihn nicht für sich selbst sprechen?« Garini schaute den kleinen Mann neben Carlina an. War dies ein weiteres Mitglied der weitverzweigten Mantoni-Familie? Jemand, der von Carlina beschützt werden musste? Er fühlte, wie er gereizt wurde.

Orfeo Lino starrte auf die Spitzen seiner abgeschabten Schuhe und schob sie im Straßenstaub hin und her. »Das ist schon okay«, sagte er so leise, dass seine Worte fast im Rauschen des Arnos hinter ihm untergingen. »Sie kann das besser erzählen als ich.«

»Aber ich würde es vorziehen, es direkt von Ihnen zu hören.« Garini warf Carlina einen warnenden Blick zu.

Sie ließ ihren Mund mit einem schnappenden Geräusch zufallen und wandte sich an ihren Freund. »Leg los, Orfeo. Er wird dich nicht fressen. Das sieht nur so aus.«

Garini verengte die Augen. »Möchten Sie mit mir unter vier Augen sprechen, *signor* Lino?«

Der kleine Mann schrak zusammen. »Oh nein.«

Sehe ich wirklich so einschüchternd aus? Garini runzelte die Stirn. *Verdammt, selbst wenn ich versuche, netter zu schauen, würde er es ja gar nicht bemerken. Er hat doch seit Beginn der Unterhaltung noch nicht einmal hochgeschaut.* Er lehnte sich gegen die Steinmauer und schob seine Hände in die Hosentaschen, um einen entspannten Eindruck zu vermitteln. »Bitte sagen Sie mir alles, was Sie wissen, *signor* Lino. Es könnte uns helfen, einen Mörder zu fangen.«

Carlina gab ihrem alten Schulfreund einen freundlichen Stups und lächelte ihn ermutigend an.

Garini unterdrückte einen Seufzer. *Sie hat ihn unter ihre Fittiche genommen. Na großartig.*

Orfeo Lino schaute hoch. Ein verängstigter Blick traf Garini für den Bruchteil einer Sekunde, dann sah er wieder nach unten. »Ich glaube, ich habe dieses Messer an dem Tag verkauft, bevor der Kioskbesitzer umgebracht wurde.« Sein Kinn zitterte. »Aber leider wird Ihnen die Beschreibung des Käufers nicht helfen. Es war ein Mann mit einer dunkelblauen Baseballkappe und einem riesigen Schnurrbart. Er sprach mit einem russischen Akzent.« Er krümmte sich vor Verlegenheit, während er es sagte und redete so schnell weiter, dass er dem rauschenden Wasser hinter sich Konkurrenz machte. »Ich weiß, es klingt total albern, aber es ist die Wahrheit. Ich schwöre es. Er hat bar bezahlt. Das ist alles, was ich weiß. Sonst habe ich nichts bemerkt. Es tut mir leid.«

»Das ist schon in Ordnung.« Garini wusste, dass er mehr aus Orfeo Lino herausbekommen konnte, wenn er ihm seine Angst nahm. Allein die Tatsache, dass er sich so unwohl in seiner Haut fühlte, machte die Geschichte glaubwürdig ... oder er war ein perfekter Schauspieler. »Die Wahrheit kann manchmal dramatischer klingen als jede erfundene Geschichte.«

Ein dankbarer Blick belohnte ihn. »Wirklich?«

»Ja. Jetzt lassen Sie uns das Ganze noch einmal durchgehen. Sie sagen, dass Sie das Messer auf dem Bild in der Zeitung wiedererkannten?«

»Richtig.« Orfeo nickte. »Es hat so einen Ziergriff mit kleinen Blumen und Schnörkeln. Die Klinge ist aus Stahl gemacht, und es ist ein kleiner Stempel darauf, aber ich weiß nicht mehr ganz genau, was er zeigt. Es ist ungefähr so lang.« Er hielt seine Hände vor sich hin.

Garini nickte. Die Fakten passten, und Orfeo konnte das richtige Maß nicht vom Bild in der Zeitung abgeleitet haben. Weitere Details hatten nicht in dem Artikel gestanden. »Nun zu diesem Russen. Sie haben das Gesicht nicht gesehen?«

»Ich fürchte, nein.«

»Könnten Sie sagen, ob er alt oder jung war?«

Orfeo zögerte.

Carlina beobachtete ihn mit weit geöffneten Augen, aber sie versuchte nicht, seine Antwort zu beeinflussen oder ihn zu unterbrechen.

Das ist immerhin etwas. Garini konzentrierte sich wieder auf Orfeo. »Manchmal verraten die Hände einen Betrüger. Haben Sie seine Hände gesehen?«

»Sie waren komplett mit schweren Goldringen bedeckt. Ich habe nicht bemerkt, ob die Finger alt oder jung aussahen. Ich bin von den Ringen abgelenkt worden.«

»Das war der Grund, warum sie getragen wurden.« Garini runzelte die Stirn. »Wie war seine Art, sich zu bewegen, zu laufen? Ist er geschlurft? Vornübergebeugt? Oder hat er sich mit Leichtigkeit bewegt?«

Orfeo presste die Augen zusammen, in dem Bemühen, sich richtig zu erinnern. »Er … er war nicht sehr alt, würde ich schätzen. Es war schwer zu sehen, wie er sich bewegte, weil er einen langen Mantel trug, der irgendwie zu groß für ihn schien. Es war ein guter Mantel, dick und schwarz. Ich erinnere mich daran, dass er teuer aussah.«

»War der Mann groß oder klein?«

Orfeo runzelte die Stirn. »Klein. Er war auch sehr dünn.« Er zuckte mit den Schultern. »Es tut mir leid, aber leider kann ich mich an nichts anderes erinnern. Das hat nicht wirklich geholfen, oder?«

»Man weiß nie.« Garini löste sich von der Wand.

»Sie glauben mir?« Orfeo hob seinen Blick und schaute Garini wie ein kleiner Hund an.

Garini hielt dem Blick stand. »Ja.«

Erleichterung überflutete Orfeos Gesicht. »Und muss ich das Messer identifizieren?«

»Ich fürchte, ja. Könnten Sie sofort mitkommen? Es ist gereinigt worden.«

Der kleine Mann zuckte zurück. Er faltete seine Finger zusammen und drehte sie in einen Knoten. »Kann Carlina auch mitkommen?«

Garini warf Carlina einen kurzen Blick zu. »Na klar«, sagte er, hin- und hergerissen zwischen der Irritation, dass sie sich nicht von der Untersuchung abschütteln ließ, und dem warmen Gefühl der Erleichterung, dass er sich noch nicht von ihr würde trennen müssen. »Je mehr, desto lustiger.«

Eine Stunde später hatte Orfeo das Messer identifiziert, seine Aussage unterschrieben und war mit offensichtlicher Erleichterung in seinen Kramladen zurückgekehrt.

Garini entschied sich, Carlina zu Fuß nach Hause zu begleiten. Er hatte immer noch keine Verbindung zwischen den beiden Morden gefunden, und dieser Russe half nun überhaupt nicht weiter. Wenn überhaupt, machte er die Sache nur noch konfuser. Roberto hatte ihm gesagt, dass das Messer von jemandem benutzt worden sei, der groß und stark war. Das passte nicht zu dem Russen, es sei denn, es handelte sich um einen Komplizen – doch das machte die Sache auch nicht einfacher.

Signor Atta, der Nachbar der Pulos, hatte auch jemanden in der Nähe der Wohnung bemerkt, der schmal und dünn war. Obwohl das unter Umständen auch der Junge aus dem Obergeschoss gewesen sein konnte. Wie passte das zu der Art von Messerstich, die Roberto beschrieben hatte?

Wenn er bloß eine greifbare Verbindung zwischen den beiden Fällen finden würde, etwas, das ein wenig konkreter war als die mögliche Art und Weise, wie das Messer geführt worden war. Tief im Inneren wusste er, dass die beiden Fälle miteinander verbunden waren, obwohl er nicht sagen konnte, woher diese Überzeugung kam. Vielleicht hatte ja sein Unterbewusstsein etwas bemerkt? Wenn er bloß wüsste, was es war. Sobald er den Zusammenhang hergestellt hatte, wären die Fälle gelöst, dessen war er sich völlig sicher.

»Worüber denkst du nach? Du siehst ganz grimmig aus.« Carlina lächelte ihn an.

»Ich frage mich, inwiefern die Morde an deinem Cousin und dem toten Kioskbesitzer miteinander zu tun haben.«

»Natürlich hängen sie zusammen.« Carlina klang überrascht.

Er starrte sie an. »Warum? Weshalb denkst du das?«

Sie zögerte. »Ich … ich weiß es nicht. Vielleicht, weil beide Morde so kurz nacheinander passierten. Und weil beide Opfer erstochen wurden. Und …«

»Und weil drei Frauen aus dem Mantoni-Haushalt zur Stelle waren, als der Kioskbesitzer gefunden wurde.«

Sie schluckte. »Ja. Aber du kannst doch nicht im Ernst glauben, dass Simonetta oder Maria etwas damit zu tun hatten, oder? Orfeo hat ja auch gesagt, dass es ein Mann war.«

»Man kann sich leicht als Mann verkleiden.«

»Nun ja, aber man kann sich nicht erheblich verkleinern. Niemand würde Simonetta jemals als schmal und schlank bezeichnen.«

»Damit bleibt uns Maria.« Er lächelte sie ironisch an. »Denn obwohl du nicht so groß wie Simonetta bist, würde man dich doch nicht als klein bezeichnen.«

Sie nickte. »Ich bin eher Durchschnitt.«

»Das habe ich nicht gesagt.« Er blickte in ihre Augen. »Und ich würde es auch nie tun.«

Carlina wurde rot. »Ich kann mir nicht vorstellen, dass Maria zwei ausgewachsene Männer umbringen würde. Aus welchem Motiv heraus sollte sie das tun? Sie quält sich jedes Mal, wenn sie nur einen Käfer zertreten soll.«

Er seufzte. »Ich weiß, aber dennoch ... versprich mir, dass du vorsichtig bist, ja?« Er fühlte sich gar nicht wohl dabei, Carlina in diesem Haus mit der zunehmend verrückten Familie zu lassen. Das geheime Abendessen, das ihre Mutter arrangiert hatte, sprach Bände. Er wollte gar nicht daran denken, was ihr als Nächstes einfallen würde. Sie konnten von Glück reden, wenn es weiterhin so harmlos blieb.

Hinter ihnen hupte jemand.

Er fuhr herum und nahm Carlina instinktiv am Arm, zog sie näher an sich heran.

Sie schaute lächelnd zu ihm auf.

Er spürte, wie er rot wurde.

Benedettas Fiat hielt am Straßenrand, und ein Fenster öffnete sich. Ernestos roter Schopf erschien. Er schlug voller Begeisterung auf das Lenkrad und strahlte sie an. »Hallo ihr! Habt ihr gesehen, wie ich um die Kurve gefahren bin? Rasant, oder?«

»Ich fürchte, ich habe es nicht gesehen«, antwortete Carlina. »Aber wenn es nur auf zwei Rädern war, ist das auch besser so.«

Ernesto grinste. »Wir machen eine kleine Tour. Das Wetter ist perfekt für einen Ausflug.«

Garini schaute ins Auto. Neben Ernesto konnte er Rafaele erkennen, der träge eine Hand zum Gruß hob. Auf dem Rücksitz saßen zwei kichernde Mädchen. Die eine war Maria, und die andere sah ihr sehr ähnlich. Klein und hübsch, mit langem, glänzendem Haar. Kein Wunder, dass Ernesto sich wie ein König fühlte.

»Bringt euch nicht um.« Carlina winkte ihnen zu. »Und habt viel Spaß.«

Sie schauten zu, wie das Auto mit quietschenden Reifen davonfuhr.

»Wer war das andere Mädchen?«

»Sofia, Rafaeles Schwester.«

Garini runzelte die Stirn. »Ich glaube, Benedetta hat sie mal erwähnt.«

»Das ist gut möglich. Benedetta ist eng mit Rafaeles Mutter befreundet. Sein Vater ist früh gestorben, und die ganze Altori-Familie hält fest zusammen.«

»Wie ungewöhnlich.« Er schaute sie provozierend an.

Sie grinste, ließ die Bemerkung aber durchgehen. »Ich bin froh, dass sie gekichert hat. Sie hat es nicht leicht gehabt. Irgendein Typ hat sie geschwängert, als sie noch in der Schule war. Sie hat nie verraten, wer es war, egal wie oft sie gefragt wurde. Dennoch hat sie es geschafft, die Schule zu beenden und kurz danach ihr Baby zu bekommen. Aber es starb, als es zwei Monate alt war.«

»Verstehe. Das arme Mädchen.« Er ging die nächsten Schritte neben ihr und genoss ihre Gegenwart, den gelegentlichen Duft ihres Parfums in der milden Luft. »Glaubst du, dass da eine Romanze entsteht?«

Carlina schaute ihn überrascht an. »Zwischen Sofia und Ernesto?« Sie runzelte nachdenklich die Stirn. »Wenn du mich fragst, ist es eher andersherum.«

»Du meinst, er hat sich in Maria verliebt?«

Carlina zuckte mit den Schultern. »Vielleicht. Er war sein ganzes Leben lang von ausgesprochen resoluten Frauen umgeben, also gefällt ihm jetzt vielleicht das Kontrastprogramm.«

»Magst du sie?«

Carlina zögerte. »Ja, schon, obwohl ...« Ihre Stimme verklang.

»Obwohl was?«

»Obwohl ich irgendwie nicht so richtig warm mit ihr werde. Vielleicht ist das ihr Erbe. Dieser Vater, den sie da hat, der glaubt, dass er zu der allerbesten und feinsten Familie aus Florenz gehört und von nichts anderem redet. Er kann seine Vorfahren bis zu Adam und Eva zurückverfolgen, vielleicht auch bis zu der Schlange. Irgendwann muss sie das ja glauben.«

»Aber gleichzeitig putzt sie bei euch. Das wirkt nicht so, als ob sie arrogant wäre.«

Carlina lächelte. »Da hast du recht. Vielleicht kenne ich sie einfach noch nicht lange genug. Manche Leute brauchen eben länger, bis sie jemandem vertrauen.«

Er schaute sie an. Sie war so offen und herzlich, dass natürliche Zurückhaltung ein komplett fremdes Konzept für sie zu sein schien. Manchmal fragte er sich, warum sie sich in ihn verliebt hatte.

Carlina blieb wie vom Blitz getroffen stehen und griff nach seinem Arm. »Das glaube ich jetzt einfach nicht. Schau mal da drüben!«

Kapitel 12

I

Sie zeigte mit ihrem Kinn auf ein Paar, das unter der gestreiften Markise eines Blumenladens stand. Sie waren umgeben von bunten Frühlingsblumen - Tulpen, Narzissen, Krokussen. Direkt vor einem riesengroßen Behälter mit frischen Weidenkätzchen stand der Mann, seine Silhouette vor dem zarten Grün deutlich zu erkennen. Er beugte sich über eine Frau und streichelte ihre Wange. Dann nahm er ihren Kopf in seine Hände, ganz vorsichtig, als ob sie zerbrechlich sei, und küsste sie.

Carlina wandte sich zu Garini, ihre Augen riesengroß. »Tante Benedetta«, hauchte sie. »Und Leo. Das hätte ich ja nie gedacht ...«

Er lächelte sie an. »Hast du es wirklich nicht kommen sehen?«

»Doch, ich ... ich meine, nein, ich hatte keine Ahnung. Irgendwann mal kam mir der Verdacht, aber dann habe ich das über Valentinos Tod komplett vergessen.« Sie schaute noch einmal rasch zu dem Paar hinüber, dann wandte sie sich ab. »Aber es ist schön, oder?«

»Ich denke, sie passen zueinander.« Er schaute in Carlinas leuchtende Augen und fühlte einen scharfen Schmerz. Würden sie jemals wieder zurückkehren können in diese Phase, in der alles gut und richtig zwischen ihnen gewesen war?

Sie schaute ihn fest an. »Ja.«

Er wusste nicht genau, worauf sie geantwortet hatte, aber das war egal. Er nahm ihre Hand und führte sie davon.

Zwei Stunden später wurde er von einer Sekretärin in einem schwarzen Kostüm in das innere Heiligtum der Banca di Firenze, das Büro von Sergio Elevato, geführt. Sergio Elevato war der Direktor von Onkel Teos

Bank, derjenige, der diese seltsame Hypothek unterschrieben hatte, die verlangte, dass Valentinos Tod viel zu hoch versichert wurde. Garini hatte direkt nach Valentinos Mord um ein Gespräch gebeten, doch der Direktor hatte eine Lungenentzündung gehabt, und sein Stellvertreter war auf irgendeiner Geschäftsreise gewesen. Niemand sonst hatte sich in der Lage gefühlt, die Fragen der Polizei zu beantworten, also war Garini gezwungen gewesen zu warten.

Der Raum roch nach Kaffee. Bequem aussehenden Ledersitze waren rund um einen Edelstahltisch gruppiert. Dieser war so groß und glänzend, dass er Garini an die Tische in Schlachtereien erinnerte, auf denen die Tiere auseinandergenommen wurden. Eine einzige Akte lag verloren in der Mitte und sah aus, als ob man sie dort vergessen hätte.

Er konzentrierte sich auf den Direktor. Ein großer Mann, breit, effizient, mit einem Anzug, der Reichtum ausstrahlte, genau wie die schwere Golduhr und die raffinierten Manschettenknöpfe. Buschige Augenbrauen hingen über seinen tief liegenden Augen.

»Setzen Sie sich, *commissario*.« Der Direktor lächelte ihm jovial zu und offenbarte dabei goldene Zähne an den Seiten. Er winkte in Richtung der Lederstühle. »Was kann ich für Sie tun?«

Garini fühlte, dass die eigentlich unverfänglichen Worte eine herablassende Einstellung kaschierten. Dieser Mann benahm sich wie ein scheinbar gütiger Vater, der glaubte, dass er einem überlegen war, aber sich bewusst entschied, freundlich zu jemandem zu sein, der weit unter ihm stand. Es waren nicht die Worte an sich, es war das besonders beruhigende Lächeln, das vorgetäuschte Interesse, die Art, wie er sich zurücklehnte und Garini anblickte. Eine ungewöhnliche Reaktion auf eine Einladung zu einem Gespräch mit der Polizei.

»Kann ich Ihnen eine Tasse Kaffee anbieten?«

»Nein, danke.« Garini legte das kleine Aufnahmegerät auf den Tisch. »Bevor wir anfangen, benötige ich eine schriftliche Bestätigung, dass wir dieses Gespräch aufzeichnen dürfen.« Er hatte sich entschieden, die Formalitäten bei dem Direktor ganz besonders korrekt einzuhalten.

»Aber natürlich, mein lieber Freund.« Ein herzhaftes Lachen. »Wir haben nichts zu verbergen.«

Garini zuckte nicht mit der Wimper. Er reichte *signor* Elevato das Papier, das er vorbereitet hatte, zur Unterschrift, wartete, bis er fertig war, drückte den Aufnahmeknopf und sprang sofort zum Kern der Befragung. »Vor ungefähr einem Jahr haben Sie Teodoro Alfredo Mantoni für sein Haus in der Via delle Pinzochere einen Kredit in Höhe von 1,7 Millionen Euro überschrieben.«

Der Direktor öffnete die Akte und blätterte sie durch. »Ja, das ist korrekt.«

»Glauben Sie heute immer noch, dass der Wert des Hauses richtig eingeschätzt war?« Garini hatte die Gutachten für Häuser im Zentrum von Florenz überprüft und wusste, dass die Summe passte. Auf den ersten Blick wirkte das zwar nicht so, aber es war ein großes Haus mit sieben Wohnungen in einem beliebten Teil der Altstadt – eine ruhige Seitenstraße, aber dennoch zentral gelegen.

»Ja, die Summe stimmt.« Der Direktor nickte. »Ich bin sogar ziemlich sicher, dass der Wert zwischenzeitlich noch gestiegen ist.«

»Wussten Sie, was *signor* Mantoni mit dem Geld vorhatte, das er sich von Ihnen lieh?«

»Ja, das hat er erwähnt.«

»Und fanden Sie das nicht ein wenig seltsam?«

Signor Elevato hob die Hände. »Es ist nicht unsere Aufgabe zu beurteilen, was unsere Kunden mit ihrem Geld machen. Es ist nur unsere Aufgabe, die Risiken abzudecken.«

»Und das Risiko war durch den Wert des Hauses ausreichend abgedeckt.«

»So ist es.«

»Haben Sie *signor* Mantoni gesagt, dass es ausgesprochen töricht war, seinem Neffen das Geld zum Investieren zu überlassen?«

Signor Elevato seufzte. »Sie müssen sich von dem Gedanken frei machen, dass wir die Polizei sind, *commissario*. Was die Leute mit ihrem Geld machen, ist einzig und allein ihre Sache. Sie kommen zu uns, um es zu erhalten. Wir schätzen das Risiko ein. Wenn wir einen entsprechenden Gegenwert bekommen, geben wir ihnen das Geld. So einfach ist das.«

Und damit hat er leider recht. Wieder konnte Garini nichts dagegen einwenden, aber bei der unterschwelligen Arroganz stellten sich ihm die Nackenhaare auf. »Haben Sie erwartet, dass *signor* Mantoni die Rückzahlung des Kredites schafft?«

Der Direktor blickte Garini mit einem Ausdruck der Überraschung an. »Aber natürlich.«

»Und doch haben Sie ihn dahin gehend beraten, den Tod seines Neffen zu versichern.«

»Das ist ein ganz normales Vorgehen, *commissario*.« Der Direktor lehnte sich in seinem Stuhl zurück und überschlug die Beine. »Als *signor* Mantoni uns sagte, was er mit dem Geld vorhat, gaben wir ihm den Rat, das Risiko möglicher Unfälle abzudecken.«

Garini wollte endlich unter diese selbstgefällige Hülle dringen. »Und zufälligerweise boten Sie auch genau diese Art von Versicherung an.«

»Das hat nichts mit Zufall zu tun, *commissario*.« Ein kühler Blick begleitete die leicht vorwurfsvollen Worte. »Als eines der wichtigsten Finanzinstitute in Florenz bieten wir natürlich die ganze Bandbreite an Dienstleistungen an, sodass Lebensversicherungen ein fester Bestandteil in unserem Sortiment sind.«

»Wie kamen Sie dazu, das Risiko eines Mordes mit einzuschließen? Sie müssen zugeben, dass das zumindest ungewöhnlich ist.«

»Erfahrung«, sagte *signor* Elevato. »Wir wussten, dass *signor* Canderini plante, das Geld in Dubai zu investieren. Damit wäre es außerhalb der italienischen und sogar der europäischen Rechtsprechung. Wir hatten das Gefühl, dass es in *signor* Mantonis Interesse läge, wenn wir jedes Risiko abdecken. Und wenn man die jüngst zurückliegenden Ereignisse betrachtet, müssen Sie zugeben, dass wir recht hatten.«

»*Signor* Mantoni sagte mir, dass Sie im Begriff waren, das Haus zu pfänden.«

»Das ist korrekt, *commissario*. Er hatte den Rückzahlungstermin verstreichen lassen, und daher waren wir gezwungen, weitere Schritte einzuleiten, obwohl wir dies auf persönlicher Ebene natürlich sehr bedauerten.«

Garini entschied sich, dass er so nicht weiterkam. Der Banker hatte recht. Er hatte sich an alle Regeln gehalten, die auf seiner Seite des Vertrags bstanden hatten. Onkel Teo war derjenige gewesen, der ein hohes Risiko eingegangen war – und verloren hatte. Das war nicht der Fehler der Bank. Aber wie gern würde er dieses selbstzufriedene Lächeln aus dem Gesicht des Mannes wischen. »Vielen Dank für Ihre Zeit. Ich melde mich, wenn weitere Fragen auftreten sollten.«

II

Maria verlagerte ihr Gewicht auf die Hacken und schaute von ihrer Position am Boden mit weit geöffneten Augen zu Garini hoch. Sie schien ganz verloren in Fabbiolas Küche, als ob diese zu groß für so eine kleine Frau sei.

»Bitte lassen Sie das Korn für einen Augenblick ruhen«, sagte Garini. »Ich möchte mich gern mit Ihnen unterhalten.«

Sie presste ihre kleinen Hände zusammen und stand auf. »Ja, *commissario?*«

»Setzen Sie sich.« Er zog einen der futuristischen Stühle unter Fabbiolas Küchentisch hervor, entstaubte ihn und schob ihn Maria zu.

Sie setzte sich hin, als ob sie jede Minute eine Explosion erwartete. Ihr Blick erinnerte ihn an sein erstes Meerschweinchen, das immer gezittert hatte, wenn er es in die Hand nahm. Es hatte nie aufgehört zu zittern, egal wie beruhigend Stefano auf es einsprach, egal wie zärtlich er das glatte Fell streichelte. Stefano hatte vermutet, dass es in seiner Vergangenheit einmal eine schlimme Erfahrung gemacht hatte, aber vielleicht war es auch einfach nur von Natur aus ein Angsthase. Es war keine fröhliche Beziehung gewesen.

»Ich muss Ihnen ein paar Fragen stellen.« Er versuchte, so sanft wie möglich zu klingen.

Sie blinzelte einmal, aber ansonsten gab sie kein Zeichen, dass sie ihn gehört hatte.

Die Küche war von einem seltsamen Geruch durchdrungen, irgendwie modrig. Er kam von dem Korn, das den Großteil des Fußbodens bedeckte und sich vom Eingang bis in jeden Raum erstreckte. Man musste aufpassen, wo man hintrat, sonst rutschte man auf dem glitschigen Zeug aus.

»Als wir Ernestos Geburtstag gefeiert haben, haben Sie eine beeindruckende Jongleur-Vorstellung gegeben. Wo haben Sie jonglieren gelernt?«

Sie schluckte so schwer, dass er es sehen konnte. »Ich ... ich bin gar nicht so gut.«

»Das würde ich nicht behaupten.« Garini schüttelte den Kopf. »Für eine Amateurin war das ein ziemlich beeindruckendes Schauspiel.«

Maria holte tief Luft. »Ich habe es in der Schule gelernt.«

»In der Schule?«

Sie musste den ungläubigen Ton in seiner Stimme gehört haben, denn sie zuckte zusammen und sagte dann ganz flach und schnell: »Es war eine besondere Zirkuswoche. Wir haben jeden Tag Unterricht bekommen, und am Ende haben wir für unsere Eltern eine Zirkusvorstellung gegeben.«

»Und nach dieser einen Woche konnten Sie so gut jonglieren?«

Maria schüttelte den Kopf. »Nein. Es hat mir wirklich Spaß gemacht. Darum habe ich zu Hause immer weiter trainiert. Ich habe die Bälle zum Geburtstag bekommen.« Sie klang sehnsüchtig, als ob das alles vor Ewigkeiten passiert wäre, als es noch glücklichere Zeiten gab.

»War das hier an der Schule in Florenz?«

»Oh nein.« Sie schüttelte den Kopf. »Das war, als meine Mutter noch lebte.« Sie krümmte sich und schaute auf ihre Hände. Sie waren so fest gefaltet, dass es aussah, als ob sie das Blut aus ihnen herausquetschen wollte. »Simonetta hat mir auch geholfen. Sie hat früher in einem Zirkus gearbeitet und hat mich überredet, die Vorstellung mit ihr zu geben. Ich habe ihre Jonglierbälle gefunden, als ich ihr Zimmer putzte, und sie kam dazu, als ich versuchte, mit ihnen zu jonglieren. So kam sie auf die Idee.«

Irgendwie habe ich das Gefühl, dass du nicht gern im Rampenlicht stehst. Garini öffnete den Mund, aber bevor er ein weiteres Wort herausbringen konnte, flog die Küchentür auf.

Fabbiola marschierte herein. »Ich bin in großer Sorge.« Sie machte eine Pause, um nach Luft zu schnappen und schaute sich mit weit aufgerissenen Augen im Raum um. »De facto bin ich fast wahnsinnig vor Angst.«

»Was ist passiert?« Garini erwartete, dass die anderen Familienmitglieder hinter Fabbiola in die Küche gestürzt kamen, aber ausnahmsweise einmal war Fabbiola alleine. War alles in Ordnung mit Carlina? Er hatte seit heute Nachmittag nicht mehr mit ihr gesprochen. Seit wann war er eigentlich so abhängig davon geworden, sie ständig zu sehen?

»Das Korn trocknet nicht so, wie es soll.« Fabbiola warf ihre Arme weit auseinander, sodass die Armbänder an ihren Handgelenken klapperten. Eine Strähne ihres hennaroten Haares hing ihr ins Gesicht. »Ich bin in sehr großer Sorge, dass wir uns nun auch noch um ein Schimmelproblem kümmern müssen.«

Garini fühlte, wie die Anspannung zwischen seinen Schulterblättern verschwand. Er hätte wissen müssen, dass es nur ein Sturm im Wasserglas war.

»Ich habe das Korn gewendet, genau wie du es gesagt hast, und ich habe auch die Laken gewechselt«, sagte Maria. »Aber ich weiß nicht, ob es funktionieren wird. Es scheint immer noch richtig feucht zu sein.«

»Vielleicht müssen wir es föhnen«, sagte Fabbiola.

»Denken Sie nur an die ganze Energie, die das kosten würde«, sagte Garini. »Außerdem würden sich die Föhne schnell überhitzen. Sie sind nicht dafür gemacht, stundenlang im Einsatz zu sein.« Er unterbrach sich entsetzt. Was um Himmels willen tat er da? Er hatte kein Interesse an Korn, nein, er hatte sich sogar geschworen, auf Distanz zu bleiben. Diese Familie ging ihm echt unter die Haut.

»Deshalb brauchen wir Profi-Föhne.« Fabbiola presste ihren Mund in eine entschiedene Linie. »In rauen Mengen. Ich werde darüber nachdenken müssen. Vielleicht kann Rafaele helfen. Er wird das wissen.« Tief in Gedanken versunken wanderte sie wieder aus dem Raum.

Maria lächelte das erste Mal. »Sie ist so lustig.«

»Ja, das ist sie.« Seine Stimme klang trocken.

Fabbiola steckte den Kopf noch einmal durch die Tür. »Was machen Sie eigentlich hier, *commissario?*«

»Ich untersuche den Mord.« Seine Antwort war mild.

»Na, dann beeilen Sie sich mal ein wenig. So richtig weit sind Sie damit ja noch nicht gekommen, oder?« Sie verschwand wieder.

Maria lächelte ihn unsicher an. »Sie meint das nicht so, wissen Sie?«

»Ich denke doch.« Garini lächelte zurück. »Aber machen Sie sich keine Sorgen. Es macht mir nichts aus.«

Sein Telefon klingelte. Als er den Anruf annahm, erklang *signora* Pulos Stimme. »Ich habe es gefunden! Jetzt weiß ich, was sie mitgenommen haben. Können Sie sofort zu mir kommen?«

Kapitel 13

»Nun schauen Sie sich das an!« *Signora* Pulos Zuckerhaare standen in alle Himmelsrichtungen, als sie eine Serie schwerer Fotoalben zu Garini schleppte. »Das haben sie mitgenommen!«

Garini starrte auf die Alben vor ihm. Er hatte keine Ahnung, was sie meinte.

Sie öffnete eines in der Mitte und blätterte rasch einige Seiten um. Bunte Bilder von einem Zirkuszelt und Artisten, fertig geschminkt und gekleidet für den Auftritt, wechselten einander ab. Ein Zirkusdirektor in leuchtend rotem Frack. Ein Orchester. Ein Artist auf einem Trapez. Dann drehte sie die Alben herum, sodass sie übereinanderlagen, mit dem Rücken zu Garini. Sie waren chronologisch angeordnet, ein Album pro Jahr. »Jetzt schauen Sie mal hier. Und hier. Und hier.« Ihr knubbeliger Finger zeigte auf eine Lücke von mehreren Jahren in dem Stapel.

»Sie meinen, der Dieb hat die Fotoalben dieser Jahre mitgehen lassen?«

»Ja!« Sie nickte. »Es fehlen mehrere Bände. Leider sind das die Jahre, bevor ich meinen Mann kennenlernte.«

Garini nahm eines der Alben in die Hand und setzte sich damit hin. Es war schwer und roch nach Gesichtspuder. »Wer hat diese Alben zusammengestellt?«

»Das war Giorgio.« *Signora* Pulo nickte heftig, sodass ihr gesamtes Zuckerhaarkonstrukt wackelte. »Eines hatte er immer auf seinem Schminktisch und wenn er einen Moment Zeit hatte, klebte er weitere Bilder ein. Es war so eine Art Hobby, wissen Sie?«

»Wer wusste von diesem Hobby?«

»Na, der ganze Zirkus. Sie haben ihn immer damit aufgezogen, aber er schaute sich die Bilder gern an. Er hat jedes Jahr mit einem neuen Album angefangen.«

»Wo haben Sie sie aufgehoben?«

»In seinem Wohnwagen hatte Giorgio sie alle in einer Reihe stehen, direkt neben dem Eingang. Aber als wir hierherzogen, hat er mit den Alben aufgehört. Er sagte, es macht ja keinen Sinn, das gleiche Gesicht Jahr ein Jahr aus zu dokumentieren. In einem Zirkus ist mehr Wandel, wissen Sie? Also haben wir sie in einen Karton gepackt und unters Bett geschoben.«

»Und Sie sind sicher, dass es das ist, wonach der Dieb gesucht hat?«

Sie zuckte mit den Schultern und sah sich um. Der Raum war wieder aufgeräumt. Einige Bilderrahmen fehlten an der Wand, aber alles andere war an seinem alten Platz oder hatte einen neuen gefunden. »Sie haben gesagt, ich soll herausfinden, was fehlt. Das ist das einzige, mit Ausnahme meiner Perlenhalskette.«

»Ihre Perlenhalskette?«

»Ja.« Sie zog eine Grimasse. »Sie war billig und falsch, und sie hing über dem Spiegel im Badezimmer. Ich habe keine Ahnung, was der Dieb damit will. Auf dem Regal hatte ich die kleine Box mit meinen goldenen Ohrringen und meiner besten Goldkette. Die hat er nicht angerührt.«

Garini runzelte die Stirn. »Das wirkt fast so, als ob er die Halskette nur genommen hat, um von den fehlenden Fotoalben abzulenken. Wie um alles in der Welt haben Sie bloß herausgefunden, dass sie fehlen?«

Signora Pulos Grinsen offenbarte ihre schiefstehenden Zähne. »Ich hätte es nicht gemerkt, wenn der Dieb nicht vergessen hätte, den Karton wieder richtig unters Bett zu schieben. Ich habe mir den Zeh gestoßen, und als ich mich heruntergebeugt habe, um herauszufinden, was das war, habe ich gesehen, dass der Deckel nicht richtig geschlossen war, so wie vorher. Darum habe ich den Karton hervorgezogen und mir die Alben angesehen. Es fehlten mehrere Jahre.«

»Sind Sie sicher, dass diese Alben nicht schon früher fehlten?«

»Ganz sicher.« Sie warf ihm einen scharfen Blick zu. »Ich kenne mein eigenes Haus. Ich weiß, was hier ist und was nicht. Und was noch viel wichtiger ist: Ich weiß jetzt, was Giorgio sagte, kurz bevor er starb. Es war nicht Nirvana oder irgend so'n esoterisches Zeug, an das er sowieso nicht glaubte. Es war Alana.«

»Was uns schon vorher nicht weitergebracht hat.«

»Ah, aber jetzt ist das anders.« Sie richtete sich auf. »Denn als ich mir die Bilder ansah, fiel mir auf einmal auf, dass ich noch etwas aus dieser Zeitspanne habe. Kommen Sie mit.« Sie verließ das Zimmer, ohne sich umzusehen, so sicher war sie sich, dass er ihr folgte. Zu seiner Überraschung führte sie ihn in ein kleines Badezimmer. »Sie müssen ganz hereinkommen«, sagte sie mit einer einladenden Handbewegung.

Garini zögerte. Wenn er und *signora* Pulo gemeinsam in dem kleinen Bad standen, war es überfüllt, und man würde nicht mehr viel erkennen können. Worauf wollte sie bloß hinaus?

Sie grinste wieder. »Glauben Sie mir, Sie werden es nicht bereuen.«

Er zuckte mit den Schultern und folgte ihr. Es roch nach Lavendelseife und war genauso eng wie erwartet. Er presste die Arme an die Seiten, um nicht versehentlich etwas umzuwerfen. Es war ein ungemütliches Gefühl, und er hatte immer noch keine Ahnung, um was es ging.

Sie griff um ihn herum und schloss die Tür. »Drehen Sie sich um.«

Garini gehorchte und fuhr zurück. Die Tür war mit einem großen Poster bedeckt, das in rot-goldenen Buchstaben verkündete: CIRCUS BELLEZZI. STAUNEN SIE ÜBER DIE ZAUBERHAFTE ALANA!

»Alana war eine Trapezkünstlerin. Giorgio hat mir viel von ihr erzählt. Sie war sehr jung, noch ein Kind, aber anscheinend eine der Hauptattraktionen des Zirkus.« Sie verengte die Augen, bis ihre Falten wie tiefe Schluchten aussahen. »Dann geschah etwas Schreckliches. Ich weiß nicht mehr genau, was es war, aber sie musste den Zirkus verlassen.« Sie kniff die Lippen zusammen. »Vielleicht hat er sie auch erpresst, und jetzt hatte sie genug und entschied sich, der Sache ein Ende zu bereiten.«

Garini runzelte die Stirn. »Sie sagten, sie war ein Kind damals?«

»Elf oder zwölf oder so. Heute wäre sie eine junge Frau.«

»Ich muss mit den Leuten vom Bellezzi-Zirkus sprechen. Mit Menschen, die sich an sie erinnern können.«

Sie nickte. »Das habe ich mir schon gedacht. Ich bin noch mit ihnen in Kontakt, und ich habe sie gefragt, wo sie gerade sind. Sie sind in Matera.«

»In Matera? Im Süden?«

»Ja. Sie sollten hinfliegen.«

»Das werde ich tun.« Garini verließ eilig die Wohnung. Diese neue Entwicklung deutete auf Maria als Täterin hin. Sie hatte das richtige Alter, und sie war schmal genug, um der verkleidete Russe gewesen zu sein. Aber er konnte immer noch kein Motiv entdecken. Warum hätte Maria sich plötzlich entscheiden sollen, Valentino umzubringen?

Sobald Garini auf der Straße war, zog er sein Handy aus der Tasche, um seinen Assistenten Piedro anzurufen. Er wollte ihm die nächsten Schritte erklären und ihn bitten, die Reise nach Matera zu organisieren. Doch bevor er die Nummer eintippen konnte, klingelte es.

Sein Herz schlug schneller. Carlina. Sie hätte in keinem schlechteren Augenblick anrufen können, aber er schaffte es einfach nicht, sie auf den Anrufbeantworter zu schicken. Vielleicht war es ja etwas Wichtiges, und selbst wenn nicht – ach, egal. Eine Minute mehr oder weniger würde keinen Unterschied machen.

»Ich bin froh, dich zu erreichen.« Ihre Stimme klang weich.

»Ist etwas passiert?«

»Nein, nicht wirklich. Ich dachte nur ...«

»Sag's mir.«

»Versprichst du mir, dass du nicht lachst?«

»Ich verspreche es.«

»Ich ... ich hatte ein seltsames Gefühl. Als ob etwas wirklich Schreckliches passieren würde. Und ich ... ich wollte deine Stimme hören.«

Wärme durchflutete ihn. »Mir geht es gut. Mach dir keine Sorgen.«

»Gut.« Sie klang erleichert.

»Ich muss die Stadt verlassen. Aber nicht lange.«

»Oh.«

Er musste zugeben, dass er die Enttäuschung in ihrer Stimme gern hörte.

»Hat die Reise etwas mit dem Fall zu tun?«

»Ja.« Er führte es nicht weiter aus. Er durfte es nicht. »Aber ich bin bald zurück. Pass gut auf dich auf, ja?«

»Na klar.« Sie klang, als ob sie mit den Schultern zuckte und seine Worte nicht ernst nahm.

»Hey, ich dachte, du hast ein seltsames Gefühl, dass etwas wirklich Schreckliches passieren würde. Woher kommt denn jetzt diese plötzliche Sorglosigkeit?«

Sie lachte. »Ach, das Gefühl hatte nichts mit mir zu tun. Es geht um dich, deine Sicherheit. Achte gut auf dich, ja?«

Er lächelte. Wann hatte sich zuletzt jemand um ihn gesorgt? Er war überrascht, wie gut es sich anfühlte. »Darauf kannst du dich verlassen.« Er wollte die Unterhaltung nicht beenden, obwohl er nun wirklich genug zu tun hatte. »Wo bist du denn gerade?«

»Zu Hause. Du wirst es nicht glauben, aber *mamma* hat sich entschieden, das Korn zu rösten, um den Trocknungsprozess voranzutreiben. Also haben wir jede einzelne Pfanne im ganzen Haus eingesammelt und braten das Korn jetzt auf allen verfügbaren Herden, in der Hoffnung, dass es trocknet, bevor es anfängt zu schimmeln.«

»Bitte sag mir, dass das ein Scherz ist.«

Sie kicherte. »Leider nein. Du solltest uns sehen. Wir sind hier alle total beschäftigt. Und *mamma* organisiert uns wie eine Ameisenarmee. Wir schleppen gusseiserne Pfannen treppauf und treppab, als ob wir nie etwas anderes getan hätten. Sie hat sogar Sofia, Rafaeles Schwester, eingespannt, außerdem Maria und Simonetta und natürlich auch den Rest der Familie. Benedetta und Leo sind auch hier.« Sie senkte die Stimme. »Die zwei sind übrigens richtig süß und lächeln sich die ganze Zeit mit leuchtenden Augen an, aber ich bin nicht sicher, ob Benedettas Kinder schon mitbekommen haben, was sich da entwickelt hat.«

Er konnte sich nicht entscheiden, ob er erleichtert oder beunruhigt sein sollte, dass sie von ihrer Familie und all den Verdächtigen im Mordfall umgeben war. Vielleicht lag die größte Sicherheit in der hohen Anzahl an Leuten. Vielleicht auch nicht.

Es kostete ihn echte Überwindung, das Gespräch zu beenden. Endlich schaffte er es aufzulegen, sammelte seine Gedanken und rief Piedro an. »Piedro. Ich muss die Stadt verlassen, um mit einigen Zirkusleuten zu reden. Was machen deine Nachforschungen?« Jetzt wo er darüber nachdachte, fiel ihm ein, dass er in der letzten Zeit wenig von Piedro gehört hatte – er hatte ihn nicht wirklich vermisst. Tatsächlich ging Piedro ihm auf die Nerven und schaffte es meistens auch noch, die Untersuchungen zu verlangsamen, sodass Garini es oft vorzog, die Dinge alleine zu erledigen, obwohl das nicht die richtige Vorgehensweise war. »Piedro? Bist du noch am Apparat? Könntest du bitte etwas sagen?«

»Ja.« Piedro klang außer Atem.

»Wo bist du?«

»Im Büro, aber ich bin gerade erst reingekommen. Erinnern Sie sich, dass Sie mich zu diesem Rechtsanwalt geschickt haben?«

»Ja, aber das ist doch schon ewig her. Die letzte Aufgabe, die ich dir gab, war, Nachforschungen über Giorgio Pulo anzustellen.«

»Ach ja.« Piedro klang gelangweilt. »Aber ich habe überhaupt nichts über ihn gefunden. Es gibt Tausende von Clowns, die Beppo heißen, wussten Sie das?«

Garini zügelte seine Ungeduld. »Ja, das wusste ich. Was hast du denn getan, als du gemerkt hast, dass du mit der Recherche nicht weiterkommst?« Er war schon längst bei seinem Motorrad angekommen, aber er konnte nicht losfahren, solange er noch telefonierte. Ein Lieferwagen für Pasta brauste um die Kurve, und seine drei Räder quietschten. Garini drehte dem Wagen den Rücken zu und lehnte sich an sein Motorrad.

»Ich erinnerte mich, dass der Rechtsanwalt mir sagte, ich solle nach offiziellen Dokumenten suchen«, sagte Piedro. »Hochzeitsurkunden,

Geburtsanzeigen und so weiter. Er sagte, das sei ganz normal, wenn jemand stirbt, ohne ein Testament gemacht zu haben, nur um sicherzugehen, dass es keine anderen Erben gibt.«

»Ja, natürlich, aber das hattest du doch schon getan, oder?« *Es ist auch bei jeder Polizeiuntersuchung ganz normal, das habe ich dir schon dreimal gesagt.*

»Äh.« Piedro räusperte sich. »Nicht ganz.«

Garini biss die Zähne zusammen. »Warum nicht?«

Piedro brauchte einen Augenblick, um zu antworten. »Weil Sie ... weil Sie mich zu diesem Käseladen und dem Metzger geschickt haben, um das Alibi von Benedetta Mantoni-Santorini zu prüfen. Also war ich beschäftigt. Aber sobald ich eine Minute Zeit fand, hab ich's getan. Ich dachte, dass es wirklich langweilig ist, wissen Sie? In der Vergangenheit hat es nie was gebracht.«

Garini rollte die Augen, enthielt sich aber jeden Kommentars.

»Na, jedenfalls habe ich heute Nachmittag was Komisches gefunden.«

Garini klemmte sich das Telefon zwischen Schulter und Ohr und schob sein Motorrad mit zusammengezogenen Schultern vorwärts. Die Sonne war verschwunden, und es hatte angefangen zu nieseln. Die Feuchtigkeit kroch ihm unter den Kragen. Er fühlte sich klamm und kalt. »Erzähl mir, was du gefunden hast, Piedro.« Er versuchte, seine Stimme geduldig klingen zu lassen, obwohl er seinen Assistenten gern geschüttelt hätte. Wenn er jetzt die Geduld verlor, würde Piedro nur noch langsamer werden.

»Valentino Canderini ist vor zwei Jahren als Vater eines Kindes eingetragen worden. Die Mutter ist Sofia Altori.«

Rafaeles Schwester! Die, die schwanger geworden war und ihr Baby verloren hatte, als es gerade zwei Monate alt gewesen war. Die, die den Namen des Vaters auf gar keinen Fall preisgeben wollte. Was hatte ihr Bruder Rafaele über Valentino gesagt? »Ich fand ihn nie charmant.« *Das glaube ich aufs Wort.*

Er musste alles neu überdenken. War es möglich, dass Sofia Alana war? Oder war das eine völlig falsche Fährte und die zwei Fälle waren doch gar nicht miteinander verbunden? Hatten Bruder und Schwester zusammengearbeitet, um Valentino in einer Art Racheaktion umzubringen? Sofia Altori und ihr Bruder Rafaele. Beide gerade jetzt in der Via delle Pinzochere. Mitten in der Mantoni-Familie. Direkt neben Carlina. Ein Schauer lief ihm den Rücken hinunter. »Komm sofort zum Haus der Mantonis.« Er legte auf, sprang auf sein Motorrad und gab Gas.

Kapitel 14

Garini kam mit quietschenden Reifen vor dem Haus der Mantonis an.

Das Fenster neben der Eingangstür öffnete sich, und Onkel Teo blinzelte durch die Eisenstäbe, die das Haus vor unwillkommenen Besuchern schützten. »Sie haben es ja ganz schön eilig, *commissario*.« Er lächelte. »Warten Sie einen Augenblick, ich öffne die Tür für Sie.«

»Wo sind denn alle?«, fragte Garini in der Sekunde, in der er im Haus war.

Onkel Teo machte eine vage Handbewegung. »Ach, die laufen hier überall herum und rösten das Korn. Ich bin ein wenig müde geworden und habe mich darum zurückgezogen.« Er schüttelte den Kopf. »Ich weiß nicht, ob das Korn sich von dieser Behandlung erholen wird.« Er senkte die Stimme. »Manchmal, *commissario*, frage ich mich, ob Fabbiola nicht ein wenig ... extrem ist.«

Sie ist schon extrem, seitdem ich sie kenne. Garini nickte, dankte Onkel Teo und eilte nach oben. Die Tür zu Fabbiolas Wohnung stand offen. Kein Laut drang heraus.

Die Haare in seinem Nacken stellten sich auf. Es war zu still. War etwas Schreckliches passiert?

Sein Telefon machte leise »Pling«. Er zog es heraus und schaute auf das Display. Eine Textnachricht von Piedro.

Kann leider nicht kommen, habe plötzlich Fieber. Ich glaube, es ist die Grippe. Bin auf dem Weg zum Arzt. Tut mir leid, Piedro.

Garini verengte die Augen. Er würde demnächst mal ein Wörtchen mit seinem Mitarbeiter sprechen. Er schob das Telefon zurück in die Tasche und schaute sich um.

Immer noch kein Geräusch. Unheimlich. Er glitt durch die Tür und bewegte sich an der Wand entlang, in dem Versuch, nicht auf das Korn zu treten, das überall verteilt war, bis er zu Fabbiolas Küche gelangte. Unter seinen Füßen knirschte es. Zusätzlich zu dem muffigen Geruch nahm er eine neue Duftnote wahr, als ob irgendwo etwas anbrannte. Vorsichtig schob er die Tür auf und schaute in die Küche. Niemand. Es sah aus, als ob der Raum überstürzt verlassen worden war. Auf dem Herd standen große Pfannen mit dampfendem Korn, aber immerhin hatten sie es geschafft, den Herd auszumachen, bevor sie hinausgestürmt waren. Ein Stuhl lag auf dem Boden. Und auf jeder flachen Oberfläche lag Korn, in Schalen, Pfannen, auf Tellern und Laken.

Plötzlich hörte er ein Kratzen und fuhr herum. Wo war das hergekommen? Und wo war Carlina?

Er verließ die leere Wohnung und ging ins Treppenhaus zurück. Ein weiteres Geräusch führte ihn ein Stockwerk tiefer in Benedettas Wohnung. Wieder stand die Tür offen. Er ging hinein und öffnete die Tür zur Küche, dann erstarrte er.

Sie waren alle da, saßen um den Tisch herum, ungewöhnlich ruhig, und aßen Kuchen.

Carlina sprang auf. »Stefano! Ich dachte, du -« Sie brach ab und warf einen schnellen Blick auf ihre Familie.

Die Spannung fiel von seinen Schultern. Gott sei Dank, sie war in Sicherheit. Er schaffte es zu lächeln. »Habe meine Pläne geändert.« Sein Blick ging um den Tisch, bis er zu Sofia Altori kam. »Ich würde gern ein paar Worte mit Ihnen sprechen. Unter vier Augen.«

Rafaele schaute hoch.

Garini hatte noch nie gesehen, dass er sich so schnell bewegte.

»Ich komme mit.« Es war eine Aussage, ruhig und gelassen. Er legte seine Gabel neben den Teller und stand langsam auf.

»Warum um alles in der Welt willst du mit Sofia sprechen?«, fragte

Benedetta. »Sie hat doch gar nichts mit dem Mord zu tun. Rein gar nichts.«

Garini ignorierte sie. Stattdessen hielt er die Tür einladend auf und sprach Sofia direkt an. »Ich würde lieber mit Ihnen alleine sprechen.«

Sofia wurde blass, aber sie presste die Lippen zusammen und zuckte mit den Schultern. Ihr Stuhl kratzte über den Boden. »Rafaele kann mitkommen. Das macht mir nichts aus.«

»Aber mir«, sagte Garini ganz sanft.

Sie warf ihm einen zweifelnden Blick zu. »Dann bleib besser hier, Rafi.«

Garini wartete, bis sie vor ihm war, dann, einer plötzlichen Eingebung folgend, drehte er sich um. »Ich würde gern mit Sofia in deiner Wohnung sprechen, Carlina, falls das für dich in Ordnung ist?« Er musste es ihr nicht erklären. Alle Türen im Mantoni-Haus hatten die gleichen Schlösser, sodass die Mitglieder der Familie jederzeit freien Zugang zu allen Wohnungen hatten. Ihre Wohnungstür war die einzige im ganzen Haus, die man von innen verriegeln konnte. So würde er unerwartete Unterbrechungen mitten im Verhör vermeiden können.

»Natürlich.« Carlina biss sich auf die Lippe.

Rafaele runzelte die Stirn. »Ich komme nach. In fünf Minuten.«

Garini ging nicht darauf ein. Er führte Sofia hoch und wartete, bis sie auf Carlinas Lieblingssessel mit dem Überwurf im Leopardenmuster Platz genommen hatte, dann verriegelte er die Tür hinter sich. »Ich tue dies nicht, um Sie einzuschüchtern, sondern nur weil ich eine ruhige Unterhaltung ohne Unterbrechung führen möchte.«

»Ich verstehe.«

Er setzte sich auf das Sofa. »Sind Sie damit einverstanden, dass ich Ihre Aussage aufnehme? Ich muss Ihnen auch sagen, dass Sie das Recht haben, nur in der Gegenwart eines Anwalts zu sprechen.«

»Das ist nicht nötig.« Sie schien ganz ruhig zu sein. Ihre Hände waren im Schoß gefaltet. »Natürlich können Sie unser Gespräch aufnehmen.«

Er nickte und stellte das Aufnahmegerät an, dann vermerkte er die

Zeit sowie ihren Namen und ihre Adresse. Schließlich schaute er sie prüfend an.

Sie erwiderte seinen Blick, ohne zu zögern. »Was möchten Sie wissen, *commissario?*«

Er war beeindruckt. Auf den ersten Blick sah sie wie Maria aus, aber unter der Oberfläche waren die zwei kilometerweit voneinander entfernt. Wo Maria emotional war, war Sofia gefasst. Wo Maria impulsiv war, schien Sofia alles sorgfältig zu durchdenken, bevor sie antwortete. Sie war kein zitterndes Mädchen, das darauf wartete, dass das Unvermeidliche eintrat. Sie war eine junge Frau, die die Dinge in die Hand nehmen würde, wenn es nötig war. Vielleicht hatten ihre frühe Schwangerschaft und der Verlust ihres Kindes sie schneller erwachsen werden lassen. Vielleicht war es aber auch ihre Familie. Die Altoris waren dafür bekannt, extrem ausgeglichen zu sein. Er fragte sich, was nötig war, damit ein Altori die Kontrolle verlor, und ob das Resultat dann katastrophaler ausfallen würde als die Wutausbrüche von nervösen Menschen.

»Kannten Sie Valentino Canderini?«

»Natürlich.« Sie antwortete ohne Zögern. »Meine Mutter ist eine enge Freundin sowohl von Benedetta als auch von Fabbiola, und mein Bruder Rafaele wuchs praktisch zusammen mit Ernesto auf, sodass wir im Laufe der Jahre alle Mantoni-Familienmitglieder kennenlernten. Mehr oder weniger.«

»Kannten Sie ihn gut?«

Sie erwiderte seinen Blick, ohne mit der Wimper zu zucken. »Ja.«

»Bitte erzählen Sie mir mehr über Ihre Beziehung.«

Zum ersten Mal seit Beginn des Gesprächs schaute sie auf ihre Hände und schien zu zögern. Dann hob sie den Kopf, holte tief Luft und sagte: »Wir waren ein Paar.«

Er sagte gar nichts und hoffte, dass sie ohne Aufforderung weitersprechen würde.

Sie biss sich auf die Lippe. »Wir hielten es geheim, weil wir nicht wollten, dass unsere Familien einen Aufstand machten. Es war sehr romantisch. Ich dachte, er -« Sie brach ab und wurde rot. »Ich dachte, es wäre ihm ernst. Mein Fehler.« Ihre schmalen Schultern hoben sich. »Eines Tages, einfach so, sagte er mir, dass er nach Dubai gehen würde. Er hatte ein super Jobangebot bekommen. Er würde zurückkommen, reich und erfolgreich, und dann würden wir eine großartige Zeit zusammen haben.« Sie presste die Lippen aufeinander, dann wandte sie plötzlich den Kopf und schaute ihn mit ihren dunkelblauen Augen scharf an. »Sie wissen von dem Baby, denke ich. Sie haben die Unterlagen gesehen?«

Er neigte den Kopf. »Ja.«

»Das war der Tag, an dem ich feststellte, dass ich schwanger war. Ich habe ihm von dem Baby erzählt. Ich habe ihn gebeten, seine Meinung zu ändern und zu bleiben. Er war total entsetzt.« Ihr Blick ging an ihm vorbei, zu Carlinas tiefem Fenstersitz, zu dem grauen Himmel draußen.

Garini bezweifelte, dass sie irgendetwas aus der Gegenwart sah.

»Er bat mich, es abzutreiben. Er sagte, ich solle es geheim halten. Das war der Augenblick, in dem ich plötzlich nicht mehr wusste, wie ich ihn je hatte lieben können.« Sie schluckte so schwer, dass er es sehen konnte. »Er war der selbstsüchtigste Mensch, den ich je getroffen habe.«

»Was geschah dann?«

»Ich tat so, als ob ich mit allem einverstanden wäre. Ich hatte keine Kraft, um zu kämpfen, und ich wollte ihn nicht anflehen. Ich ging nach Hause zurück und entschied mich, ihn für immer loszuwerden.«

Garini hob eine Augenbraue. Falls sie Valentino umgebracht hatte, hatte sie lange auf ihre Rache gewartet. So etwas war schon vorgekommen, und er konnte sich vorstellen, dass sie Valentinos Tod geplant hatte. Aber er verstand nicht, warum sie es zugeben sollte, ohne mit der Wimper zu zucken.

»Ich entschied mich, das Kind auszutragen, aber niemandem den Namen des Vaters mitzuteilen.«

»Aber Sie haben ihn immerhin als Vater auf der Geburtsurkunde vermerkt. Sie hätten sagen können, dass der Vater unbekannt ist.«

Ihr Rücken versteifte sich. »Zuerst wollte ich das auch tun. Aber als es dann so weit war, konnte ich es einfach nicht. Es hätte so geklungen, als ob ich eine Schlampe wäre, die mit so vielen Männern geschlafen hatte, dass sie noch nicht einmal wusste, wer der Vater ihres Kindes war.« Sie sank in sich zusammen. »Das konnte ich nicht. Also habe ich seinen Namen genannt, aber ich habe die Geburtsurkunde sofort in ein Schließfach in der Bank gelegt. Ich konnte es niemandem sagen, noch nicht mal meiner Mutter.«

»Niemandem? In der ganzen Zeit nicht?«

Ihr Blick wich seinem aus. »Nein.«

Er war sich sicher, dass sie log.

Sie schaute ihn an. »Können Sie es bitte für sich behalten?« Ihre Stimme klang flehend. »Mein kleines Mädchen ist tot. Es ist doch jetzt egal, oder?«

Ein Klopfen unterbrach sie. »Lassen Sie mich rein!«, rief Rafaele. Das Klopfen wurde zu einem Trommeln. »Ich muss Ihnen etwas sagen!«

Garini seufzte und stand auf. »Es wäre auch zu schön gewesen.« Er schob den Riegel zur Seite.

Bevor er die Tür öffnen konnte, warf Rafaele sich mit so viel Kraft dagegen, dass sie gegen die Wand flog. Er sprang ins Zimmer. Mit einer raschen Bewegung hielt er Garini beide Handgelenke entgegen und sagte: »Ich war's. Ich habe den Bastard umgebracht. Sie können mir jetzt die Handschellen anlegen.«

»Was?« Sofia sprang auf. »Bist du verrückt geworden?«

Garini beobachtete die Geschwister wie ein Falke und merkte sich jeden Ausdruck, jede noch so kleine Bewegung.

»Es tut mir leid, Sofia.« Nach diesem niemals zuvor da gewesenen Anfall von Aktionismus schien Rafaele ganz erschüttert zu sein. »Ich kann nicht ändern, was ich getan habe, aber ich werde nicht zulassen, dass du die Schuld dafür tragen musst.«

»Ich? Welche Schuld?« Sofia starrte ihren Bruder an. »Aber du kannst es doch gar nicht getan haben! Du hast doch ein Alibi, oder?«

Garini hob eine Augenbraue. Wenn er sich recht erinnerte, hatte Ernesto versucht, Rafaele zur entscheidenden Zeit zu Hause abzuholen, doch Rafaele war nicht dort gewesen.

Rafaele schüttelte den Kopf. »Kein Alibi. Ich war hier. Ich hab ihn umgebracht.«

»Aber warum nur?« Sofia warf die Hände in die Luft. »Warum solltest du das getan haben? Ich glaube dir kein Wort!«

Er schaute sie lange an, voller Mitleid und Zärtlichkeit.

Sie schnappte nach Luft. »Oh mein Gott. Du meinst, du hast es ... für mich getan? Aber ich habe dir doch nie von ... von ...« Ihre Stimme versagte.

»Ich wusste es.« Er sprach so leise, dass Garini es kaum hörte.

Ihr Mund blieb offen stehen. »Du wusstest es? Aber du hast das nie gezeigt.«

»Ich bin nicht blind, Sofia.« Er schluckte. »Aber ich habe gemerkt, dass du es für dich behalten wolltest. Ich habe ihn dafür gehasst, was er dir angetan hat.« Rafaele ballte die Fäuste.

Sofias Augen weiteten sich. »Also ... hast du ihn umgebracht? Einfach so?«

Er biss die Zähne zusammen. »Er hatte es nicht anders verdient.«

»Können Sie beschreiben, wie es geschah?«, mischte Garini sich ein.

Rafaele schaute ihn so überrascht an, als ob er vergessen hätte, dass Garini im Raum war. »Na ja, ich ... ging rein.«

»Warum?«

Rafaele schrak zusammen. »Was meinen Sie, warum?«

»Warum sind Sie in Carlinas Wohnung gegangen?«

Er wurde rot. »Ich ... weiß nicht mehr. Dachte, Ernesto sei hier. Hab mich wohl vertan.«

Garini runzelte die Stirn. »Und dann?«

»Er stand da.« Rafaele zeigte auf die Stelle, wo der hässliche Teppichläufer immer noch den blutbefleckten Boden bedeckte.

»Stand er mit dem Rücken zu Ihnen?«

Rafaele blinzelte. »Ja. Nein. Weiß nicht.«

»Sprechen Sie weiter.«

»Ich sah ihn. Boxershorts aus Seide. Champagnerflasche.«

»Welche Farbe hatten die Boxershorts?« Garinis Fragen kamen schnell und hart.

»Weiß?« Er zuckte mit den Schultern. »Weiß nicht. Ging alles so schnell.«

Die Boxershorts waren dunkelgrau. »Wo war die Champagnerflasche?«

Rafaele zögerte. »Da.« Er zeigte auf den niedrigen Tisch vor dem Sofa.

»Links? Oder eher rechts?«

»Eher in der Mitte.« Schweißperlen wurden auf Rafaeles Stirn sichtbar.

Laut Carlina hatte sie auf dem Boden gestanden, als sie die Blutspritzer abbekam. »Was geschah dann?«

»Dann sah ich rot.« Rafaele zuckte mit den Schultern. »Nahm ein Messer -«

»Wo hatten Sie es her?«

»Was?«

»Das Messer. Sie sind doch nicht mit einem Messer in der Hand hier hochgekommen, oder?«

»Äh. Nö. Ich ... ich holte es aus Carlinas Küche.«

»Aber es war Benedettas Messer.«

Er zuckte mit den Schultern. »Hier wandert alles durchs Haus.«

Das wenigstens ist richtig. Garini runzelte die Stirn. »Warum haben Sie rotgesehen?«

»Ich wusste, was er meiner Schwester angetan hatte.«

»Aber er hat in diesem Augenblick doch gar nicht Ihre Schwester bedroht.«

»Doch. Ich erwartete, dass er zurückkommt und sich wieder mit ihr versöhnt. Er hätte ihr Leben ruiniert. Noch mal.«

Sofia schnappte nach Luft. »Versöhnen? Ich hätte ihn noch nicht mal zurückgenommen, wenn er mich auf Knien darum gebeten hätte.«

Rafaele schaute sie unsicher an. »Sicher?«

»Absolut!« Sie verschränkte die Arme vor der Brust.

»Außerdem ...« Rafaele verlagerte sein Gewicht von einem Bein aufs andere.

»Sprechen Sie«, sagte Garini.

»Außerdem hatte Ernesto mir gesagt, dass Carlina ihren Cousin nicht mochte und dass sie nur Augen für Sie hat. Ich war sicher, dass Valentinos Überraschung Carlina nicht glücklich gemacht hätte.«

Etwas Warmes, Tröstliches schoss durch Garini hindurch, aber er unterdrückte das Gefühl. »Also haben Sie sich entschieden, ihn umzubringen?« Seine Stimme war voller Ironie.

Rafaele zuckte mit den Schultern. »Halt spontan.«

»Du hast noch nie in deinem Leben etwas spontan gemacht!« Sofia schüttelte den Kopf.

Er schaute sie trotzig an. »Doch.«

Sofia stand auf und stellte sich so nahe vor ihn, dass ihre Nase fast seine Brust berührte. »Du verrückter Idiot.« Ihre Stimme war weich. »Ich habe es nicht getan.«

Rafaeles Gesicht wurde tiefrot, dann blass. Seine Augen weiteten sich, und seine Brust hob und senkte sich ganz schnell, als ob er gerannt sei. »Hab's nie gedacht.« Seine Stimme klang gequetscht.

»Oh doch, das hast du.« Sie tippte ihm bei jedem Wort mit dem Zeigefinger gegen die Brust. »Und deshalb hast du dir diese dämliche Geschichte ausgedacht. Ich wette, du hast jede Menge Fehler gemacht, als du dir selbst die Schuld gegeben hast, oder nicht, *commissario?*«

Garini musste ihren Scharfsinn bewundern, aber gleichzeitig konnte er sich nicht von dem Gedanken lösen, dass die Geschwister da ein wunderbares Theater mit einem bestimmten Zweck aufführten. Er wollte Zeit gewinnen, Abstand, um die ganzen Informationen, die er in den letzten Stunden erhalten hatte, abzuwägen und zu bewerten. Waren die zwei Mordfälle doch gar nicht miteinander verbunden? Wer war Alana? Er hatte noch längst nicht alle Fragen gestellt, und er würde sich nicht von den Geschwistern und ihren seltsamen Plänen aufhalten lassen.

»Setzten Sie sich, alle beide«, sagte er knapp. »Ich habe noch einige Fragen.«

Sofia zuckte mit den Schultern und ließ sich zurück in den Sessel fallen.

Rafaele hockte sich bei ihr auf die Lehne, eine Hand auf ihrer Schulter, das Gesicht unbeweglich.

Garini setzte sich wieder aufs Sofa und beugte sich nach vorne. »Kennen Sie den Zirkus Bellezzi?«

Sie schauten einander überrascht an. »Den was?«, fragte Sofia.

»Den Zirkus Bellezzi.«

»Nie gehört.« Rafaele schüttelte langsam den Kopf.

»Dito.«

»Was ist mit Alana? Haben Sie schon einmal von einer Trapezkünstlerin namens Alana gehört?«

Sie starrten ihn an, als ob er vor ihren Augen verrückt geworden wäre.

»Nein.« Sofia runzelte die Stirn. »Alana? War das nicht das letzte Wort, das der Kioskbesitzer sagte, der erstochen wurde?«

»Ja.« Unmöglich, irgendein Geheimnis in diesem Haus zu bewahren.

»Keine Ahnung.« Rafaele zuckte mit den Schultern.

Sie wirkten überzeugend. *Verdammt.* Garini hatte das Gefühl, im Kreis zu laufen.

»Wo waren Sie, als Valentino Canderini erstochen wurde?«

Sofia starrte auf ihre Hände. »Ich war zu Hause in meinem Zimmer.«

Garini unterdrückte einen entnervten Seufzer. Es war schwer, das Gegenteil zu beweisen, es sei denn, jemand hatte sie gesehen.

»Und Sie, Rafaele?«

Rafaele zuckte mit den Schultern. »Ich wollte schauen, ob ein neues Computerspiel angekommen ist, aber der Laden hatte es noch nicht. Ich habe nicht gefragt, und ich habe auch nichts gekauft. Habe mir nur das Regal mit den Neuerscheinungen angesehen. Der Laden war voll. Glaube nicht, dass sich jemand an mich erinnert.«

»Wie heißt das Computerspiel?«

Dieses Mal zögerte Rafaele nicht. Die Antwort kam wie aus der Pistole geschossen. »Es ist die neueste Version von *Monster. Monster V.*«

»Bleiben Sie weiterhin bei Ihrer vorherigen Aussage, dass Sie Valentino Canderini erstochen haben?«

Rafaele lächelte ein wenig wie ein Schaf und warf aus den Augenwinkeln einen Blick auf seine Schwester.

Sie rollte die Augen. »Natürlich nicht, *commissario*. Rafaele ist ein Lamm. Er würde nie jemanden verletzen.«

»Rafaele? Könnten Sie bitte selbst antworten?«

Rafaele schüttelte ganz langsam den Kopf. »Weiß gar nicht, was ich noch sagen soll.«

Das kann ich mir denken. Garini stand auf. »Im Augenblick enthalte ich mich noch eines Urteils. Bis dahin bitte ich Sie, die Stadt nicht zu verlassen und sich für weitere Gespräche zur Verfügung zu halten.«

»Natürlich.« Rafaele sah erleichtert aus. »Komm, Sofia.«

Als sie gegangen waren, lehnte Garini sich zurück und schloss die Augen, um sich besser konzentrieren zu können. Etwas störte ihn. Hier in diesem Raum war Valentino ermordet worden. Er hatte jede Menge Verdächtige, aber ihre Alibis waren überall und nirgends, unmöglich, sie zu beweisen oder auch nicht, und die Hälfte der Leute log aus einer Fülle von dummen Gründen.

Im Augenblick musste er sich auf das Motiv konzentrieren. Warum war Valentino umgebracht worden? Er hatte jedem um sich herum eine Menge Gründe gegeben, ihn lieber tot zu sehen. Benedetta, um ihren Sohn Ernesto vor schlechtem Einfluss und Bungee-Jumping zu schützen. Ein schwaches Motiv, aber wenn man es mit der Gefahr verband, wegen Valentino aus dem Haus zu fliegen, durchaus denkbar. Onkel Teo, um seiner Familie die Demütigung zu ersparen. Der Rest der Familie, um ihr Heim zu erhalten. Dazu zählte auch der Franzose Leopold Morin, der ja mittlerweile praktisch zur Familie gehörte. Carlina hatte zusätzlich noch das Motiv der Selbstverteidigung, falls sie gelogen hatte, früher nach Hause gekommen war und Valentino während seiner

Verführungs-Vorbereitungen überrascht hatte. Er fand es nicht einfach, sich vorzustellen, dass Carlina ihn angelogen hatte, aber wenn er ehrlich war, musste er sie als mögliche Mörderin in Betracht ziehen. Verdammt. Rafaeles Motiv war klar – er wollte seine Schwester beschützen. Sofia könnte es aus Rache getan haben, weil er sie und das Baby verlassen hatte. Simonetta hatte kein Motiv, weil sie nicht ständig im Haus lebte. Das Gleiche galt für Maria, die nur zum Putzen kam.

Aber diese zwei waren die Einzigen, die eine direkte Verbindung zum Zirkus hatten. Simonetta hatte in einem Zirkus gearbeitet. Sie konnte durchaus den Clown Giorgio Pulo während ihrer Tätigkeit dort getroffen haben, vielleicht sogar während er für einen anderen Zirkus gearbeitet hatte. Roberto, der Pathologe, hatte gesagt, dass das Messer von oben gekommen war, mit großer Kraft. Das wies auf Simonetta hin, die wie ein Mann gebaut war. Aber wie sollte er das beweisen? Und was war ihr Motiv gewesen, um Valentino zu ermorden? Er runzelte die Stirn. Das alles brachte ihn keinen Schritt vorwärts.

Jetzt zu Maria. Er wusste nicht genug über sie. Was hatte Carlina gesagt? Die Tochter eines reichen Mannes, die die Häuser anderer Leute aus Spaß putzte. Das sollte erst mal einer glauben. Mutter gestorben, als sie zwölf war. Maria sprach nicht gern über sich selbst. Wo hatte sie mit ihrer Mutter im Alter von zwei bis zwölf Jahren gelebt? Das waren entscheidende Jahre für ein Kind. Es musste schwer gewesen sein, zu einem Vater zurückzukehren, den sie gar nicht kannte. Einer, der nur für seine Firma lebte. Der dicke Nachbar von *signora* Pulo kam ihm in den Sinn. Hatte er nicht einen schlanken Mann erwähnt, der sich zur Tatzeit in der Nähe der Wohnung befunden hatte? Jemand, der sich seltsam bewegte? Eine schlanke Frau wie Maria konnte sich leicht als Junge verkleiden. Das würde auch zu Orfeos Geschichte passen, dass ein kleiner Russe das Messer gekauft hatte. Aber welches Motiv sollte Maria gehabt haben, um Valentino umzubringen?

Garini rieb sich die Stirn. Maria war eine attraktive junge Frau. Tatsächlich sah sie Sofia ziemlich ähnlich, und er wusste jetzt, dass Valentino eine Affäre mit Sofia gehabt hatte. Wenn man Valentino kannte, würde es einen nicht überraschen, dass er zur gleichen Zeit mit verschiedenen Frauen ausgegangen war. Gut. Wenn man also nur für einen Augenblick annahm, dass Valentino Maria verführt hatte, dann wäre es möglich, dass sie voller Hoffnung auf seine Rückkehr gewartet hatte. Und wenn man dann noch davon ausging, dass Sofia ihrer Freundin verraten hatte, wer der Vater des Babys war und damit unwissentlich offenbart hatte, dass er Maria betrog, war das kein schlechter Anfang. Aber war das genug, um Valentino umzubringen? Er konnte sich das kaum vorstellen. Maria hatte so bedrückt, ja sogar unterdrückt gewirkt. Es schien ganz und gar nicht zu ihrem Charakter zu passen. Aber besser, er sprach gleich mit ihr.

Er stand vom Sofa auf und streckte sich. Es war zu heiß in der Wohnung, als ob gar kein Sauerstoff mehr vorhanden wäre. Na, kein Wunder nach den ganzen Emotionen von Rafaele und Sofia. Er ging zu Carlinas Fenstersitz und dachte daran, wie oft sie hier saß und las. *Ich vermisse sie.* Er öffnete das Fenster weit. Die frische Frühlingsluft blies ins Zimmer. Es roch nach Regen und nasser Erde. Garini atmete tief ein, dann drehte er sich um und erstarrte.

Als ob er sie durch seine Gedanken herbeigezaubert hätte, stand Maria in der Tür und blickte ihn an. Sie war blass, und ihre Hände waren so fest zusammengepresst, dass ihre Knöchel weiß hervorstanden.

»Hallo, Maria. Schön, dass Sie da sind. Ich habe mir gerade gedacht, dass wir uns unterhalten sollten.«

Ihre Augen weiteten sich. »Warum?«

»Bitte kommen Sie herein und schließen Sie die Tür.«

Maria gehorchte, aber sie blieb in der Nähe der Tür stehen, als ob sie nicht bereit wäre, ihren Fluchtweg aufzugeben.

Garini ging zum Tisch. »Leider ist mein Assistent krank geworden. Darf ich Ihre Aussage aufnehmen?«

»Ja.« Ihre Lippen waren weiß.

»Möchten Sie gern einen Anwalt rufen?«

»Nein.« Ihre Augen wurden immer größer, bis sie völlig verängstigt aussah.

Er schaute sie prüfend an. Sie machte den Anschein, als ob sie jeden Augenblick zusammenbrechen würde. Verglichen mit Simonetta, ihrer lauten Stimme und aggressiven Art, fand er es schwierig, sich vorzustellen, dass sie eine Mörderin war. »Bitte setzen Sie sich.«

Sie schüttelte den Kopf. »Ich bleib lieber stehen.«

»Auch gut.« *Wenn sie sich dann besser fühlt.* Garini lehnte sich gegen den Fenstersitz. »Bitte erzählen Sie mir von Ihrer Freundschaft mit Sofia.«

Maria zuckte zusammen. »Was ist an unserer Freundschaft falsch? Was hat sie gesagt?«

»Sie hat gar nichts Schlechtes gesagt.« Garini fürchtete, dass sie jeden Augenblick in Ohnmacht fallen würde. Warum um alles in der Welt war sie so nervös? »Aber ich würde gern ein wenig mehr über Sie erfahren.«

Sie schaute sich in Carlinas Wohnung um, als ob er Sofia irgendwo versteckt hätte. »Haben Sie sie festgenommen?«

»Nein, natürlich nicht.« Garini bemühte sich, seine Stimme beruhigend klingen zu lassen. »Haben Sie sie denn nicht getroffen, als sie mit Rafaele nach unten ging?«

Sie schüttelte den Kopf.

Also sind sie sofort nach Hause gegangen, ohne sich von den Mantonis zu verabschieden. »Wann haben Sie Sofia kennengelernt?«

»Weiß nicht mehr. Es ist Jahre her.«

»Also sind Sie schon lange befreundet?«

»Nicht wirklich. Es wurde erst eine richtige Freundschaft, als ich anfing, hier zu arbeiten. Das war kurz nach Weihnachten.«

»Würden Sie denn sagen, dass Sie jetzt richtig enge Freundinnen sind?«

Maria zuckte mit den Schultern. »Irgendwie schon.«

»Würden Sie ihr ein Geheimnis anvertrauen?«

Sie warf einen wilden Blick um sich. »Hat sie das gesagt?«

»Ich frage Sie.« Garini spürte, wie er die Geduld verlor. Das war ja, als ob man mit einem zitternden Hasen sprach.

»Nein. Ich verrate niemandem meine Geheimnisse.« Sie zuckte zusammen. »Ich meine, ich habe eh keine.«

»Und Sofia? Hat sie Ihnen ihre Geheimnisse anvertraut?«

»Nein.« Maria schaute zur Tür. »Kann ich jetzt gehen?«

Garini runzelte die Stirn. Irgendetwas stimmte nicht, aber er hatte keine Ahnung, was es war. »Warum sind Sie eigentlich hier hochgekommen?«

Maria schaute Richtung Küche. »Wir brauchen noch mehr Pfannen. Um das Korn zu rösten. Ich schaue nur mal schnell nach, ob Carlina noch welche hat.« Sie verschwand mit der Geschwindigkeit eines gejagten Kaninchens in Carlinas kleiner Küche.

Er hörte, wie sie herumkramte und schüttelte den Kopf.

Sie kam zurück in den Raum und ging entschiedenen Schrittes zur Tür, ihr Blick fest auf den Ausgang gerichtet. Ihre Hände waren leer. »Keine mehr da.«

»Alana.« Er wusste nicht, warum er es in diesem Augenblick sagte. Es kam aus dem Nichts, irgendwo tief aus seinem Unterbewusstsein, um ihre Reaktion zu prüfen.

Wie von der Tarantel gestochen fuhr sie herum und verwandelte sich vor seinen erstaunten Augen in eine Furie. »Also das ist es, ja?« Ihre Stimme klang wie eine Peitsche. »Sie haben es herausgefunden, und jetzt spielen Sie mit mir. Nun, damit werden Sie nicht weit kommen, *commissario!*«

Bevor er sie aufhalten konnte, bevor er irgendetwas tun konnte, um sich zu schützen, zog sie ein Messer aus dem Ärmel ihrer Bluse und hielt es wie einen Speer über ihren Kopf.

Die Zeit schien stillzustehen, als ob alles eingefroren wäre. Ihr schlanker Körper streckte sich, sie beugte sich nach hinten und schien zu wachsen, ein Bein vorne, nur die Fußspitze berührte den Boden, das andere Bein hinten, mit ihrem vollen Gewicht belastet. Dann schoss ihr Körper in einer einzigen, kraftvollen Bewegung nach vorne wie eine Spirale, die auseinanderschnellte. Das Messer flog mit der Geschwindigkeit einer Rakete aus ihrer Hand, geradewegs auf Garini zu.

Kapitel 15

I

Eine verschwommene Gestalt in Schwarz und Weiß flog ins Zimmer herein, direkt durch die offene Tür: Carlina mit einer Pfanne, die sie wie einen Tennisschläger vor sich hielt. Sie warf sich zwischen Garini und das Messer, ihr Körper bis zum Limit ausgestreckt.

Ein lauter Knall, Metall auf Metall, dann ein noch lauterer Knall, als die Pfanne, das Messer und Carlina auf den Boden fielen.

Maria zischte, drehte sich auf dem Absatz um und rannte aus dem Raum.

»Haltet sie auf!« Garini sprang über Carlina, die gerade dabei war, sich vom Boden hochzurappeln. Er flog fast aus Carlinas Wohnung, die Treppen hinunter. »Lasst sie nicht entkommen!« Wo waren die Mantonis bloß, wenn man sie brauchte? Das Haus schien verlassen.

Er raste um den ersten Treppenabsatz herum, an Fabbiolas Wohnung vorbei.

Maria war schon unten angekommen. Sie zog die schwere Eingangstür auf.

»Haltet sie!« Garini war jetzt im ersten Stock. Die Tür zu Benedettas Wohnung flog auf, als er gerade an ihr vorbeirannte. Er sah es nicht kommen. Eine schwere Pfanne, gefüllt mit Korn, knallte mit einem dumpfen Laut gegen seinen Kopf. Überall flogen Körner herum wie in einem verrückten Schneesturm. Er ging in die Knie. Ein vernichtender Schmerz schnitt durch seinen Kopf, durchbohrte seine Augen.

Von irgendwoher hörte er Carlinas Stimme: »Was hast du getan?«

Er verlor das Gleichgewicht und fiel die Treppe hinunter.

II

»Ich sagte dir doch, es war ein Fehler.« Fabbiolas Stimme war so laut, dass er zusammenzucken wollte, aber irgendetwas sorgte dafür, dass er sich nicht bewegen konnte.

Es roch nach Desinfektionsspray und Waschmittel. Er lag in einem Bett, das er nicht kannte.

»Wie konntest du nur so einen Fehler machen, *mamma?*« Das war Carlina. Sie klang ganz anders als sonst, die Stimme rau, als ob sie lange geweint hätte, ganz durcheinander.

Sein Herz schlug schneller. Sie war hier, in seiner Nähe. Er wollte die Hand ausstrecken und sie berühren, aber er konnte sich nicht rühren, konnte sie nicht sehen.

»Ich hörte einen lauten Ruf auf der Treppe.« Fabbiola klang, als ob sie in die Enge gedrängt war. »Ich dachte mir, dass etwas Fürchterliches passiert sein musste, und rannte zur Tür. Kurz bevor ich sie öffnete, hörte ich einen Schrei. Es klang wie ›Halt!‹. Also war es doch nur natürlich, dass ich mit der Pfanne zuschlug, als jemand vorbeirannte, als ob er entkommen wollte.« Ein seltsames Geräusch entwich Fabbiolas Kehle. »Glaubst du, ich habe ihn umgebracht, Carlina?«

»Noch nicht.« Carlinas Stimme klang, als ob sie ein Schluchzen unterdrücken würde. »Aber er liegt jetzt schon seit siebenundzwanzig Stunden im Koma. Was, wenn er nie zurückkommt? Was, wenn er sein Gedächtnis verloren hat? Die Fähigkeit zu sprechen? Sein Gehirn?«

Garini wollte sie unterbrechen, wollte sie beruhigen, aber er konnte nicht sprechen.

»Wie bist du denn hier überhaupt reingekommen, *mamma?*«, fragte Carlina. »Ich hatte echte Schwierigkeiten. Wenn Stefanos Vater ihnen nicht gesagt hätte, dass wir verlobt sind, hätten sie mich nie reingelassen.«

»Ich bin mit der Oberschwester zur Schule gegangen«, sagte Fabbiola. »Du musst nach Hause kommen, Carlina. Du siehst schrecklich aus, und ich glaube, du hast zwei Tage lang nicht geschlafen.«

»Natürlich nicht. Wie könnte ich auch schlafen, wenn Garini in diesem Zustand ist?« Es klang brüchig.

Sein Herz zog sich zusammen. Wenn er sie bloß trösten könnte.

»Bitte geh«, sagte Carlina mit flacher Stimme. »Du störst ihn.«

Kleidern raschelten. »Woher willst du das wissen?«

»Das lässt sich nicht schwer erraten.« Carlina klang bitter. »Bitte, *mamma*. Geh einfach.«

Eine Tür öffnete sich und schloss sich wieder.

Er seufzte erleichtert auf und fühlte ihre Hand auf seiner. Eine friedliche Stille senkte sich über ihn, und er fiel in einen tiefen Schlaf.

Als er wieder aufwachte, drang Fabbiolas Stimme in sein Hirn. »Du solltest es ihm sagen.«

Er war nicht sicher, ob er träumte oder ob dies wirklich geschah. Er versuchte, sich selbst zu kneifen, und war überrascht zu merken, dass seine Finger sofort gehorchten. Es tat weh. Also war er wach, und es ging ihm besser. Aber was machte Fabbiola schon wieder hier?

»Sie sagten doch, dass man ihn beschäftigen soll. Ihm von den Dingen erzählen soll, die so passieren. Es kann sein, dass er das alles mitbekommt, im Unterbewusstsein, weißt du?« Fabbiola klang, als ob sie aus einem Lehrbuch vorlesen würde.

»Ich glaube nicht, dass es ihm guttut, wenn er hört, dass die Mörderin entkommen ist.« Carlinas Stimme hörte sich bitter an.

»Sie ist nur unserer Strafe entkommen, meine Liebe.« Fabbiolas Stimme wurde salbungsvoll wie die eines Priesters. »Aber Gottes Strafe entkommt sie nicht.«

»Gottes Strafe, wenn ich das schon höre.« Carlina klang, als ob sie vor Wut kochen würde. »Es wäre mir lieber, wenn ich nicht darauf warten müsste. Sie sah so unschuldig aus. Ich hätte sie nie verdächtigt, in tausend Jahren nicht. Kein Wunder, dass sie Garini überraschte.«

»Ich finde es noch viel erstaunlicher, dass sie zu ihrem Vater lief, um Hilfe zu bekommen. Sie hasst ihren Vater. Ich hätte gewettet, dass er sie der Polizei übergibt, und konnte es wirklich kaum glauben, als ich hörte, dass er sie in ein Privatflugzeug gesteckt und nach Südamerika geflogen hat. Obwohl er es natürlich leugnet, aber sie sagen, dass es ganz klar ist, nur können sie es nicht beweisen. Jedenfalls wird sie jetzt immer von ihm abhängig bleiben, und sie wollte doch so gern unabhängig sein.«

»Sie tut mir kein Stück leid«, sagte Carlina. »Sie hat ja offensichtlich keinerlei Kontrolle über sich.«

»Du musst aber schon zugeben, dass Valentino sie verdammt schlecht behandelt hat.«

»Ach ja?«

»Ja, wusstest du das nicht? Ach nein, natürlich. Ich vergaß, dass du hier drin ja total abgeschnitten bist von der Welt. Also, Valentino hat Sofia nicht nur mit Maria betrogen, sondern er hat sie auch heimlich geheiratet. Als die Auflösung des Falles in der Zeitung stand, kam ein Priester und hat der Polizei erzählt, dass es eine private Zeremonie gab. Es war natürlich nicht legal, außer aus katholischer Sicht betrachtet. Stell dir das nur vor! Er heiratete Maria, versprach ihr, für beide ein Vermögen in Dubai zu machen, verschwand für eine Ewigkeit, ohne sich zu melden, kam zurück, schaute sie während der Geburtstagsfeier von Ernesto kaum an, und am nächsten Tag vertraute Sofia ihr an, dass er der Vater ihres Babys war. Kein Wunder, dass sie ausflippte, als sie sah, dass er alles für eine romantische Nacht in deiner Wohnung vorbereitet hatte. Ich wette, er wollte sie hängen lassen bis zu ihrem Geburtstag, bis sie das ganze Geld erben würde, und dann hätte er es aus ihr herausgeholt und ihr gesagt, dass er ein Recht darauf hat, weil er ja ihr Mann ist.«

Fabbiola machte eine Pause, um tief Luft zu holen.

Garinis rechter Fuß fing an zu kribbeln, aber er bemerkte es kaum. Das also war das Motiv gewesen.

»Als sie mit ihrer Mutter im Zirkus lebte, lernte sie, Messer zu werfen. Anscheinend war sie unter dem Künstlernamen Alana sogar richtig berühmt. Sie schwang sich von einem Trapez und warf dabei Messer auf ihre Mutter. Man sagte von ihr, dass sie ihr Ziel nie verfehlte und durch diese besondere Wurftechnik, die das Messer in einem hohen Bogen aufs Ziel schoss, eine enorme Kraft hatte. Ganz erstaunlich, wo sie doch so winzig war. Kein Wunder, dass sie sich hier nie zu Hause fühlte.« Fabbiola seufzte. »Wie langweilig das doch im Vergleich gewesen sein musste. Ihr Vater hat ihr verboten, den Zirkus irgendwo zu erwähnen, weil es ihm peinlich war. Es war echtes Pech, dass der Zeitungsverkäufer sie erkannte, nachdem er von dem Mord an Valentino gelesen hatte. Er war der Einzige, der wusste, wie tödlich genau sie zielen konnte, und er versuchte, sie zu erpressen.« Fabbiola holte tief Luft. »Weißt du, sie tut mir richtig leid. Was für ein verlorenes Leben. Ihre Seele ist bestimmt voller Qualen, und ich bin sicher, dass sie dort nicht lange überleben wird. Das Klima ist nicht bekömmlich, und von der Kriminalitätsrate brauchen wir gar nicht erst zu reden. Es ist gefährlich da drüben.«

Carlina machte ein gurgelndes Geräusch.

Fabbiola fuhr fort, als ob sie nichts gehört hätte. »Es muss wirklich schrecklich sein, wenn man sich ständig verstecken muss und völlig von diesem furchtbaren Vater abhängig ist.«

»Ich hoffe sehr, dass ihr Leben schrecklich ist«, fauchte Carlina. »Und dass es eine echte Hölle wird. Aber ich glaube, du musst dir keine Sorgen machen, dass die vielen Kriminellen eine Gefahr für Maria darstellen. Solange sie ein Messer hat, ist sie in Sicherheit. Wahrscheinlich wird sie am Ende die Anführerin der Mafia dort drüben werden.«

»Liebes ...«

»Und nenn mich nicht Liebes, *mamma!*« Carlinas Stimme wurde so laut, dass sie den ganzen Raum ausfüllte.

Garini öffnete die Augen und schaute sie an. Ihre Locken hingen schlaff herunter und die Schatten unter ihren Augen waren so tief, dass er ihre Sommersprossen gar nicht mehr erkennen konnte. Er wollte sie berühren und die Sorgen aus ihrem Gesicht streichen, doch sie war zu weit weg.

»Sie hat fast den Mann umgebracht, den ich liebe und -«

»Na ja, genau betrachtet war ich das.« Fabbiola hob beide Hände. »Und ich habe dir ja schon gesagt, dass es mir wirklich leidtut. Es war ein ganz großes Missverständnis.«

Carlina machte eine ungeduldige Handbewegung. »Wie auch

immer. Aber eines sage ich dir: Wenn Garini jemals wieder aufwacht und wenn er mich dann noch haben will, ziehe ich sofort bei ihm ein. Es ist an der Zeit, dass ich ein wenig Abstand zur Familie bekomme.«

»Darüber sprechen wir noch.« Fabbiola stand auf, ihre Lippen ein einziger fester Strich. »Ich muss jetzt los. Ruf mich an, wenn es Neuigkeiten gibt.«

Die Tür schloss sich mit einem Knall hinter ihr.

Garini schaute in Carlinas katzenähnliche Augen und lächelte. »Wenn du mir gesagt hättest, dass das die Konsequenz ist, hätte ich mich schon längst von deiner Mutter zusammenschlagen lassen.«

Florentinische Morde

Spannende Unterhaltung mit der Cosy-Crime-Serie von USA Today Bestseller-Autorin Beate Boeker

Beate Boeker

Hochzeitstorte mit Todesfall

ISBN 978-3-95819-220-1

Was tun, wenn der Großvater unverhofft vor der Hochzeit verstirbt?

Band 1 der Florentinischen Morde

Beate Boeker

Amore mortale

ISBN 978-3-95819-219-5

Ein Mord zur Weihnachtszeit

Band 2 der Florentinischen Morde

Beate Boeker

Mord all'arrabbiata

ISBN 978-3-95819-221-8

Ein Mord in der Mantoni-Familie

Band 3 der Florentinischen Morde

MIDNIGHT